# Vom Fluss und der Zeit

Elke Kallinger

# Vom Fluss und der Zeit

Roman

Dieses Buch ist ein Roman, wenn auch seine Charaktere erkennbare Vorbilder in der Realität haben. Dennoch sind es Kunstfiguren. Ihre Beschreibungen sind ebenso fiktiv wie das Handlungsgeflecht und die sich daraus ergebenden Situationen und Ereignisse.

Zweite Auflage, Jänner 2021
Lektorat: Jutta Treiber
Covergestaltung & Layout: Nici Gabriel Designs
Covergraphik: »A Swallow in flight« by Malcolm Greensmith
Graphiken: Christian Ringbauer
Cover-Innenseiten: »Historische Karte Pinkatal«, »Lehnwörter«
(aus der Dissertation des Alexander Laky)
Bilder und Dokumente aus dem Archiv der Autorin
Foto der Autorin: Miriam Kohlweg
Druck & Bindung: europrint Oberwart

ISBN: 978-3-200-07187-2

Kulturland Burgenland

ZukunftsFonds der Republik Österreich

Bundesministerium Kunst, Kultur, öffentlicher Dienst und Sport

## TEIL I: 1902 - 1940


| | |
|---|---|
| Kapitel 1 | Eisnachtschwarz |
| Kapitel 2 | Rosen und Feldgrau |
| Kapitel 3 | Grüngraue Schatten |
| Kapitel 4 | Dämmerung |
| Kapitel 5 | Winterweiß |
| Kapitel 6 | Schwarz-Weiß-Blutrot |
| Kapitel 7 | Tundraschwarz |


## TEIL II: 1940 - 1945


| | |
|---|---|
| Kapitel 8 | Eisengrau |


## TEIL III: 1945 - 2009


| | |
|---|---|
| Kapitel 9 | Sturmwolken |
| Kapitel 10 | Flucht |
| Kapitel 11 | Besatzung |
| Kapitel 12 | Blüten und Trauerflor |
| Kapitel 13 | Wachs |
| Kapitel 14 | Papier und Tinte |
| Epilog | |


## Anhang


Personenverzeichnis

Danksagungen

**. . . für meine Kinder . . .**

*. . . und alle, die vor uns da waren -*

*und jene, die nach uns kommen werden . . .*

# Teil I

*1902–1940*

*Georg, 1936*

# 1

# Eisnachtschwarz

Ein milchiger Himmel im Herbst, Wolkenfetzen, die der Wind von Norden nach Süden jagt, vor Wochen schon hat er die Schwalben und Störche mitgenommen, geblieben sind die Nebelkrähen auf dem Acker vorm Küchenfenster. Im Haus ist es still, leise tickt die Küchenuhr, meine Finger wärmen sich an der Kaffeetasse. Loslassen, durchatmen. Feiertag.

Friedlich wartet die gepackte Reisetasche neben der Haustür, ohne sich zu zieren schluckt sie auch noch die graue Schafwollweste und warme Stricksocken. Ein paar letzte Handgriffe, Lukas wird mich gleich abholen. Wie immer ist er früh dran, wie immer nimmt er mir die Tasche ab, wie immer fällt die schwere Lärchenholztür satt hinter mir ins Schloss.

Wir machen uns auf den Weg, ich sinke in den Autositz und nehme seine Hand in meine. Lukas und ich gehören seit Jahren zusammen, auch wenn wir nicht unter einem Dach leben. Es bedarf nicht vieler Worte, wir stimmen uns aufeinander ein, freuen uns auf ein paar ruhige Tage.

Die Landstraße schlängelt sich durch Wälder, Wiesen und Weinberge, annähernd dem Lauf des Flusses folgend, je weiter wir fahren, desto kleiner werden die Dörfer des Pinkatales, desto mehr fühle ich mich daheim.

Obwohl die Fahrt kaum eine Stunde dauert, versetzt sie uns doch in eine andere Welt. Vor unserem Kellerstöckl in den Weinbergen hat die alte Linde einen gelbraschelnden Blätterteppich für uns ausgebreitet. Der Herbst ist längst da, die Mauern sind ausgekühlt, draußen ist es wärmer als drinnen. Während Lukas unser Gepäck über die schmalen Stiegen schleppt, schlichte ich Buchenscheite in den Kachelofen und mache Fenster und Türen auf. Nach kaum einer

Stunde haben wir das Haus zum Leben erweckt, die Wollsocken leisten ebenso gute Dienste wie die flauschige Decke. Im Ofen prasselt das Feuer, manchmal knackt ein Scheit, an Lukas gekuschelt wird mir langsam warm um die Zehen und ums Herz.

Das Dorf liegt auf der anderen Seite der Pinka, mein Großvater hat es im Jahr 1938 in einem Schulaufsatz folgendermaßen beschrieben: *»Dort, wo die Pinka Burgenland verlässt, liegt in einem Grenzwinkel mein Heimatort. Hier beginnt schon die kleine ungarische Tiefebene. Das Land ist vollkommen eben, nur im Westen, entlang des rechten Pinkaufers, wird es von einer bewaldeten Hügelkette eingesäumt. Am sonnigen Hügelabhang sieht man die vielen Wein- und Obstgärten der Bauern. Die lange Reihe der Weinkeller am Fuße der Hügel gibt den Anschein eines eigenen Dorfes.«* Und tatsächlich trifft seine Schilderung auch heute, rund 80 Jahre später, noch ganz genau zu.

Die Allerheiligenandacht auf jenem Dorffriedhof findet jedes Jahr unumstößlich um drei Uhr statt, ich beeile mich, meine Mutter soll nicht allein am Grab ihrer Eltern stehen. Alle meine Großeltern sind auf diesem Friedhof begraben, er liegt am unteren Ende des Ortes, keinen Kilometer von der ungarischen Grenze entfernt. Der laue Wind verweht einmal die monotone Stimme des Pfarrers, dann wieder die Lieder des Kirchenchors über die weiten, grünbraunen Felder. Weiden, Hecken und Büsche entlang eines Baches durchbrechen die Ebene, einzelne Linden strecken ihre dürren Äste in den Himmel. Auf den Gräbern prunken weiße pralle Blüten, kleine gelbe Strauchchrysanthemen, Töpfe mit dunkelvioletten Astern, knorrige Naturgestecke aus Tannenzapfen, Reisig und rubinrot gewachsten Rosenblüten. Bescheiden ducken sich allerorten die gelben und violetten Stiefmütterchen, die vor dem Feiertag noch eilig gepflanzt worden sind.

Die tiefhängenden Wolken bringen nun auch den Regen. Das letzte Amen ist noch nicht verklungen, schon fallen die ersten Tropfen auf

die Friedhofsbesucher, bald liegt der Ort verlassen da. So verlassen auch wir den Friedhof, nur leise fühle ich mich um eine frühe Erinnerung betrogen, um einen flüchtigen Zauber, untrennbar mit jenem Feiertag verbunden.
Damals war ich wohl noch keine sechs Jahre alt, der Allerheiligennachmittag zierte sich, wollte nur quälend langsam vergehen, erst nach Einbruch der Dämmerung marschierten wir alle gemeinsam zum Friedhof: schemenhafte Gestalten in der Dunkelheit, vom Kerzenschein schwach beleuchtete Gesichter, ringsum lautes Flüstern, gedämpftes Gemurmel.
Ausschließlich uns Kindern oblag es, die langen weißen Wachskerzen direkt in die Graberde zu stecken und anzuzünden. Der Wichtigkeit des Amtes waren wir uns wohl bewusst, Eltern und Großeltern naturgemäß froh, sich nicht ständig bücken zu müssen, sie halfen nur aus, wenn die gefrorene Erde gar zu hart war oder der Wind die Zündhölzer immer und immer wieder ausblies. In meiner Erinnerung ist es seltsamerweise immer windstill, sodass das Kerzenmeer der ersten Novembernacht feierlich leuchten und sich für immer in meine Seele einbrennen konnte.

Wieder daheim bei Lukas verstärkt sich die Sehnsucht nach jenem Gefühl meiner Kindheit. »Hättest du vielleicht Lust, nochmal mit mir auf den Friedhof zu gehen?« Ich weiß, dass er die vielen Lichter in der Nacht genauso schön finden wird wie ich.
»Findest du es nicht schon ein bisschen spät? Und womöglich regnet es noch!« Der gutmütige Lukas muss meistens nicht lange zu etwas überredet werden, doch ihn vom warmen Ofen wegzulocken, erfordert ein wenig Überredungskunst. »Warte, ich schau vor die Tür!« Vorsichtig ziehe ich meinen Arm hinter seinem Rücken heraus, stehe auf und mache ein paar Schritte ins Freie.
Der Wind hat sich gelegt, der Regen aufgehört. Sterne und Mond lassen sich hinter den Wolken allenfalls erahnen, die Nacht ist stockdunkel, kaum vernehmbar weht das Rauschen des nahen Waldes zu mir herüber.
»Du kannst beruhigt sein, es ist so ein schöner Abend!«

Endlich erbarmt Lukas sich. Wir wählen den Feldweg zwischen abgeernteten Wiesen und Äckern, schon von weitem glimmen die roten Lichter der Grabkerzen schwach durch die Zypressenhecke.
Das große eiserne Tor quietscht, als wir es öffnen, nach wenigen Schritten bleiben wir stehen und fassen uns an den Händen, Lukas rührt sich lange nicht vom Fleck: »Sowas hab ich noch nie gesehen. Das ist ja magisch!«
Rotleuchtende Lichter und zahllose Kerzenflammen bestrahlen die Blumen auf den Gräbern, der Ort gehört uns ganz allein. In der Ferne läuten die Kirchenglocken des ungarischen Nachbardorfes, dessen Name tatsächlich »Allerheiligen« lautet. Der Klang verhallt, still und stiller wird es auf dem Friedhof, wir sind unter uns – die Toten und wir. Wir fühlen uns wohl in deren Gesellschaft.
Alle meine Ahnen liegen hier, geben mir Wurzeln, verbinden mich mit dem Leben, ihre Geschichten füllen die Zeit. So wie sie werden auch wir unsere Schicksale meistern: Gutes und Schlechtes, Schönes und Schwieriges. Und das Licht der Kerzen erhellt das Dunkel der Nacht.

Der Fluss trennt die flachen Wiesen und Äcker rund ums Dorf von den Weinbergen und Mischwäldern auf den sanften Hügeln. Als kleine Quelle am Wechsel entspringend bahnt sich die Pinka einmal auf südburgenländischem, dann wieder auf ungarischem Gebiet ihren Weg. Vom Dorf weg windet sie sich ruhig ihrer Mündung in die Raab entgegen.
Hoch über den Weingärten liegt eine alte Wallfahrtskirche, seit über 800 Jahren wacht der geschwungene Turm über das Tal, bildet das Ziel unzähliger Pilger aus allen Himmelsrichtungen.
Auch uns zieht »Maria Weinberg« an diesem Allerseelenmorgen unwiderstehlich an, wir brauchen nichts weiter zu tun, als zum Fluss zu spazieren und seinem Lauf zu folgen. Ein goldenes Blatt tanzt auf den schimmernden Wellen, Weiden und Gräser säumen das verwachsene Ufer, sanft plätschert das Wasser in seinem Bett vor sich hin. Kleine bunte Weinkeller schmiegen sich an Hänge, an denen das letzte Weinlaub in feurigen Farben lodert, glasklares Himmelblau

und gleißendes Sonnenlicht machen den Tag vollkommen.
Lukas ist schon ein paar Schritte vorausgegangen, um die glitzernde Wasseroberfläche direkt von der Uferkante aus zu filmen. Über ihm befindet sich der Pinkasteg, den ich auf dem Weg ins Dorf wohl schon hunderte Male überquert habe. Und ganz unerwartet, von einem Moment auf den anderen, macht das Bild des Mannes unter dem Steg die alte Geschichte in meinem Kopf lebendig.

Schwer lag sein Kopf auf der rauen Platte des Fichtentisches, leises Schnarchen stieg hinauf zu den Holzbalken der niedrigen Kellerdecke. Aus dem leicht geöffneten Mund unter dem Schnauzbart drang leise rasselnd der Atem und wurde in der Kälte des Raumes sofort sichtbar. An den gekalkten Lehmwänden glitzerten Wasserperlen. Der kleine Eisenofen in der Ecke war wohl schon vor einer Weile ausgekühlt, jedenfalls stieg aus dem rußigen Eisenrohr, das dem kleinen Kellerstöckl als Abzug diente, kein Rauch mehr. Genauso verlassen duckten sich auch die anderen strohgedeckten Weinkeller zwischen der Pinka und den Weingärten. Ende Jänner zog es nur die Hartgesottensten in ihre Weinkeller hinaus. Georg jedoch wollte seine täglichen Berggänge auch im Winter nicht missen, zu langweilig wäre ihm daheim der Tag neben seiner Frau Juli geworden. Um Holz zu sparen, wurde nämlich nur die Küche ihres kleinen Bauernhauses geheizt, auszuweichen war schwierig, die Familie auf engem Raum zusammengezwängt.
Auch Gisi, seine Tochter, konnte ihn nicht dazu bewegen, zu Hause zu bleiben - vielleicht waren die beiden ja insgeheim froh, es ohne ihn ruhiger zu haben. Dabei war Georg ein durchaus freundlicher Mann, niemand konnte das Gegenteil behaupten. Verlass allerdings, Verlass war keiner auf ihn. Allzu oft mussten die Kühe ohne ihn gemolken, die Schweine ohne ihn gefüttert werden, was regelmäßig zu heftigen Auseinandersetzungen zwischen ihm und Juli führte. Gerade jetzt, wo ihr Sohn Stefan noch immer nicht aus dem Krieg heimgekommen war, wäre Juli dringend auf die Hilfe ihres Mannes angewiesen gewesen.
Doch wie so oft hatte Georg auch an diesem Nachmittag zu tief ins

Glas geschaut und es war wohl die Kälte, die ihn irgendwann wach werden ließ. Seufzend hob er den Kopf und griff sich mit seiner schwieligen Hand ins steife Genick – alles an ihm fühlte sich kalt an, es wurde ihm klar, dass er doch einige Stunden geschlafen haben musste. Von seinem Kameraden, der ihm beim Uhudlertrinken vorher noch munter Gesellschaft geleistet hatte, fehlte jede Spur. Auch die Kerze im fleckigen Messingständer war schon fast heruntergebrannt, die spärliche Flamme gab weder viel Licht noch viel Wärme ab. Gähnend griff Georg nach seiner verbeulten Tasche, einem Zecker, den Juli ihm vor Jahren aus Kukuruzhäuten geflochten hatte. Er zog sich seinen speckigen Jägerhut so weit über die Ohren, wie es nur ging, draußen würde ihn beißende Kälte erwarten. Seinen Winterjanker hatte er ohnehin nicht abgelegt, ebensowenig die ausgetretenen Lederstiefel mit dem hohen Schaft.

Ächzend beugte er sich vor und blies die Kerze aus, ohne Probleme fand er im Finsteren den Weg zur Tür. Obwohl der Türstock sehr niedrig war und sich fast alle Erwachsenen beim Eintreten ducken mussten, reichte es, wenn Georg den Kopf nur ganz leicht nach vorne neigte, er war einer der kleinsten Männer im Dorf.

Und zu allem Überfluss saß noch ein auffälliger Buckel über seinem rechten Schulterblatt. Überliefert ist, dass er mit kerzengeraden Gliedern zur Welt gekommen ist, wie ist er also zu diesem Buckel gekommen?

Ganz genau ist es nicht belegt, leicht könnte es sich folgendermaßen zugetragen haben:

Im Februar des Jahres 1900, mitten im Fasching, heirateten Georgs Eltern, Josef und Ursula. Damals fanden die meisten Hochzeiten im Winter statt, da hatten die Dorfleute mehr Zeit und waren ausgeruht; eine Hochzeit im Sommer hingegen bedeutete oft, dass wohl noch vor Jahresende ein Kind das Licht der Welt erblicken würde. Ursulas Mutter ihrerseits hatte es nicht mehr geschafft, rechtzeitig unter die Haube zu kommen, deswegen war Ursula ein uneheliches Kind gewesen. Der Pfarrer im Ort meinte, jene Kinder für deren »illegitimen« Stand büßen lassen zu müssen, und verpasste den Neugeborenen Namen, die damals niemand freiwillig gewählt hätte.

So war Georgs Mutter zu ihrem Namen Ursula gekommen, nicht ahnend, dass Generationen nach ihr durchaus Gefallen daran finden würden. Jahre später also heiratete ebendiese Ursula, von allen Urschi gerufen, ihren Josef, in den nächsten Jahren kamen sechs Kinder, Georg war das älteste. Große Kinderscharen waren üblich, die Sterblichkeit unter Frauen und Kindern allerdings hoch. In Georgs Familie war es aber nicht die Mutter, die starb, sondern es war der Vater.

Wenige Tage vor dem Heiligen Abend des Jahres 1913 erlag Josef einer Lungenkrankheit, Ursula war mit 38 Jahren eine Witwe mit sechs Kindern. Für den sechzehnjährigen Georg brachen nun harte Zeiten an, es lag nun an ihm, dem gescheiten, leutseligen Burschen, die Arbeitskraft des Vaters zu ersetzen. Mit derart wenigen Äckern und Tieren das Essen für sieben Menschen zu erwirtschaften, war schier unmöglich, jedoch beileibe kein Einzelschicksal. Nahezu alle kinderreichen Bauernfamilien Deutsch-Westungarns waren um die Jahrhundertwende Entbehrungen gewohnt. Ursula besaß nur eine Kuh, weder Ochs noch Pferd, es blieb dem schmächtigen Georg nichts anderes übrig, als sich selbst vor den Pflug zu spannen. Heute ist kaum zu ermessen, wie er unter dem Arbeitspensum und der Verantwortung gelitten haben muss. Dabei könnte seine Gesundheit Schaden genommen haben.

Doch noch eine Variante wird erzählt und scheint durchaus denkbar: Vielleicht waren es auch die schweren Eimer mit den Rüben gewesen, die dem Achtjährigen schon Jahre zuvor die Schulter ausgekugelt hatten. Die Eltern widmeten den Tränen des Buben nicht allzu viel Aufmerksamkeit, die Sache würde sich doch wohl von selbst wieder einrenken – was sie aber offensichtlich nicht tat.

Irgendwann legten sich die Schmerzen und Klagen des Kindes, der Schaden jedoch war bleibend. Später ließen das feingeschnittene Gesicht, das fröhliche Blitzen seiner Augen und nicht zuletzt der imposante Schnurrbart mit den aufgezwirbelten Spitzen die krumme Schulter schnell in Vergessenheit geraten.

Und sogar dieses Übel hatte sein Gutes: Immerhin hatte der Buckel

Georg zweimal davor bewahrt, in den Krieg ziehen zu müssen. So fanden der Erste und der Zweite Weltkrieg ohne ihn statt, was jedoch nicht heißen soll, dass diese Kriege sein Leben nicht nachhaltig geprägt hätten.

Georg trat also über die hohe Schwelle ins Freie, tastete mit klammen Fingern nach dem Schloss und drehte den schweren Eisenschlüssel mit ganzer Kraft herum, ehe er ihn in den Zecker schmiss. Der Weg vom Weinberg ins Dorf dauerte zu Fuß kaum eine halbe Stunde, er war ihn schon oft gegangen, öfter als jeden anderen Weg, er fand ihn sozusagen im Schlaf. Ein ausgetretener Pfad leitete ihn weg vom Berghang, der in tiefster Finsternis ruhte, die kleinen strohgedeckten Weinkeller leuchteten schemenhaft im Licht der schmalen Mondsichel, erst vor wenigen Tagen war Neumond gewesen.

Es gab gerade einen ständigen Bewohner hier draußen im Berg, nämlich Josl Dunst, der die Abgeschiedenheit der Weinkeller dem Dorfleben vorzog, der schwache Lichtschein hinter seinem kleinen Fensterkreuz war kaum auszumachen, jedenfalls fiel er unserem nächtlichen Wanderer nicht weiter ins Auge. Nach ein paar hundert Metern, auf Höhe der Mühle, würde Georg die Pinka überqueren, querfeldein über die Wiesen marschieren, nach ungefähr einer Viertelstunde das Dorf erreichen und nach wenigen Minuten sein Haus unterhalb der Kirche.

Beim Gedanken an den Empfang, den Juli ihm bereiten würde, zog sich ihm der Magen zusammen. Wieder einmal hatte sie die ganze Arbeit im Stall allein machen müssen, hoffentlich hatte wenigstens Gisi ihr geholfen. Gisi, seine Tochter mit den blonden Zöpfen, die heimlich zu ihrem Vater hielt, aber nicht gerade erfreut war, wenn er die Mutter wieder einmal im Stich ließ. Mit etwas Glück schliefen die beiden schon, er würde sich ohne Umschweife und ohne Streit nur mehr zu ihnen in die warme Kammer legen.

Die Aussicht auf ein warmes Bett lässt ihn schneller ausschreiten, dumpf schallen die Tritte der genagelten Stiefel auf dem steinhart gefrorenen Weg. Die Nacht ist klar und eiskalt, auch in seinem Kopf herrscht wieder annähernd Klarheit. Immer näher kommt er dem alten Holzsteg, auf dem er die Pinka schon unzählige Male überquert hat. Normalerweise hört er das Plätschern des Flusses schon eine Weile vorher, nur in dieser Nacht gluckert es verhaltener als sonst. Als schimmernder Streifen bahnt sich ein schmales Rinnsal seinen Weg, der Großteil des Wassers fließt lautlos unter einer dünnen Eisdecke, die sich von beiden Uferseiten aus alsbald mittig schließen wird.

Jeden Millimeter kennt Georg auf diesem Steg und so greift er zielsicher nach der kantigen Latte, die auf der linken Seite ein bisschen Halt bieten soll. Die wenigen Schritte über die Böschung, die zum schmalen Steg hinab in Richtung Wasser führt, bewältigt er ohne Probleme, erst direkt über der Pinka sollen ihm die eisigen Temperaturen zum Verhängnis werden.

Die dicke Eisschicht auf den wackligen Holzbrettern ist tückisch, er verliert trotz seiner schweren Stiefel das Gleichgewicht und rutscht ab. Er stürzt so schnell, dass er es nicht mehr schafft, nach dem Geländer zu greifen, mit ihm fällt der Zecker ins Wasser und treibt in der Mitte des Flusses unaufhörlich Richtung Ungarn. Der schwere Eisenschlüssel mit dem großen geschwungenen Griff senkt sich auf den Grund der Pinka.

Georg jedoch versucht mit aller Kraft, sich trotz des Kälteschocks ans Ufer zu retten. Der Fluss ist keinen Meter tief, die Böschung nicht allzu steil, im ersten Moment ist er noch zuversichtlich, es schaffen zu können. Laut hallen seine Hilferufe durch die stille Jännernacht. Am Rand bricht das Eis mit leisem Knacken, als seine Finger versuchen, sich um die dünnen Gräser der Böschung zu klammern.

Wieder und wieder ruft er um Hilfe, seine Kräfte lassen nach und seine Hoffnung sinkt. Weder kann er den Steg erreichen noch sich an den dünnen Weidenästen hochziehen, die links und rechts über den Fluss hängen. Er verliert rasch das Gefühl in den Beinen, irgendwann tragen sie ihn nicht mehr und er rutscht auf den glitschigen Steinen aus, die Finger finden nichts, woran sie sich festhalten können.

Wie lange mein Urgroßvater dort gegen das Ertrinken und das Erfrieren angekämpft hat, weiß niemand. Sicher weiß man nur eines: Josl Dunst, der Bergbewohner, meinte, irgendwann Hilfeschreie ge-

hört zu haben. Er sei sogar kurz vor die Tür gegangen, doch es wäre ihm beim besten Willen nicht möglich gewesen, die Richtung zu bestimmen, aus der die schwachen Schreie gekommen seien. Außerdem war es wirklich sehr kalt in dieser Jännernacht und so machte Josl, dass er schnell wieder in sein warmes Bett kam.
Georgs Leiche trieb inzwischen flussabwärts und wurde erst eineinhalb Tage später, kurz vor der ungarischen Grenze, in der Uferböschung hängend gefunden.
Gisi, weit mehr als ein halbes Jahrhundert später schon selber eine alte Frau, kann sich nicht mehr daran erinnern, wer ihrer Mutter und ihr die Todesnachricht überbracht hat. Sie hat kein Bild des zerschundenen Gesichtes vor sich, kein Bild, wie ihr Vater drei Tage lang in der guten, ungeheizten Stube aufgebahrt worden ist. Sie weiß nicht, wie sehr sie um ihn getrauert hat. Sie weiß nur mehr, dass am 31. Jänner 1944, dem Tag des Begräbnisses ihres Vaters, plötzlich ein Tauwetter einsetzte, wie man es im Pinkatal davor nie erlebt hatte und danach nie wieder erleben sollte.

*Julianna und Josef, 1914*

# Rosen und Feldgrau

So war ihr Mann Georg nur 48 Jahre alt und meine Urgroßmutter Julianna mit 51 Jahren bereits zum zweiten Mal Witwe geworden. Trotzdem stand sie an diesem milden Wintertag des Jahres 1944 zum ersten Mal am offenen Grab eines Ehemannes. Wie war das gekommen? Warum fühlte sie sich nur seltsam stumpf, konnte keine Ähnlichkeit mit der alles verschlingenden Trauer um Josef fast 30 Jahre zuvor feststellen? Und warum war es das Schicksal ihres zweiten Mannes gewesen, im Schatten des ersten leben zu müssen?

Meine Augen schweifen wieder über den klaren Fluss, der munter über die Steine plätschert. Vom Pinkasteg aus folgen sie einem gelben Lindenblatt, das auf den Wellen tanzt. Wäre das Wasser tief genug, würde es mich in wenigen Minuten über die Grenze getragen haben. Die Grenze, die jetzt seit drei Jahrzehnten wieder offen ist. Kristallene Funken blitzen auf, die Luft riecht nach Herbstlaub und vergorenen Weintrauben. In der Ferne erkenne ich den dunkelroten Kirchturm des Dorfes.

Jenes Dorf birgt unzählige meiner Erinnerungen: Jedes Wochenende, jeden Feier- und jeden Ferientag habe ich während meiner Kindheit am Fuße der roten Kirchturmspitze verbracht. Alle meine Großeltern wurden in den adretten Arkadenhäusern der Streckhöfe geboren - nur den Großvater väterlicherseits hatte es vom mittleren Burgenland in den Landessüden verschlagen.

Nach der letzten Feuersbrunst vor dreihundert Jahren hatte man die Abstände zwischen den Häuserzeilen erheblich vergrößert. Fortan breiteten sich links und rechts der Dorfstraße großzügige Wiesen aus, unter deren Linden, Nuss- und Zwetschkenbäumen sich Scharen von Dorfkindern und Gänsen tummelten. In den letzten Jahrzehnten war es auf der Gasse ruhiger geworden, im Sommer bevölkerten nur die Gebrechlichen und die Kinder die schattigen Hausbänke, erst gegen Abend oder am Feiertag fanden auch die anderen Zeit zum Rasten. Schlafzimmer und gute Stube lagen straßenseitig, die ganz Jungen und die ganz Alten schliefen oft gemeinsam in den hinteren Kammern, an die sich ein ebenerdiger Keller mit eingemauertem Backofen und Vorratskammern schlossen. Dahinter reihten sich Ställe für Schweine, Kühe, Pferde, Gänse und Hühner. Schließlich grenzte ein großer Heustadel die Hinterseite des Hofes von den weiten Wiesen ab, die sich wieder zur Pinka hin erstreckten.

Als kleines Mädchen habe ich oft am Dachboden meiner Großeltern im Dorf gespielt. Eine abgetretene hölzerne Treppe führte unter das spitze Dach, ein trübes Fenster sorgte für dämmrige Helligkeit. Ich erinnere mich an tote Fliegen auf dem Fensterbrett, Mäusegift in versteckten Ecken und Spinnweben in meinem Haar. Im Sommer war es hier heiß und im Winter eiskalt. Manchmal ließen kleine Spalte zwischen den verrutschten Ziegeln schmale Lichtstreifen durch, in denen die Staubkörner tanzten. Die Weite des hohen Raumes, das verzauberte Licht, der Geruch nach alten Gegenständen, Büchern, Koffern und Schuhen – der Dachboden war meine Kathedrale. Nicht selten huschte ich die Stiegen hinauf und setzte mich auf einen der Querbalken, es war ruhig, die Zeit war unten geblieben.
Mein Blick schweift träge über das Gerümpel um mich herum, an einem abgewetzten Lederkoffer in einem dunklen Winkel bleibt er hängen. Obgleich ich erst elf bin, muss ich meinen Kopf einziehen, um nicht an den schrägen Balken zu stoßen. Im Halbdunkel taste ich nach dem Koffer, dessen Oberfläche sich rau anfühlt, braunes hartes Leder. Das Schloss ist zwar eingerostet, der Deckel lässt sich aber leicht hochheben. Meine Neugier in diesem Moment ist grenzenlos, der prall gefüllte Koffer meine Schatzkiste. Atemlos greife ich nach dem abgegriffenen Papier: Vergilbte Magazine und alte Bauernzeitungen fallen mir in die Hände, bis zum Grund des Koffers findet sich nichts, was mich interessieren würde. Meine Fingerkuppen sind fast schwarz vom alten Staub, der mir lästig in der Nase juckt. Verpufft

die Verheißung, umsonst die Aufregung.
Seufzend klappe ich den Deckel zu - und registriere erst jetzt ein geschwungenes Holzstück, das hinter dem Koffer im spitzesten Dachwinkel eingeklemmt ist. Knieend strecke ich meine Hand in die finstere Ecke und zerre endlich einen großen schweren Rahmen hervor: das alte Porträt eines jungen Paares. Die Frau könnte Julianna sein, doch den Mann habe ich noch nie gesehen: Augen, die ihren Blick auf mich richten und mich seltsam berühren. Ebenmäßiges Gesicht, volle Haare, ein kleiner Schnauzbart, offensichtlich trägt der junge Soldat eine Uniform. Mein Großvater ist das nicht, auch nicht mein Urgroßvater, der da von dem wurmstichigen Holz umrahmt wird. Traurig kommt er mir vor, traurig und ernst. Wer er ist, werde ich erst nach langem Nachfragen erfahren.

*»Julianna Laki, Erstkommunion am 6. April 1902«* – die mit schwarzer Tusche geschriebenen Kurrentbuchstaben verewigen Namen und Anlass. Eine Friedenstaube strahlt über einem silbrig umkränzten Kelch. Ein anderer schwarzer Holzrahmen. Ein Bild für sie allein, sie wird es über ihrem Bett aufhängen. Glücklich hält die neunjährige Juli ihr Erstkommunionsgeschenk in den Händen.
Viel zu überdreht zum Schlafen hatte das Mädchen in der Nacht nur wenig Schlaf gefunden, die auf feine Kukuruzhäute gewickelten Haarrollen drückten derart, dass sie sich kaum zu bewegen wagte. Erleichtert sah sie die Dunkelheit dem Morgengrau weichen, sah im trüben Licht aus dem Augenwinkel, wie ihre Mutter Johanna sich im Bett aufsetzte und ein warmes Tuch um die Schultern legte, sah nackte Zehen, die automatisch den Weg in die Wollpantoffeln und in die Küche fanden. Juli hörte, wie die Mutter mit dem Schürhaken die Glutreste im Ofen anfachte, und tappte barfuß über den Holzboden. Der Vater und der kleine Bruder schliefen weiter, vorsichtig schloss sie die Tür hinter sich. In der Küche war es kühl, der Aprilmorgen draußen noch frisch.
»Guten Morgen!« »Ja guten Morgen, warum bist du denn schon auf?« »Ich bin so aufgeregt, ich freu mich schon so!«, gluckerte Juli und die Mutter musste lächeln.

Es war das erste Mal, dass Julis wegen ein Fest gefeiert werden sollte. Und es war das erste Mal, dass Juli eine Festtagsfrisur bekommen und sich so richtig herausputzen sollte. »Bitte, darf ich die Kathi aufwecken? Sie hat mir versprochen, mir meine Haare fertig zu machen!« Katharina war Juliannas große Schwester und mit ihren 14 Jahren äußerst bewandert im Gestalten kunstvoller Frisuren. »Sollen wir denn schon anfangen, ist es nicht ein bisschen früh? Lass die Kathi noch ein bisschen schlafen, das wird heute ein langer Tag für uns alle«, bremste die Mutter sie eher zum Spaß und streute einen Esslöffel Kristallzucker in das Wasser im hellblauen Emailletopf. Ein paar Zuckerkörner mussten auf die heiße Platte gefallen sein, denn in der Küche verbreitete sich ein angenehm karamelliger Geruch, den Juli wohlig einsog, das war ein verheißungsvoller Tagesbeginn! Mit dem Zuckerwasser würden sie Julis prächtige Locken fixieren, auch die Rüschen des Kommunionskleides konnten noch ein paar Spritzer vertragen. Das weiße Kleid hatten sie von der Nachbarin ausgeborgt, es strahlte gestärkt auf einem Kleiderhaken am Hochzeitskasten der Eltern. Auf der Küchenkredenz lag aufgerollt das weiße Seidenband, das ihr die Schwester als glänzende Schleife ins Haar binden würde. Juli steuerte in Kathis Kammer und drängte sich zu ihr ins Bett, so würde sie sie am einfachsten wach bekommen. »Du, Kathi, das Zuckerwasser steht schon am Herd, wir können gleich anfangen!« Seufzend schlug Kathi die Augen auf und schaute geradewegs in Julis Gesicht. Sie kannte die kleine Schwester, die würde keine Ruhe mehr geben - und versprochen war versprochen. »Ist ja gut, ich komm gleich, du kannst schon alles herrichten«, ergab sich Kathi schließlich. Außerdem war es gar nicht schlecht, vor der Messe noch genügend Zeit zu haben, immerhin wollte auch sie sich zu diesem Anlass noch ein wenig hübsch machen.
Kathis flinke Finger hantierten gekonnt mit Spangen, Pinsel und Zuckerwasser, die heiße Brennschere wurde mit größter Vorsicht gebraucht, die Prozedur dauerte lange, Juli plapperte und plapperte. Die ältere Schwester ließ sich von der Freude der kleinen anstecken und so warfen sie sich gemeinsam für den großen Tag in Schale. Strahlend hell blitzte schließlich die weiße Schleife zwischen den

dunklen Korkenzieherlocken hervor.
Endlich trat die herausgeputzte Juli mit der ganzen Familie im Schlepptau den kurzen Weg zur Kirche an, sie fühlte sich wie eine Prinzessin, leicht und schwebend tänzelte sie auf dem steinigen Weg voraus. »Bitte, Juli, pass auf, dass du nicht hinfällst!«, hörte sie von hinten die Worte der Mutter, von ihr aus hätte der Weg noch viel viel länger sein können.
Wie hatte Juli im Vorjahr die Mädchen in ihren weißen Kleidern bewundert, als überirdisch schön, geradezu nicht von dieser Welt waren sie ihr erschienen. Und nun war sie selbst eines dieser engelsgleichen Wesen. Keiner ahnte damals, dass es das erste und letzte Mal in ihrem Leben war, dass sie ein weißes Kleid tragen sollte.
In der Kirche war es kalt, gleichwohl spürte Juli die Kälte nicht. Stundenlang kniete sie mit den anderen Kindern in einer Reihe vor dem Altar und fühlte sich seltsam erhoben. Zum Andenken an ihre Erstkommunion bekam sie vom Pfarrer das gerahmte Bild und ein Gebetbuch geschenkt. Fast 80 Jahre später sollte das Gebetbuch mit ihr begraben werden, das vergilbte Bild allerdings hängt in seinem wurmstichigen Rahmen noch immer an meiner Wand.
Um das Festessen rechtzeitig auf den Tisch bringen zu können, hatten Mutter und Großmutter sich schon ein bisschen früher aus der Messe fortgestohlen. Seit Tagen waren sie mit den Vorbereitungen beschäftigt, Suppe, Rindfleisch, Braten, Backhendl – so viele gute Sachen auf einmal gab es nur alle Jubeljahre. Pünktlich um zwölf trafen die hungrigen Kirchgänger ein, Eltern, Großeltern, Geschwister und Paten drängten sich um den großen Tisch zusammen, Juli in ihrer Mitte. Die griff wie alle anderen tüchtig zu, war aber sehr darauf bedacht, sich in ihrem Magen noch genug Platz für Torten und gezuckerte Krapfen aufzusparen.
Keinen wunderte es, dass sie in dieser Nacht wie ein Stein schlief und am nächsten Morgen schon längst die Sonne beim Fenster herein strahlte, als sie endlich aufwachte.

Die Geschwister wuchsen heran, die große Schwester war Julis Vorbild und Verbündete. Im Sommer 1907 waren die beiden 14 und 18

Jahre alt. Der 15. August, Maria Himmelfahrt, bildete alljährlich den Höhepunkt der heißen Jahreszeit – am Fuße der Wallfahrtskirche Maria Weinberg fand am »Großfrauentag« der größte Markt des Jahres statt. In Scharen zog es die Wallfahrer aus der Umgebung auf die große Wiese am Fuße des Kirchenhügels.
Kathi und Juli brechen schon früh auf, das Kirtagsgeld von ihren Paten sicher im Stoffbeutel verstaut. Es gibt nicht viele Anlässe unterm Jahr, an denen sie sich etwas kaufen können, die Wünsche nehmen sich dennoch sehr bescheiden aus: Juli braucht eine neue Haarspange, Kathi plant eine größere Anschaffung, vielleicht findet sie einen hellblauen Stoff für eine neue Sonntagsbluse? Die alte sitzt recht knapp, der Stoff wirkt schon ein bisschen fadenscheinig, zum Ausgehn hätte sie gerne etwas Präsentableres. Und der Vater hat ein Einsehen und hat ihr ein paar Kronen extra mit auf den Weg gegeben.
Der Weg vom Dorf zum Festplatz ist weit, sie werden fast zwei Stunden gegangen sein, schon am frühen Vormittag sticht die Sonne vom Himmel. Nachdem sie die Pinka überquert haben, hätte Juli gerne ein bisschen im Weinkeller gerastet, doch Kathi ist ungeduldig und will nichts von einer Pause wissen. Die Zunge klebt ihnen am Gaumen, einen Wasserkrug wollten sie nicht mitschleppen. Endlich sind sie am Ziel, überhitzt und durstig wie viele andere. Vor einem Stand reihen sie sich in die lange Schlange ein und stürzen den kalten Met schließlich auf einen Zug hinunter. Nachdem sie den Kirchgang in der Wallfahrtskirche hinter sich gebracht haben, durchstreifen sie unzählige Male die Reihen der Marktstände. Glücklich findet Juli eine Spange, Kathi ihren Stoff, in der Kirche und auf der Festwiese treffen sie Freundinnen, Verwandte und Bekannte, der Großfrauentag hält wieder einmal, was sie sich von ihm versprochen haben. Bevor sie sich auf den Heimweg machen, bleiben sie noch einmal am Würstelstand stehen und stärken sich, kommen erschöpft und zufrieden gegen Abend zu Hause an. Alles ist so, wie es sein soll – bis zum Morgen des nächsten Tages. Kathi hat nicht gut geschlafen, sich unruhig auf ihrem Strohsack hin und her gewälzt, obwohl sie sehr durstig ist, hat sie sich einfach nicht aufraffen können, ein Glas Wasser aus der Küche zu holen. Und auch jetzt, in der Früh, fehlt ihr die

Kraft, das Bett zu verlassen.
Nachdem Johanna an diesem Morgen in der Küche ihren Malzkaffee getrunken hat, wundert sie sich, dass Kathi noch nicht aufgetaucht ist. Nach einer Weile beschließt sie, nach ihrer Ältesten zu sehen.
In deren Kammer ist es stickig und Johanna erschrickt, als sie Kathi sieht. »Kind, du glühst ja, was ist denn los mit dir?« Kathi antwortet nicht – und von da an nimmt die Angst Johanna in ihren Würgegriff. »Warte, ich hole schnell Wasser für dich und dann schick ich den Vater um den Doktor!« Der Doktor kommt und macht ein ernstes Gesicht, er diagnostiziert eine Lungenentzündung. Kathi fiebert hoch, trinkt wenig, schläft immer mehr, spricht kaum, wirft sich in ihrem Bett hin und her, es gibt weder eine Behandlung noch ein Medikament, das ihr helfen könnte. Fassungslos, hilflos wachen Eltern und Schwester an Kathis Bett, tagelang kein Zeichen der Besserung, kein Strohhalm, an den sie sich klammern können.
In der Ecke liegt der hellblaue Stoff für Kathis neue Bluse, eine Bluse, die weder genäht, geschweige denn je getragen werden wird. Wieder kommt der Arzt und macht den Eltern wenig Hoffnung. Kathi röchelt in ihrem Bett und dämmert vor sich hin, sie scheint sich schon auf den Weg in eine andere Welt gemacht zu haben. Das Unabwendbare nimmt Form an, der Pfarrer wird gerufen, das achtzehnjährige Mädchen soll die letzte Ölung erhalten.
Juli ist wie gelähmt, was hier passiert, übersteigt ihr Vorstellungsvermögen, sie hasst den Arzt und den Pfarrer, kann nicht glauben, dass beide nichts mehr tun können. Der Versehgang raubt ihr die letzte Hoffnung, der Pfarrer im Chorgewand und die beiden Ministranten verlassen das Sterbezimmer und nehmen neben Weihrauch und Chrisam die letzte Zuversicht mit sich. Keine zehn Tage, nachdem sie gemeinsam am Großfrauentag waren, macht Kathi ihren letzten Atemzug, Juli bleibt zurück, zerstört. Die Traurigkeit im Haus ist mit Händen zu greifen, sie hat sich nun den festen Ritualen anzupassen, die bei einem Todesfall wirksam werden. Sobald im Dorf ein Mensch auf die Welt kommt oder diese verlässt, folgen die Ereignisse einer klaren Regie, die seit Jahrhunderten Halt und Struktur gibt. So wird die gute Stube ausgeräumt und Kathi darin in einem weißen Kleid

aufgebahrt. Rund um die Uhr halten Verwandte und Freunde die Totenwache, weder die Tote noch die Lebenden sind auch nur für einen Augenblick allein.
Julis Finger umklammern Kathis Rosenkranz, so hat sie wenigstens ein bisschen das Gefühl, mit ihr verbunden zu sein.
Schmal ruht Kathi auf ihrer Bahre, die Nase ragt spitz aus dem wächsernen Gesicht. Ist das noch ihre Schwester? Die schmerzende Lücke, die Kathi in Julis Herz hinterlässt, wird sich nie ganz schließen.
Monotone Gesänge und Gebete dringen an Julis Ohr, von draußen wabert der Geruch nach gebratenem Fleisch herein, im Hof wird aufgekocht, die Klageweiber, deren Männer und Kinder müssen versorgt werden. Wie in Trance folgt Juli Kathis Sarg, das Grab liegt in der Mitte des Friedhofs.
Im folgenden Jahr gestalten die Eltern das Grab so, dass es am Dorffriedhof seinesgleichen sucht. Ein prächtiger weißer Grabstein wird bestellt, um die Grabstätte ein kunstvoller Zaun aus Schmiedeeisen gezogen, der bald von Efeu umrankt wird. Ein mächtiger steinerner Engel beweint das achtzehnjährige Mädchen, die Hand vor dem Gesicht, die Flügel erhoben.
An Juli nagt die Trauer, sie spürt auch, dass sich ihre Position in der Familie verändert, sie ist nun die Älteste, fühlt sich verantwortlich, hat das Gefühl, Kathis Aufgaben übernehmen zu müssen. Der Schmerz ist zäh.

Es traf sich gut, dass nach sechs Jahren in der Volksschule für Juli die Schulpflicht erledigt war, sie fühlte sich durchaus schon gerüstet fürs Leben. Allzu viel Freude hatte ihr das Sitzen im stickigen Klassenzimmer ohnehin nie gemacht. Bis zu 60 Kinder waren in einen Klassenraum gepfercht, der von dem kleinen Ofen in der Ecke nur recht und schlecht erwärmt wurde. Auf den raren Schulfotos aus diesen letzten Jahren der Monarchie finden sich keine lachenden Gesichter, vielmehr stehen ernste Mienen an der Tagesordnung, Strafen und Schläge sowieso.
Überdies herrschte in Deutsch-Westungarn damals ein Schulgesetz, dass alle Kinder das Ungarische als Unterrichtssprache zu erlernen

und zu gebrauchen hätten. Für die deutsche Sprache blieb so zu wenig Zeit, was für großen Unmut sowohl bei den Eltern als auch deren Kindern sorgte. Da das Dorf Hunderte Jahre zuvor von Bayern aus besiedelt worden war, sprachen alle Dorfbewohner seit jeher Deutsch, die meisten konnten wegen der nahen Grenze höchstens ein paar Brocken Ungarisch. Am ehesten bildete sich die Nähe zu Ungarn noch in der sehr speziellen Mundart des Dorfes ab, in dieser hatten sich etliche magyarische Lehnwörter etabliert.
Trotz der fehlenden Ungarischkenntnisse musste gleich in der Früh sowohl das ungarische Vaterunser gebetet als auch die Hymne »Isten, áldd meg a magyart« (»Gott segne den Ungar«) gesungen werden, deutsche Lesebücher fehlten hingegen, die Geschichten der eigenen Tradition fanden keinen Platz. Juli verstand weder die Legenden der ungarischen Könige noch die ungarischen Gedichte, trotzdem mussten die quälend langen Texte auswendig gelernt und rezitiert werden, was ihr mehr als lästig war und obendrein keinen Lerneffekt aufwies. Ohne Wehmut brachte sie ihren letzten Schultag hinter sich. Ihr Leben unterschied sich kaum von dem der anderen gleichaltrigen Mädchen: Unter der Woche wurde gearbeitet, am Feld, in den Weinbergen, im Wald, je nach Witterung und Jahreszeit. Samstagabend allerdings, Samstagabend versammelte sich die Dorfjugend unter der Linde am Anger. Immer fand sich jemand, der aufspielte, auch die Älteren setzten sich auf den Bänken vor ihren Häusern zusammen und beobachteten neugierig das Treiben der Jugend.

Der Duft der Linde liegt lieblich über dem hellen Sommerabend, die Schürzenbänder der Mädchen fliegen, letzte Junikäfer taumeln durch die Luft. Lautlos ins Gras schwebende Lindenblüten, lauthals lachende Burschen und Mädchen. Im Winter hat Juli ihren siebzehnten Geburtstag gefeiert, sie ist nun eine biegsame junge Frau, die gern arbeitet und Späße macht. Nun ist es Sommer, der Tanz unter der Linde beseelt sie, obwohl sie schon den ganzen Tag auf den Beinen ist, fühlt sie sich kräftig und voller Tatendrang. Ein Walzer, eine Polka, ein Landler und wieder eine Polka - die Klänge der Musikanten fliegen über die Dächer und Wiesen des Dorfes. Wirbelnde

Gestalten drehen sich im Kreis, Juli hat an diesem Abend nur Augen für einen, sie spürt: Nie mehr möchte sie mit einem anderen tanzen. Ahnt sie, dass sie nie wieder so froh und unbeschwert sein wird wie mit Josef an jenem lauen Abend?

Josef kennt sie schon immer, und immer hat sie sich gefreut, ihn zu sehen. Sie ist drei Wochen vor ihm, nur wenige Häuser weiter, auf die Welt gekommen, sie sind immer in derselben Schulklasse gesessen. Seit wann die Blicke länger geworden sind, seit wann sich ihre Wege immer öfter gekreuzt haben, seit wann er nach der Dämmerung am Gassentor auf sie gewartet hat – das alles kann Juli nicht mehr genau sagen, sie weiß nur eines: Ob sie im Stall die Kühe melkt, am Feld die Rüben harkt, im Weingarten die Reben schneidet oder in der Nacht im Bett liegt: Sie kann nicht aufhören, an ihn zu denken. Der sanfte Josef mit den kräftigen Armen, den dunklen Augen und der warmen Stimme.

Beide sind 19 Jahre alt, als sie vor den Traualtar treten, an einem strahlend schönen Sonntag im Mai. Der Pfarrer ist mit dem Termin einverstanden, einzig an Samstagen darf jetzt nicht geheiratet werden, denn dann wäre die Kirche am Sonntagvormittag wohl leer gewesen. Ein Ding der Unmöglichkeit. In Julis und Josefs Fall besteht weder ein Grund, die Hochzeit hinauszuzögern, noch, sie zu beschleunigen. Julis Eltern freuen sich, Juli so selig zu sehen, Josef ist wohl der Hauptgrund, dass Julis Trauer um Kathi allmählich verblasst ist.

So wie die allermeisten leistet sich das Hochzeitspaar in diesem Jahr 1912 keinen Hochzeitsfotografen. Juli heiratet in einem schwarzen Kleid, nur ein weißer Spitzenkragen legt sich um ihren Hals, schließlich soll das gute Stück ja auch nach der Hochzeit in Verwendung bleiben. Ein eigenes weißes Kleid, nur für einen Tag, liegt außerhalb der Vorstellungskraft.

Am Essen allerdings, am Essen wird nicht gespart, im Elternhaus der Braut biegen sich die Tische im Hof unter dem Hochzeitsmahl: Goldgelbe Nudeln schwimmen in, riesige Fettaugen auf der Suppe, die in dicken weißen Steingutschüsseln auf den langen Tischen platziert wird. Nachdem die Suppenteller leer gegessen sind, wird aber

der Löffel nicht gleich aus der Hand gelegt, nein, vielmehr wird er zum Klappern verwendet – erst wenn sich das Brautpaar erhebt und küsst, verstummt der ohrenbetäubende Lärm.
Noch ein Gang findet in den tiefen Suppentellern Platz: Rindfleisch, Semmelkren, rote Rüben und Kren.
Während des Essens verstummt die Musik, wohliges Schmatzen allerorten, Scharren von Besteck, die Münder gehen über, jetzt ist nicht die Zeit zum Reden. Wieder müssen Braut und Bräutigam sich unter Getöse küssen, wieder greifen die Musikanten zu ihren Instrumenten, das eine oder andere Tänzchen schafft Platz im Magen für den nächsten Gang.
Und bald bitten die Serviererinnen in ihren weißgestärkten Schürzen mit einem Spruch um die Aufmerksamkeit der Hochzeitsgäste, Gebratenes, Gebackenes, gelbe Kartoffeln und weiches Brot türmen sich auf den Platten, es wird wacker zugegriffen, Wein und Bier fließen in Strömen, ebenso der Schweiß vom ungewohnt vielen Essen. Engelsköpfe auf goldenen Honigbusserln, Butterkrapfen, Emilienschnitten, Rehrücken, alle Hochzeitsbäckereien, die die Rezepthefte hergeben, mehrstöckige, mit Zuckerrosen und filigranen Bögen aus Eischnee verzierte Torten signalisieren nur ein vorläufiges Ende der Völlerei.
Wenige Stunden später wandert die leicht ermattete Hochzeitsgesellschaft zum Haus des Bräutigams, wo wiederum aufgetischt und von neuen Musikanten aufgespielt wird. Ziehharmonika-, Trompeten- und Trommelklänge erschallen bis weit in die Nacht. Wen wundert es, dass die tüchtigen Hochzeitsgäste nach so einem Tag wie tot in ihre Betten sinken? Der Pfarrer weiß schon, warum er den Samstag mit seinem Veto belegt hat.

Josef hat einen Bruder und zwei Schwestern, völlig unerwartet ist wenige Monate vor der Hochzeit der Vater gestorben, es ist nicht klar, wie das Erbe aufgeteilt werden soll, es entbrennt ein Streit. Da Josef bereits Heiratspläne hegt und Juli eine Mitgift bekommen wird, vereinbart er mit den Geschwistern, diese auszuzahlen, obwohl das für den Zweitjüngsten nicht unbedingt so vorgesehen ist. Allgemein gilt: Wenn ein junges Ehepaar einen Hof übernimmt, tun die Geschwister im gleichen Haus meist gut daran, sich bald ein neues Heim zu suchen. Viele heiraten ihrerseits, andere wiederum ziehen es vor, nach Amerika zu gehen.

Juli übersiedelt, wie damals üblich, in das Haus des Bräutigams. Ihre Eltern gehören zu den wohlhabenderen Bauern im Dorf und können es sich leisten, ihrer Tochter eine anständige Mitgift zu geben. Nur die obligatorische Sichel fehlt in ihrer Ausstattung, der Vater sagt zu ihr: »Eine Sichel bekommst du nicht von mir, diese Arbeit sollen die Schnitter machen!« Juli wird ihr neues Heim hoch erhobenen Hauptes betreten können.

Das weiß gekalkte Haus mit den runden Arkaden beherbergt bis zur Hochzeit Josefs Mutter und deren vier Kinder, mit Julis Geld werden schnell zwei neue Kammern hergerichtet. In diese ziehen Josefs Geschwister und seine Mutter ein. Das junge Paar bezieht das große Schlafzimmer zur Straßenseite hin.

Dort hinein kommen Julis Hochzeitskästen und -betten. Auch zwei Kühe und ein paar Schweine können von ihrer Mitgift dazugekauft werden. Es dauert nicht lange und Juli merkt, dass sie schwanger ist. Alles ist, wie es sein soll, vor Julianna und Josef liegt eine verheißungsvolle Zukunft.

Der Monat Juli ist noch nicht vorbei, obwohl der Tag lang und es fast schon dunkel ist, liegt immer noch bleierner Dunst über der Dorfstraße. Die Gänse sind bereits im Stall, die Hitze scheint sogar die Schwalben und die Amseln zu lähmen, die Stille fällt allerdings niemandem auf. Die Getreideernte, der Schnitt, ist gerade im vollen Gange und verlangt allen alles ab. Jetzt sind die Kräfte erschöpft, es reicht nur mehr zu einer schnellen Katzenwäsche, Juli und Josef fallen todmüde in ihr Bett. Mit den ersten Sonnenstrahlen werden sie wieder am Weizenfeld stehen, mähen und Garben binden. Doch am nächsten Morgen wird nichts mehr so sein wie am Tag davor.

Das Trommeln des Kleinrichters lässt sie hochschrecken, was will denn der noch um diese Zeit? Solange sich das Dorf erinnern kann, hat der Kleinrichter ausschließlich am Sonntag, kurz vor dem Mittagessen, sein »Eeeeeees wird kundgemacht!« gerufen. Wieder ein

Trommelwirbel, sie haben sich nicht getäuscht. Eine seltsame Unruhe erfasst Juli, sie wird den alles zerhämmernden Klang der Trommel an diesem Abend nie vergessen. »Was kann das sein?«, seufzt Josef, schlüpft schnell in seine Hose und folgt Juli auf die Gasse.
Auch vor den anderen Häusern warten die Menschen auf die Verkündigung des Kleinrichters. Es ist der 29. Juli 1914, die Botschaft beginnt mit *»An meine Völker!«* und endet mit *»Ich vertraue auf meine Völker, die sich in allen Stürmen stets in Einigkeit und Treue um Meinen Thron geschart haben und für die Ehre, Größe und Macht des Vaterlandes zu schwersten Opfern immer bereit waren. Ich vertraue auf Österreich-Ungarns tapfere und von hingebungsvoller Begeisterung erfüllte Wehrmacht. Und ich vertraue auf den Allmächtigen, daß er Meinen Waffen den Sieg verleihen werde. Franz Joseph.«*
Es ist wieder still, die Schatten der Fledermäuse sind in der Dunkelheit kaum mehr auszumachen. Ohne dass jemand es sehen könnte, umklammert Juli Josefs Hand. »Und was heißt das jetzt?«, fragt dessen Mutter beunruhigt nach. Der Kleinrichter kratzt sich am Kopf, der Bürgermeister und er wissen inzwischen Bescheid. »Es ist Krieg«, sagt er, »wir haben den Serben den Krieg erklärt.« Niemand sagt ein Wort. Es wird nicht Monate, sondern nur Wochen dauern, bis jener Krieg die jungen Männer des Dorfes erreicht. Juli und Josef sind erst zwei Jahre verheiratet, sie ist schwanger, als der Briefträger den Stellungsbefehl bringt. Er müsse nach Steinamanger, zum Ungarischen Infanterieregiment 83.
Josef hat inzwischen die Wirtschaft offiziell übernommen, seine Geschwister haben ihren Anteil erhalten. Eine graue Wolke scheint seit seiner Einberufung über seinem Gemüt zu schweben, seine Stimmung überträgt sich auf Juli. Wer wird bald die Weintrauben ernten und pressen, die schwere Arbeit am Hof tun? Kriegsbegeisterung kommt in ihrem Haus keine auf, dafür die quälende Sorge um seine und Julis Zukunft. Nichts kann ihn beruhigen, jedenfalls möchte er vorsorgen und geht mit seiner jungen Frau zum Notar in Körmend, wo er ihr seinen ganzen Besitz, also seine Hälfte der Landwirtschaft, überschreibt. Er vertraut Juli bedingungslos und macht sie zur al-

leinigen Hofbesitzerin. Sie und das Kind, das unterwegs ist, sollen abgesichert sein.
Juli und Josef starren in die Dunkelheit, es ist ihre letzte gemeinsame Nacht. Auf dem Tisch in ihrer Kammer liegt die amtliche Mitteilung mit dem gestempelten Doppeladler. Die letzte Woche musste Josef schon in der Kaserne in Steinamanger verbringen, für zwei Nächte dürfen seine Kameraden und er noch einmal in ihre Dörfer zurück. Sie tragen bereits ihre Uniformen, die Fotografen in Körmend, Steinamanger und Güssing haben Hochbetrieb, Erinnerungsfotos für hier und dort.
Juli schluchzt unter der Decke, Josef hält sie fest in seinen Armen. Er hat kein Bild vor sich, kein Bild, wie Juli und er in ein paar Jahren zusammen am Tisch sitzen oder in der Wiese liegen werden.
Auf seinen Wangen vermischen sich seine und Julis Tränen. »Juli, du Juli, ich glaub, ich komm nicht mehr heim!« Juli schluchzt lauter, ihr Kopf droht zu zerspringen. Die Nacht ist lang, nichts kann ihre Verzweiflung dämpfen, der Schlaf macht einen weiten Bogen um das Haus, vom nächsten Tag an halten stattdessen Sehnsucht und Sorge und Angst Einzug.
Der Herbst kündigt sich an diesem Oktobermorgen mit Nebelschwaden über den Feldern an, die Sonne muss sich beim Aufgehen besonders anstrengen, die Schatten über den Wiesen kann sie mit Mühe vertreiben, nicht so die Schatten auf Julis Gemüt. Josef und seine beiden Brüder brechen in der Morgendämmerung auf, letzte kurze Umarmungen, die Mutter schaut ihren drei Söhnen, Juli ihrem Ehemann nach. Sie stehen vor dem Tor und möchten die kleine Gruppe, die zum Bahnhof in Allerheiligen marschiert, mit ihren Blicken festhalten. Wie hypnotisiert starrt Juli auf Josefs Rücken, doch Josef dreht sich nicht um.
Die beiden Frauen sind nicht die Einzigen, die ihre Männer, Söhne und Brüder verabschieden, das Dorf ist für diese Uhrzeit ungewöhnlich belebt. Zum Winken fehlt allen die Kraft. Graue, erstarrte Statuen im dumpfen Licht. Es ist ein kühler Morgen, Juli hat vergessen, sich die Schuhe anzuziehen, jetzt spürt sie ihre Füße kaum noch. Ihre Schwiegermutter zieht sie ins Haus. »Komm her, Dirndl,

wir müssen jetzt zusammenhalten, es wird schon gutgehen.« Doch weder die warmen Worte noch der warme Kaffee können Julis eisige Erstarrung auftauen.
Die Tage reihen sich auf wie eine Schnur aus dunkelgrauen Perlen. Eine davon wird schwarz sein, es ist der Tag, an dem Juli ihr Kind verliert. Der 24. April 1915 ist sowohl Geburts- als auch Sterbetag des kleinen Georg, Josefs Kind, von dem sie sich so gewünscht hat, dass es sie an ihn erinnern wird. Doch es soll nicht sein. Immer schwerer muss sie arbeiten, so ist das alles nicht geplant gewesen. Niemand sieht Juli in dieser Zeit lachen, die Spuren, die die Kriegsjahre in ihrer Seele hinterlassen, werden sich tief eingraben.
Juli hat ihr gemeinsames Abschiedsporträt beim Fotografen vergrößern lassen und in einen schön geschwungenen Holzrahmen gesetzt. Nun hängt es über ihrem Bett, jede Nacht hält sie stille Zwiesprache mit ihrem Mann. Noch kein Brief, keine Nachricht, kein Lebenszeichen. Selten, aber doch bringt der Briefträger raue braune Kuverts aus dem Krieg in die Häuser des Dorfes. Juli und ihre Schwiegermutter warten vergeblich. Die Ungewissheit zermürbt sie. So sehr sie eine Nachricht vom Briefträger fürchten, so sehr ersehnen sie sie. Noch immer kein Brief, keine Nachricht, kein Lebenszeichen. Bis auf eine Karte vom Juni 1915 verliert sich mit Josefs Abschied an jenem Herbstmorgen jede Spur. Juli wird nie mehr etwas von ihm hören, sie weiß weder, wie er ums Leben gekommen, noch wo er begraben ist.

Viele hatten gehofft, dass der Krieg nach ein paar Monaten vorbei sein würde, doch nach dem ersten Kriegswinter war klar, dass sich diese Hoffnung nicht erfüllen würde. Juli und ihre Schwiegermutter mussten zusehen, wie sie die Wirtschaft am Laufen hielten, sie arbeiteten bis zum Umfallen und doch zeigte sich, dass das Pensum für sie kaum zu bewältigen war. Obwohl Julis Eltern ihnen aushalfen, so gut es ging, kamen sie mit der Arbeit nicht nach.
Im Dorf gab es nur mehr jene Burschen, die zu jung, und jene Männer, die zu alt für den Krieg waren. Und es gab eine Handvoll Männer, die vor der Stellungkommission als nicht kriegstauglich erklärt

wurden. Trotzdem schafften sie es, gemeinsam mit den Frauen, zu säen und zu ernten, so gut es eben ging. In diesen Notzeiten hielt das Dorf zusammen.
Schräg gegenüber der Kirche, nicht weit von Julis Haus, wohnte Georg. Wegen seines Buckels war ihm das Soldatendasein erspart geblieben. Seine fünf Geschwister und er hatten schon früh ihre Eltern verloren, und so war Georg froh, wenn er für Brot, Eier, Kartoffeln oder Speck auf anderen Höfen mithelfen konnte. Auch Juli war froh, wenn Georg bei ihnen mitarbeitete, sie wäre über jede helfende Hand froh gewesen.
Tage, Wochen, Monate, Jahre vergingen, der Krieg nahm seinen Lauf, Millionen Menschen verloren ihr Leben, die Männer aus dem Dorf starben in Galizien, am Isonzo, im Gebirge und in den Schützengräben, immer öfter musste der Briefträger schwarz umrandete Todesnachrichten überbringen.
In dieser Zeit war Juli zeitweise erleichtert gewesen, keine Post zu bekommen, doch im November 1918 war der Krieg vorbei. Und sie hatte noch immer nichts von Josef gehört. Bald nach Kriegsende kam allerdings sein älterer Bruder heim und befand, Juli solle wieder in ihr Elternhaus zurückkehren. Die Frau seines vermissten Bruders war ihm im Weg, den Platz hier bräuchten sie wieder selber, er stünde ihr nicht zu, nachdem sie in diesem Haus weder Mann noch Kind hätte.
Jener Älteste war nicht zimperlich, tagelang versuchte er es mit freundlichen Worten, in den Wochen darauf schlug er rauere Töne an, die Schwiegermutter versuchte zu vermitteln, fand aber kein Gehör. Dieser Bruder bot ihr sogar an, sie zu heiraten, eine ideale Lösung, wie er meinte. Und Juli hatte noch sehr deutlich Josefs Worte im Ohr, der sie seltsamerweise gerade davor ausdrücklich gewarnt hatte.
Juli war ob dieser Feindseligkeit wie vom Blitz getroffen. Trauer und Ungewissheit über Josefs Schicksal fraßen sie förmlich auf, sie war sich sicher, dass es für sie nicht schlimmer kommen könne. Vier Jahre lang hatte sie die Felder bestellt und die Tiere gefüttert, die Wirtschaft so gut es ging am Leben erhalten – und jetzt sollte sie fort?

Von Haus und Hof vertrieben werden? Was würde Josef sagen, wenn er zurückkäme? Im ersten Moment wollte sie aufgeben, sie meinte, keine Kraft für diesen Kampf zu haben, Sorge und Kummer hatten sie zermürbt. Doch dann fiel ihr Blick auf Josefs Bild über ihrem Bett, es war, als schickte er ihr eine Botschaft. Ihr kam in den Sinn, mit welcher Freude er sie in seinem Haus willkommen geheißen hatte. Ihr kam auch in den Sinn, wie hoch ihre Mitgift gewesen war. Und ihr kam in den Sinn, dass sie rechtmäßige Besitzerin des Anwesens war und die Geschwister mit ihrer Mitgift bereits ausgezahlt worden waren. Das genügte.

Klipp und klar teilte sie dem Bruder und den Schwestern mit, sie denke weder daran zu heiraten noch fortzugehen. Die Sache endete vor Gericht, das in Juliannas Sinn entschied. Josefs Geschwister und die Schwiegermutter übersiedelten in das leerstehende Haus der kürzlich verstorbenen Großmutter. Über Nacht verließen sie den Hof, nahmen mit, was nicht niet- und nagelfest war. Werkzeuge, Arbeitsgeräte, Hausrat, Geschirr, Wäsche – alles wurde auf Julis Wagen geladen und fortgebracht. Sogar die Eisennägel zog der Schwager mit einer Zange aus den Wänden.

Wie sollte Juli mutterseelenalleine diese Wirtschaft über Wasser halten? Ohne Unterstützung würde es nicht gehen. Die Eltern halfen Juli in der nächsten Zeit mit dem Notwendigsten aus, denn deren Haus war so gut wie leer und sollte sich erst quälend langsam wieder füllen. Juli nahm ein junges Mädchen aus dem Dorf als Magd in den Dienst, trotzdem war die schwere Feldarbeit kaum zu bewältigen. Doch noch war in den Monaten nach Kriegsende ein Funke Hoffnung auf eine Rückkehr Josefs lebendig.

Die vier Kriegsjahre hatten Juli und Josefs Mutter zusammengeschweißt, die Arbeit ebenso wie die gemeinsame Sorge und Ungewissheit um Sohn und Ehemann. Daran hatte auch die Auseinandersetzung mit dem Schwager nichts ändern können. Obwohl die Schwiegermutter sie jeden Tag besuchte und ihr zur Hand ging und obwohl die Dienstmagd fleißig war, schaffte Juli es nicht, den Hof alleine zu bewirtschaften. Immer öfter half ihr der freundliche Georg aus, kaum eine Arbeit, bei der er sie nicht unterstützte. Und so

kam es, wie es kommen musste: Als es eines Abends für ihn Zeit zum Heimgehen gewesen wäre, sah er Juli länger an als sonst – und blieb. Julianna hatte die Hoffnung auf Josefs Rückkehr aufgegeben.
»Die große Liebe ist es nicht gewesen«, sollte Juli ihrer Enkelin Jahrzehnte später vor dem Einschlafen in der gemeinsamen Kammer erzählen, »aber er war fleißig und freundlich, und so hab' ich ihn halt genommen.« Warum Georg mit der Zeit zu trinken begonnen hat, darüber kann nur spekuliert werden. Spürte er, dass er für Juli nur der Notnagel gewesen war? Sie verbarg auch gar nicht, dass ihr Herz noch immer am vermissten Josef hing, genauso wie dessen Porträt jahrzehntelang über ihrem und Georgs Ehebett. Mit dem toten Mann konnte der lebendige nicht konkurrieren.

Immerhin kommt im März 1920 Stefan auf die Welt.

# 3

# Grüngraue Schatten

In meiner Küche steht ein alter Tisch, viele Würmer haben sich in den letzten hundert Jahren durch sein Eichenholz gefressen. Knapp über dem Boden verbindet ein geschwungenes Eichenkreuz die massiven Tischbeine. Diese Querstücke laden dazu ein, die Füße darauf abzustellen, leider ist eines davon vor ein paar Jahren unter dem Gewicht in Wurmmehl zerbröselt und musste vom Tischler ersetzt werden. Essen, lachen, spielen – der Tisch bildet das Herz meines Hauses. Die dunkelgrünen Lackflecken auf der dicken Eichenplatte erzählen von langen Bastelnachmittagen mit meinen Kindern im Advent, doch der Tisch erzählt noch wesentlich ältere Geschichten. In seiner allerersten Erinnerung sehe er sich spielend unter diesem Tisch sitzen, sollte mein Großvater mir, seiner Enkeltochter, mehr als ein halbes Jahrhundert später erzählen.

Damals stand der Tisch in einem kleinen Haus in einem kleinen Dorf. Zu welchem Staat das Dorf gehörte, wusste damals noch niemand so genau. Das Haus jedenfalls gehörte Julianna und Georg.

Deren Sohn Stefan und das Burgenland waren beinahe gleich alt: Geburtsjahrgänge 1920 und 1921.

Stefan war in wahrlich turbulente Zeiten hinein geboren worden: 1918 war die alte österreichische Monarchie zerfallen und hatte manche Grenzgebiete einigermaßen ratlos ihrem Schicksal überlassen. So auch das untere Pinkatal, in dem man die Friedensverhandlungen nach dem Ersten Weltkrieg gespannt verfolgte. Es war jahrelang nicht klar, welchem Staat die Gegend zufallen sollte, Österreich oder Ungarn.

Draußen ist es sonnig, die kleinen Fenster in Julis guter Stube lassen nur einen Bruchteil des Lichts herein, das fröhliche Vierecke auf die breiten Holzdielen malt. In der Ecke steht unser Tisch, man muss schon zweimal hinsehen - und hinhören, um den hellen Blondschopf darunter zu entdecken. Stundenlang spielt Stefan im friedlichen Halbdunkel, nur selten nimmt jemand Notiz von ihm. Seine Mutter Juli versorgt ihn mit Walnüssen, Kastanien und Kukuruzkolben, unermüdlich formt er Kreise, legt Schlangen und häuft kleine Berge auf. Zufrieden summt er vor sich hin, die Welt endet an den Tischbeinen und ist für ihn bei weitem groß genug.
Schwungvoll öffnet sich die Tür, Juli fegt herein, angetan mit ihrem besten Sonntagskittel, was seltsam anmutet, da es mitten unter der Woche ist. »Komm, Stefan, wir gehen spazieren!« Juli kniet sich neben den Tisch und glättet den blonden Haarschopf sanft mit ihren Fingern. Nur zögernd taucht der Kleine aus der Versenkung auf, um sich von seiner gut gelaunten Mutter sein Jankerl anziehen zu lassen. Er scheint noch nicht restlos einverstanden zu sein, Juli hilft umgehend ein bisschen nach: »Schau her, ich schneid dir noch ein gutes Brotscherzel herunter, das kannst du im Wagerl jausnen!«
Stefans Widerstand löst sich in dieser Sekunde auf, das ansehnliche Scherzel ist so groß, dass er es mit beiden Händen umfassen muss – für eine Stunde wird es ihn leicht besänftigen.
So zog Juli an diesem freundlichen Vormittag im April den mümmelnden Zweijährigen in einem Leiterwagerl zum Kirchplatz, auch Georg war mit dabei, den Eltern war bewusst, dass dies ein entscheidender Tag für sie alle sein würde. Ein äußerst wichtiger Besuch hatte sich nämlich angesagt, eine alliierte Kommission, deren offizieller Auftrag es war, die Stimmung unter der Bevölkerung auszuloten. Tendierten die Pinkataler nun zu Österreich oder zu Ungarn, wollten sie lieber dem deutsch- oder dem ungarischsprachigen Staat angehören?
Für das hianzische Dorf war die Sache mehr als klar, und dementsprechend hatte man sich gründlich gerüstet, Lehrer und Bürgermeister hatten ganze Arbeit geleistet. Quer über dem Kirchenportal hing eine rotweißrote Fahne, alles, was gehen und stehen konnte, war

auf den Beinen, die Schulkinder schwenkten rotweißrote Fähnchen, immer wieder ertönten Hochrufe auf Österreich. Vom Pfarrer, der als Einziger mit Ungarn sympathisierte, war weit und breit nichts zu sehen. Gerüchteweise war er schon am frühen Morgen unter einem Vorwand in einen Weinkeller gelockt und dort eingesperrt worden.
Die Kommission ließ sich beeindrucken, die Haltung der Menschen keine Zweifel offen. Umgekehrt waren auch die Dörfler beeindruckt ob der Nationalitäten der Kommissionsmitglieder. Nie zuvor hatten sich ein Engländer, ein Franzose, ein Italiener und ein Japaner auf einmal auf dem Kirchplatz aufgehalten. Für die meisten Pinkataler war es der erste und letzte Japaner, den sie leibhaftig vor ihrer Haustür zu sehen bekamen. So taten die Kommissäre getreulich ihre Pflicht und gaben weiter, dass dieses Dorf eindeutig zu Österreich gehören wollte.
In anderen Grenzdörfern, nur wenige Kilometer entfernt, waren sich die Menschen in dieser Frage nicht annähernd so einig, für ungarisch- und kroatischsprachige Bewohner des Tales war die Zugehörigkeit zu Deutsch-Österreich allein aus sprachlichen Gründen nicht zwingend erstrebenswert. Wirtschaftliche Argumente schienen damals ebenfalls eher für die ehemalige Kornkammer der Monarchie, für Ungarn, zu sprechen.
Auch Juli war bewusst, dass sie Zucker, Stoffe und Mehl in den letzten Jahren viel leichter in Körmend als in Güssing bekommen hatte. Nur schwirrten ihr die ungarischen Zwangsbeglückungen ihrer Schulzeit noch sehr deutlich im Kopf herum – und dieses Schicksal wollte sie Stefan auf jeden Fall ersparen. So wie sie dachten viele, so gut wie alle bevorzugten aufgrund ihrer Sprache, Sitten und Tradition eindeutig den jungen Staat Österreich, fühlten sich als deutsche Bauern, als sogenannte »Hianzen«.
Stefan schwenkte fröhlich seinen Wimpel in der Hand, auch wenn er an diesem Apriltag die Tragweite seiner ersten politischen Kundgebung beileibe nicht erahnen konnte.
1922 war es endlich amtlich, aus Stefan wurde offiziell ein österreichischer Staatsbürger. Die Hottergrenze zwischen den Feldern und Wiesen seines Dorfes und den Feldern und Wiesen des kleinen un-

garischen Nachbardorfes stieg zur Staatsgrenze auf. Diese war mit freiem Auge vorläufig nicht erkennbar - abgesehen von den mit Gras umwucherten rotweißrot markierten Grenzsteinen, die keck entlang des verwilderten Wiesenstreifens hervorragten.
Damals hätte niemand für möglich gehalten, dass nur gut 30 Jahre später genau diese Linie gar den »Osten« vom »Westen« trennen, der Kalte Krieg die Welt in zwei Hemisphären teilen sollte. Denn ab 1957 war das Dorf von drei Seiten von einem Stacheldraht umschlossen, gesäumt von Wachtürmen, die ehemalige Hottergrenze verwandelte sich in die tödlichste Grenze der Welt. Getreidefelder grenzten an Minenfelder, aus der lebendigen war eine tote Grenze geworden, ein »Eiserner Vorhang«.
Hinter diesem »Vorhang« lagen, nur wenige Kilometer weiter oben im Tal, zwei ungarische Dörfer. Deren Bauern konnten zwar von ihren Häusern aus ihre Kellerstöckl und Weinberge auf der anderen Seite der Pinka sehen, der Stacheldraht schnitt sie jedoch erbarmungslos für drei Jahrzehnte von ihrem Besitz ab.
Schmucke Weinkeller verfielen, der Lehm bröckelte von den Mauern, Strohdächer verfaulten, ebenso die Uhudlertrauben auf den Weinstöcken. Gottlob überstiegen 1922 derartige Bilder das Vorstellungsvermögen sämtlicher Pinkataler, einerlei, ob sie nun bei Ungarn oder Österreich gelandet waren.

Vom Friedhof des Dorfes aus hatte man den besten Blick auf das frühere k.u.k. Bahnwärterhaus in Allerheiligen. Fast jeden Tag stand Juli am Grab ihrer Schwester und schaute von dort in Richtung Osten. Ihr Blick und ihre Gedanken schweiften zu dem zweistöckigen Gebäude, von dessen Fassade das alte Schönbrunnergelb mehr und mehr abblätterte.
Zwölf Jahre war es her, dass Josef von dort aus in den Krieg gezogen war, die letzten vermissten Soldaten waren inzwischen längst heimgekehrt. Nur an ihrer Tür hatte es nicht geklopft. Sollte es möglich sein, dass Josef eines Tages doch noch käme? Obwohl Juli ahnte, dass es nicht geschehen würde, quälte sie dieser Gedanke. Während Georg leise neben ihr schnarchte, hielt sie in schlaflosen Nächten

stille Zwiesprache mit Josef, der vom Kopfende des Ehebettes aus über sie wachte. Auf eine Antwort wartete sie vergeblich. Und noch etwas quälte sie: Da waren die Leute im Dorf, deren unausgesprochene Erwartungen wie Blei auf ihren Schultern lasteten, es lag auf der Hand, dass sie »ihre Verhältnisse ordnen« würde müssen. Dies wiederum machte einen Gang unumgänglich: Schweren Herzens ließ Julianna ihren Josef für tot erklären und galt von da an auch von amtlicher Seite als Kriegswitwe. Am 8. Jänner 1926 erschien folgende Vermisstenmeldung im Amtsblatt der Wiener Zeitung.
*»Josef Laki, geboren am 11. März 1893 in Moschendorf, Bezirk Güssing, Burgenland, verheiratet mit Julianna, geb. Laki, Landwirt, zuletzt wohnhaft in Moschendorf, im Oktober zum Infanterieregiment Nr. 83 nach Szombathely eingerückt, am 22. Jänner auf den russischen Kriegsschauplatz abgegangen, Feldpost Nr. 77, letzte Nachricht vom 8. Juni 1915, seither vermisst.*
*Da hienach anzunehmen ist, daß die gesetzliche Vermutung des Todes eintreten wird, wird auf Ansuchen der Ehegattin Frau Julianna Laki, das Verfahren zur Todeserklärung eingeleitet und die Aufforderung erlassen, dem Gerichte Nachricht über den Vermissten zu geben.*
*Josef Laki wird aufgefordert, vor dem gefertigten Gerichte zu erscheinen oder auf andere Weise von sich Nachricht zu geben.«*

Still bestellten Juli und Georg das Aufgebot, der Pfarrer tat ihnen den Gefallen, es am Sonntag in der Messe nur verhalten zu verkünden. Eine derartige Eheschließung galt als Notheirat, Gefühle oder gar Romantik gab es in derartigen Bündnissen nicht.
An einem Montagmorgen machten sich Stefans Eltern auf den Weg zur Kirche, nahmen aber nicht den üblichen Weg über die Dorfstraße, sondern huschten über die Wiesen zu ihrer Trauung, um nur ja von keinem gesehen zu werden. Stefan lief hinter ihnen her, irgendetwas kam ihm seltsam vor. Er schämte sich, es war ihm äußerst peinlich, dass seine Eltern in ihrem Alter heirateten, immerhin war die Mutter 33 und der Vater 30 Jahre alt. Mit den Dorfhochzeiten, wie er sie kannte, hatte das hier nichts zu tun.

In der Kirche war es kalt, der Pfarrer hielt sich kurz, seine Worte hallten über die leeren Kirchenbänke, gerade zwei Trauzeugen walteten mit ernsten Mienen ihres Amtes. Jeder tat seine Pflicht, ohne allzu große Freude gaben Juli und Georg einander das Jawort, sie taten, was getan werden musste. Die priesterlichen Trauungsformeln umschwirrten Julis Gemüt: »Vor Gottes Angesicht nehme ich dich an als meinen Mann, ich will dich lieben, achten und ehren, dir die Treue halten, bis dass der Tod uns scheidet.« Tränen schickten sich an, über die Wangen der späten Braut zu rollen, mit aller Macht drängte sie das Schluchzen und die aufsteigenden Erinnerungen an ihre erste Hochzeit vor 14 Jahren zurück. Juli nahm ihre ganze Kraft zusammen, um die Prozedur mit Anstand hinter sich zu bringen. Georg konnte am wenigsten dafür, und letztlich war sie froh, einen Mann an ihrer Seite zu haben.

Ahnte Georg, was in seiner Frau vorging?

Ohne jedes Aufsehen kehrten alle heim und gingen zur Tagesordnung über. Der Pfarrer nahm noch die fällige Eintragung ins Kirchenbuch vor und strich gleichzeitig den Vermerk »unehelich« neben Stefans Namen heraus.

Im September darauf kam Stefan in die Schule, fiel rasch auf, lernte in kürzester Zeit lesen - und las von da an jedes Buch, das ihm in die Hände fiel. Der schmächtige Bub liebte den Unterricht, ging jeden Tag mit größter Freude hin, fehlte nur, wenn er krank war. Gestochen scharf schrieb er seine Kurrentbuchstaben, merkte sich mühelos Texte, tat sich leicht im Rechnen. Der tüchtige Lehrer förderte sein Talent und freute sich über die Freundschaft, die sich zwischen seinem jüngsten Sohn Alex und Stefan entwickelte. Im Dezember 1937 hielt Stefan in einem Schulaufsatz fest: *»Der Mensch hat das Bedürfnis, einen Freund zu besitzen, dem er alles anvertrauen und dem er sein Herz ausschütten kann. So ist es wohl zwischen mir und meinem Freund. Es gibt zwischen uns kein Geheimnis. – Unsere Freundschaft reicht bis in das früheste Knabenalter zurück und wird voraussichtlich nicht so bald in Brüche gehen. – Mein Freund ist von stattlicher Größe und von sympathischem Auftreten. Er ist ein Jahr älter und ein Stück größer als ich. In den ersten Jahren*

*unseres schulpflichtigen Alters waren wir meistens beisammen und erlebten manch frohe Stunden miteinander. Nur ein einziges Mal kann ich mich erinnern, daß wir ins Raufen gerieten, danach aber umso bessere Freunde waren.«*
Diese innige Beziehung würde über 80 Jahre lang nicht abreißen, davon zeugen hunderte Briefe, aus Kriegs- und Friedenszeiten, sorgfältig über Jahrzehnte aufbewahrt.

Tiefblau, nur von spärlichen Wattewolken betupft, spannte sich der Junihimmel über die duftenden Stadelwiesen. Stefan döste am Rücken liegend vor sich hin, mit dem Unterarm die Augen vor dem grellen Sonnenlicht schützend. Ob sich nun eine Ameise unter seinem Leinenhemd verirrte oder sich steife Grasstängel in seine Schultern bohrten - ihn störte das keineswegs. Vielmehr freute er sich am Geruch des frischen Grases und dem Summen der Bienen, Bremsen und Schmetterlinge um ihn herum. Inzwischen war er zum Hüterbuben aufgestiegen, immerhin würde er im nächsten Frühjahr seinen zehnten Geburtstag feiern. Glücklicherweise handelte es sich um eine ruhige und zufriedene Kuhherde, die tagsüber die Wiesen hinter dem Dorf beweidete. Sie machte ihm keine Arbeit, im Gegenteil, das Hüten ließ ihm mehr als genug Zeit für seine Lieblingsbeschäftigung, das Tagträumen.
An diesem Nachmittag dachte er an Rosi, seine Lieblingstante. Lange schon war die Rede davon, dass sie nach Amerika gehen wollte, er hatte gar nicht mehr daran geglaubt. Gestern Abend allerdings, gestern hatte es noch spät an Julis Küchentür geklopft. Die siebzehnjährige Rosi, Georgs Schwester, wollte sich von ihrem Bruder und ihrer Schwägerin verabschieden, in einem Korb trug sie die beste Daunendecke ihrer Aussteuer. Viele Abende, nahezu einen ganzen Winter lang, hatte es gedauert, die Gänsefedern zu schleißen, doch nach Amerika würde sie das gute Stück nicht mitnehmen können. Pro Person war bei der Schiffspassage im günstigsten Unterdeck nur ein Koffer vorgesehen.
»Geh Juli, ich hätt mir gedacht, dass du die Tuchent nimmst, was meinst? Wenn ich sie in der Truhe liegen lass, kommen mir höchs-

tens die Motten rein!«
Juli schluckte, sie mochte ihre Schwägerin, niemand wusste, ob sie wieder zurückkommen würde. »Weißt was, Rosi, ich heb sie für dich auf und lüft sie zwischendurch aus! Vielleicht bist du ja übers Jahr schon wieder da!«
Zur Feier des Tages und um den Abschiedsschmerz ein wenig zu lindern, holte Georg eine Flasche seines Direktträgers, der in diesem Jahr ein wenig resch geraten war, aus dem Keller, Juli stellte die dicken Achtelgläser mit der grünen Weinblätterborte auf den Tisch. An sich sollte Stefan um diese Zeit schon schlafen, aber dieser Abend war nicht wie alle anderen, Wehmut und Ungewissheit lagen in der Luft. Schon in wenigen Stunden würde Rosi aufbrechen, würde wie so viele die Reise über den großen Teich antreten, über Wien und Hamburg bis nach Ellis Island.
Der Agent der Schifffahrtsgesellschaft kam alle zwei Wochen ins Dorf, in einem Hinterzimmer des Wirtshauses standen die jungen Leute Schlange und hörten gebannt zu, wie er ihnen das Leben im fernen Amerika in den glühendsten Farben schilderte. Amerika – magischer verheißungsvoller Klang.
Und was wäre Rosi auch anderes übergeblieben? Fast die Hälfte der jungen Männer war im Krieg gefallen, der Platz in ihrem Elternhaus knapp geworden, ein passender Heiratskandidat nicht in Sicht.
Stefan kannte viele, die aus dem Dorf aufgebrochen waren, heimgekehrt hingegen waren nur wenige. Die strahlenden Fassaden jener Häuser zeugten allerdings schon von weitem von den hart verdienten Dollars in den Zementmühlen und Zigarrenfabriken Pennsylvanias: Feste Ziegeldächer leuchteten zwischen den Strohdächern hervor, stolz prangten Initialen und Jahreszahlen in den gekalkten Hausgiebeln.
Irgendwann lebten mehr Dorfbewohner in den USA als im Burgenland, manche sperrten einfach für ein paar Jahre ihre Häuser zu, um dann mit etwas mehr Geld wiederzukommen.
Für Juli war es nur ein schwacher Trost, dass Rosi auf ihrer Reise nicht mutterseelenallein sein würde. Ein weitschichtig verwandtes Ehepaar machte sich schon zum zweiten Mal auf den Weg über den

Atlantik und erklärte sich bereit, Rosi unter seine Fittiche zu nehmen.
Und deswegen ist auch folgende Begebenheit überliefert und hat sich als Familienlegende etabliert: Rosi, die noch nie weiter als bis Güssing gekommen war, fragte, lange bevor die Reisegesellschaft überhaupt Wien erreicht hatte: »Wie lange dauert die Reise denn noch? Sind wir schon da?«
Ihre Verwandten schauten sich vielsagend an und Rosi bekam zu hören: »Ach Dirndl, wie tätst du plärren, wenn du wüsstest, wie weit du fahrst!«
Tatsächlich unternahm das Mädchen die weite Reise nur einmal, heiratete in den Staaten einen Mann aus ihrem Dorf, bekam eine Tochter, Helen, die Lehrerin für englische Literatur wurde. Von Helens beiden Töchtern sollte später die eine Karriere an der Wall Street machen, die andere sich derartig gut verheiraten, dass sie den Großteil ihrer Zeit am hauseigenen Tennisplatz neben ihrer Villa verbringen konnte. So wurde es ehrfürchtig im Dorf erzählt.
Seine Cousine Helen lernte Stefan erst Jahre nach dem Krieg kennen, beim ersten Besuch der amerikanischen Verwandtschaft im Dorf in den fünfziger Jahren.
Stefan seufzte bei dem Gedanken an den traurigen Abschiedsabend und verscheuchte eine Fliege von seiner Nase. Im schmalen Spalt seiner Augenlider hob sich scharf die Silhouette der Scheunen und Stadel des Dorfes vom blauen Himmel ab, die Hitze machte die Kühe träge, alles schien ruhig. Die Kirchenglocke hatte noch nicht einmal sieben geschlagen, dann erst würde er aufbrechen und die Herde heimbringen. In diesem Augenblick öffnete sich langsam eines der mächtigen Scheunentore, eine Frau trat heraus und schob es mit beiden Händen wieder zu. Sodann steuerte sie in seine Richtung, an ihren ausladenden Schritten erkannte er seine Mutter, die mit wehenden schwarzen Kitteln auf ihn zueilte. Keuchend blieb sie vor ihm stehen und sagte: »Es ist wieder mal soweit, bitte geh ihn holen, er sitzt im Wirtshaus!« Mit einem Schlag war die Luft kühler, der Abend dunkler geworden, Stefan setzte sich auf. Die Sonne schickte sich an, hinter den Weinbergen zu versinken, er wusste, es würde

lange dauern, bis er an diesem Abend heim käme.
So sehr er seinen gutmütigen nüchternen Vater liebte, so sehr verabscheute er den betrunkenen störrischen Wirtshausgeher. Mutter und Sohn, beide wussten, es führte kein Weg an diesem schweren Gang vorbei, es hatte schon Zeiten gegeben, da war Georg tage- und nächtelang nicht heimgekommen.
Stumm sahen sie sich an, Juli scheuchte mit einem Schnalzen die Kühe zusammen und trieb sie heim, Stefans Magen krampfte sich zusammen. Das Licht verschwand, auf einmal fröstelte er in der Abendluft. Würde es etwas nützen, sich Zeit zu lassen und einen Umweg zu machen? Nicht weit vom Wirtshaus entfernt döste eine Katze auf einem noch sonnenwarmen Stein. Stefan hockte sich daneben, streichelte gedankenverloren das warme, weiche Fell, immer wieder vermischte sich das Schnurren mit den grölenden Männerstimmen aus der Gaststube. Es würde nichts nützen.
Die Wirtshaustür knarrt, als er sie aufzieht, stickige Luft schlägt ihm entgegen. Schwerer Pfeifenrauch hängt im Gebälk, saurer Gestank nach verschüttetem Wein dringt aus den Bodenbrettern, die Lampe rußt und zieht dennoch taumelnde Insekten an. Stefans Blick gleitet über die Männergesellschaft, er muss nicht lange suchen. Georg hat seinen Stammplatz in einer Ecke, er sitzt ein bisschen abseits von den anderen, den Kopf gesenkt, die Augen zu, nie ist er laut oder im größten Getümmel anzutreffen. Als ob es noch voll wäre, umklammert seine Hand das leere Glas.
Niemand nimmt Notiz von dem Knirps, der versucht, den stockbetrunkenen Vater zum Aufbruch zu bewegen. »Pap', bittschön, steh auf, es ist Zeit, wir müssen heimgehen!« Wie immer rührt der Angesprochene sich nicht. Stefan zerrt an seinem Ärmel, rüttelt an seiner Schulter und muss vom alkoholschwangeren Atem des Vaters die Luft anhalten. »Gehen wir heim, die Mutter wartet!«, zischt er verhalten. Und wie immer zeigt auch das keine Wirkung. Es bedarf stärkerer Geschütze. Zu Tode beschämt muss Stefan schließlich zwei andere Wirtshausbrüder bitten, Georg auf die Beine zu hieven.
Wankend steht der bucklige Mann da. Auf Zehenspitzen baumelnd stülpt ihm der Bub schnell den Hut auf den Kopf, schiebt ihn bei der

Tür hinaus und stützt ihn, damit er nicht über die Stufen in den Hof stolpert. Obwohl der Weg nicht allzu weit ist, erscheint er dem Zehnjährigen endlos. Georgs Arm hängt schwer über seiner Schulter, das Gewicht des Vaters drückt den Buben fast zu Boden. Juli hält schon auf der Gasse vor dem Haus Ausschau und läuft ihnen entgegen. Zu zweit schaffen sie es irgendwie, den Betrunkenen ins Bett zu bekommen.

Verlässlich trägt Georg am nächsten Tag sein schlechtes Gewissen zur Schau, das sind die Tage, an denen Juli strategisch klug die unliebsamen Tätigkeiten ansetzt, schwerere Feldarbeit und lästige Reparaturen. Georg wagt in diesen Phasen keinen Widerspruch. Er ist kein schlechter Mensch, meistens haben sie ein gutes Auskommen, er ist ein lustiger Vater, sein Weinkeller ist der wichtigste Treffpunkt im ganzen Weinberg. Am Sonntag geht er in die Kirche, er ist in den Gemeinderat gewählt worden, oft bringt er von der Jagd Rebhühner oder ein halbes Reh mit.

Das Zusammenleben mit Juli beschert ihm eine lang vermisste Sicherheit, sie haben zu essen und sind angesehen im Dorf. Nur bezahlt Georg für diese Sicherheit einen hohen Preis: Der düstere Schatten des vermissten Josef ist unerbittlich lang, es ist Georg nicht vergönnt, aus ihm herauszutreten: nicht solange er lebt, und auch nicht nachdem er gestorben ist.

# 4

# Dämmerung

Der Fahrtwind bläst mir durch die Haare, kraftvoll trete ich in die Pedale, der Gegenwind ist stärker als erwartet. Immer öfter blitzt die Sonne an diesem Frühlingsmorgen zwischen den Wolken hervor, entlang des Baches legen sich die zarten jungen Blattspitzen als Schleier über das Weidengeäst. Zäh erstreckt sich die lange Gerade vor mir, sie führt direkt nach Oberschützen, einen kleinen Schulort, mit dem mich vieles verbindet. Hier habe ich selber maturiert, hier unterrichte ich schon seit vielen Jahren, hier gehen auch meine Kinder zur Schule.

Den fernen Kirchturm im Blick denke ich daran, wie auch mein Großvater eines Abends, als damals noch junger Mann, über den Berg von Jormannsdorf nach Oberschützen geradelt ist. Nicht nur einmal hat er mir in einem unserer stundenlangen, nachmittagelangen, abendelangen Gespräche jene Geschichte seines achtzehnten Geburtstages erzählt:

Ein wolkenloser blauer Septembermorgen beendete die Sommerferien, erwartungsvoll brach der zehnjährige Stefan in die Schule auf. Er freute sich auf die fünfte Volksschulklasse, in diesem Jahr würde der erste Schultag besonders spannend sein: Es ging das Gerücht, ein neuer Lehrer habe ein Zimmer im Pfarrhof bezogen.

Und wirklich, der blonde Junglehrer stammte aus dem mittleren Burgenland, hatte die Lehrerbildungsanstalt absolviert und sollte immerhin fast zehn Jahre in der Dorfschule unterrichten. Schon bald kam Gerede auf, er mache der Nichte des Pfarrers schöne Augen, tatsächlich hatte das schüchterne Klärchen dem schneidigen Haus-

genossen wenig entgegenzusetzen, die beiden heirateten nach einem Jahr. Der Lehrer sollte nach 1938 nicht mehr ins Dorf zurückkehren, die Ehe wurde nach dem Krieg geschieden.
Wie fast alle Lehrer in der Gegend suchte er Anfang der dreißiger Jahre sein Heil in der neu aus Deutschland herüberschwappenden Ideologie. Gerade im deutschsprachigen Grenzland befürworteten die meisten eine starke Ausrichtung nach Deutschland hin, die langen Jahre der strengen ungarischen Herrschaft hatten ihre Spuren hinterlassen und das Pendel in die andere Richtung ausschlagen lassen. Die Menschen definierten sich als deutschsprachige Bauern.
Die Ansichten des neuen Lehrers waren jedoch weit extremer als die der meisten Dorfbewohner, was dieser unermüdlich zu ändern suchte. Sein Fanatismus hatte fatale Folgen: Einmal pro Woche lud er alle Burschen ab 14 zu seinen »geheimen« Versammlungen, reichlich versorgt mit Propagandaschriften aus dem »Reich«. Mit missionarischem Eifer verbreitete er seine Anschauung unter der Jugend des Dorfes, das Verbot der NSDAP 1933 hinderte ihn nicht daran, illegal für die Partei tätig zu sein.
Vielen heranwachsenden Männern erschienen seine Ideen anfangs mehr als plausibel, sie sollten als strotzende Bauern ein wichtiges Fundament bilden und gleichzeitig in der Hierarchie der neuen Gesellschaft ganz oben landen. Feindbilder wurden geschürt, was weniger Glücklichen in diesem System blühen würde, interessierte die Burschen während der abendlichen Treffen im Keller der Schule nicht. In etlichen keimte die Hoffnung auf bessere Zeiten auf, den meisten von ihnen wurde erst auf den Schlachtfeldern Europas, Afrikas und Asiens bewusst, in welche Sackgasse sie geführt worden waren.
An diesem ersten Schultag hat Stefan noch keine Ahnung von diesen Machenschaften, für weitere vier Jahre wird er noch die achtklassige Volksschule besuchen.
Alle Klassenkameraden sind glücklich, die Schule mit 14 hinter sich lassen zu können – nicht so Stefan. Schneller als gewünscht, Ende Juni 1934, neigt sich sein Schülerdasein dem Ende zu. Missmutig schlendert er nach Hause, das Abschlusszeugnis mit lauter Einsern

in der Hand.
»Bitte, Mutter, frag den Vater, ist es nicht doch möglich? Der Lehrer schreibt mir sogar eine Empfehlung fürs Internat! Schau!«
Er hält Juli sein glänzendes Zeugnis unter die Nase. Die kehrt in einer Staubwolke gerade den Gänsedreck aus der trockenen Einfahrt, der dringend erwartete Regen will und will sich nicht einstellen. Seufzend hält die Mutter inne und lehnt den Weidenbesen an die gekalkte Stallwand. Sie zieht den schmalen Blondschopf neben sich auf die Bank unter dem schattigen Apfelbaum. »Wie soll das gehen, Steffl, wie stellst du dir das vor?«
Auch wenn sich so gut wie alle Eltern im Dorf einig sind, dass ein längerer Schulbesuch der Kinder nur Nachteile aufwerfe – hohe Kosten, die Arbeitskraft fehle am Hof, unweigerliche Entfremdung trete ein – ist Juli nicht unbedingt dieser Meinung. Vielmehr tut ihr der eifrige Sohn leid, sie sieht nur weit und breit keine Möglichkeit, ihn in eine höhere Schule zu schicken.
Der braucht lange, bis er sich damit abfindet – zumal sein bester Freund Alex ins Gymnasium nach Oberschützen darf, worum Stefan ihn glühend beneidet. Wieder und wieder liegt er seinen Eltern in den Ohren: Lehrer wolle er werden, das sei sein großer Wunsch, niemand bezweifelt, dass er das Zeug dazu hätte. Doch darum geht es nicht, der Traum zerschellt schlicht an den Mitteln seiner Eltern. Schulgeld, Internat, Hefte und Bücher – das alles hätte bezahlt werden müssen – woher nehmen? Und wohin hätte es auch führen sollen?
Stefan ist der einzige Sohn, es liegt auf der Hand, er wird den Hof übernehmen und Bauer werden. Hoffen wir für Stefan, dass er nicht allzu lange mit seinem Geschick haderte, die Welt war eben, wie sie war, es gab niemanden, dem er etwas hätte vorwerfen können.
Darüber hinaus liebte er die Natur und entpuppte sich als fähiger Nachwuchsbauer. Wenige Jahre später wartete doch noch ein Trostpflaster auf ihn. Das Jormannsdorfer Schloss, um die 50 km vom Dorf entfernt, beherbergte eine Landwirtschaftsschule. Dort wurden die angehenden Bauern in Tierzucht, Buchführung, Milchwirtschafts- und Pflanzenbaulehre, Bienenzucht und sogar Sittenlehre

unterrichtet. Während der Wintermonate drückten die hoffnungsvollen Jungbauern die Schulbank, zu Allerseelen rückten sie ins Internat ein, kurz vor Ostern wurden sie schon wieder zuhause am Hof gebraucht. Mit einem abgewetzten braunen Lederkoffer machte sich der Siebzehnjährige auf den Weg, mit vereinten Kräften hatten Juli und Georg die 30 Schilling Schulgeld zusammengekratzt.

Da Stefan höchste Ehrfurcht vor jeglichem Papier und Geschriebenen hatte, sind seine Schulhefte aus der Bauernschule noch vorhanden. So liegen vor mir blauviolette Quarthefte, denen man ihr Alter nicht ansieht. Die mit roten Zierrändern eingerahmten weißen Etiketten sind akribisch mit schwarzer Tusche beschriftet, die Blätter ein bisschen vergilbt, die Kurrentschrift sowohl in Bleistift als auch in Tinte klar lesbar.
Glücklicherweise erhielten die neuen Schüler bald nach ihrer Ankunft den Auftrag, einen Aufsatz über ihre Anreise nach Jormannsdorf zu schreiben, diesem sollten noch etliche folgen. Während der nächsten Monate geben diese schriftlichen Schilderungen des Siebzehnjährigen interessante Einblicke in seinen Alltag. Überschriften wie »Wie ich meiner lieben Mutter helfe« oder »Der strenge Herr Vater« zeigen die Denkweise der Zeit.

*Meine Fahrt nach Jormannsdorf*
*Es ist 11 Uhr Vormittag, am 2. November 1937. Die Stunde meiner Abreise nach Jormannsdorf ist gekommen. Ich werfe noch einen letzten Blick in den Hof. »Auf Wiedersehen!« rufe ich zurück und dann marschiere ich, in der Hand einen schwarzen Koffer tragend, neben meinem Neffen einher, der auch mit einem mächtigen Paket beladen ist. Unser Ziel ist die Südburg-Haltestelle. Vor dem Auto noch ein rascher Händedruck, dann fallen die Wagentüren zu.*
*Wir sind zwei aus Moschendorf, bei der ersten Haltestelle in Gaas steigt zu unserer Überraschung Freund Ringer ins Auto, der fast das gleiche Reiseziel hat wie wir, nämlich Oberschützen. Nun ist für Unterhaltung gesorgt. Nach Eberau folgen mehrere kleine Stationen wie: Kulm, Winten, Edlitz und St. Kathrein. In Kohfidisch*

*wird einige Minuten gehalten, Reisende kommen und gehen. Nach Klein- und Großpetersdorf folgt der Bezirkshauptort Oberwart. Da wir Zeit haben, besichtigen wir unter anderem den Bahnhof. Soeben fährt ein Zug nach Wien ab. Am liebsten wäre ich mitgefahren, denn Wien kennenzulernen ist schon lange mein Wunsch. –*
*Mit dem Autobus geht es dann weiter nach Bad Tatzmannsdorf und Oberschützen, das ich von einem Ausflug her kenne. In Jormannsdorf steigen wir aus und werden im Internat von zwei Bekannten aus dem Pinkatal empfangen. Ein Zimmer im ersten Stockwerk wurde mir als Schlafraum zugewiesen und mit hoffnungsvoller Miene hielt ich Einzug in dasselbe.*

In der gleichen eleganten Schrift schreibt Stefan gleich am Tag seiner Ankunft eine Ansichtskarte an seine Eltern. Das Schwarzweißfoto zeigt das prächtige Schulgebäude, ein Schloss im Besitz der Familie Batthyany, hinten im Garten sprudelt sogar eine Heilquelle.
Eine gestochen scharfe Winteraufnahme: Äste mächtiger Eichen überragen die überlebensgroße Gestalt eines behelmten Soldaten auf einem Sockel, das Kriegerdenkmal befindet sich im Vordergrund des Bildes, der steinerne Soldat wendet seinen Blick direkt der Schulpforte zu.
Im Nachhinein kann dies leicht als unheilvolles Omen für kommende Zeiten gewertet werden. Im Herbst 1937 ahnen die Schüler allerdings nichts von dem Verhängnis, das sich über ihnen zusammenbraut.
Auf der Rückseite dieser Karte formuliert Stefan schon an diesem 2. November 1937 ein dringendes Anliegen, er schickt sie gleich ab:
*»Ich bin glücklich hier angekommen. Es gefällt mir sehr gut.«*
Von seinen 33 Schilling hat Stefan unmittelbar nach seiner Ankunft 30 Schilling Schulgeld und Einschreibgebühr beglichen, die restlichen 3 Schilling sollen als Taschengeld bis Weihnachten reichen. Es stellt sich leider heraus, dass noch weitere 5 Schillinge fällig sind, weswegen er Juli und Georg bittet: *»Ich brauche 5 Schilling für Hefte, schreibt mir einen Brief und gebt das Geld hinein.«*
Die erhoffte Ermäßigung für die 30 Schilling wird vor Ort nicht ge-

währt, ein dementsprechender Antrag soll im Ministerium erst Wochen später wohlwollend behandelt werden. Geld ist in so gut wie allen Familien knapp.

Mitte November schreibt Stefan seinen Eltern im Pinkatal: *»Die 10 Schilling habe ich schon vor einiger Zeit erhalten. Ich wollte nicht gleich schreiben, sondern warten, bis ich den Mantel erhalten hätte. Ich hab' ihn aber bis heute nicht bekommen und muß jeden Sonntag ohne Rock nach Oberschützen in die Kirche gehen. Sonst geht es uns hier recht gut. Wir müssen ziemlich lernen. Jeden Tag haben wir eine halbe Stunde Frühübungen. Die Wäsche, glaube ich, wird bis Weihnachten reichen.*

*Am Samstagabend kam der Herr Landeshauptmann ganz überraschend in mein Zimmer. Mit ihm waren noch einige hohe Herren. Er gab mir und jedem die Hand und fragte, ob wir mit allem zufrieden sind. Ich bewohne mit 6 Kollegen ein Zimmer.*

*Der Melkerkurs hat bereits begonnen, es geht dabei sehr lustig zu. Wir haben einen jungen ledigen Melklehrer. Im Stall brauche ich noch nicht zu melken. In der Schule lernen wir zuerst die Melkgriffe an einem Gummieuter.*

*Wie ist es zuhause? Seid Ihr mit dem Rübenausnehmen schon fertig? Wir bekommen hier nach dem Nachtmahl jeden Tag 3 Äpfel.«*

Die kleinen Dörfer Jormannsdorf und Oberschützen sind nur vier Kilometer voneinander entfernt, getrennt von einem kleinen bewaldeten Berg, auf dessen Kuppe sich der alte k.u.k. Bahnhof befindet. Somit sind Stefan und Alex einander und sozusagen auch der Bildung ein Stück näher gerückt und können sich so oft treffen, wie es ihre Zeit erlaubt.

Alex ist Jahrgang 1919 und seit kurzem stolzer Student der Lehrerbildungsanstalt in Oberschützen, wo er im Konvikt gegenüber der evangelischen Kirche wohnt. An den Wochenenden verbringen Stefan und er viel Zeit miteinander, denn eine wöchentliche Heimfahrt ist nicht möglich. Die beiden Freunde teilen das Interesse für Literatur und Geschichte, der Gesprächsstoff geht ihnen nicht aus, neue Freunde stoßen dazu, Herbst und Winter vergehen wie im Flug.

Am 11. März 1938 wird Stefan seinen 18. Geburtstag feiern. Alex und er haben beim letzten Treffen vereinbart, dass Stefan ihn an diesem Freitag besuchen wird, um zur Feier des Tages im Wirtshaus ein Viertel Roten zu trinken. Darüber hinaus wird dies sein letztes Wochenende in der Nähe des Freundes sein, die Bauernschule schließt eine Woche später für diesen Jahrgang ihre Pforten.
Der Schulwart hat keinen Einwand, als Stefan ihn wieder einmal um das alte Waffenrad bittet, der Bursche ist verlässlich und stellt das Rad immer pünktlich zurück. Und der Laib Brot, den Juli dem Schulwart mit schönen Grüßen hat zukommen lassen, macht diesem die Entscheidung viel leichter. In der Schule war es ein Tag wie jeder andere, doch jetzt will Stefan endlich seinen Geburtstag feiern, schnappt sich das Rad aus dem Holzschuppen und fährt los.
Der Frühling steigt ihm in die Nase, die kühle Luft legt sich an diesem späten Märznachmittag über sein Gesicht. Nur die Steigung zieht sich, und obwohl es recht frisch ist, kommt Stefan in seiner wollenen Winterjacke schnell ins Schwitzen. Er beschließt, abzusteigen und das Rad bergauf zu schieben, der Waldweg verschwimmt in der Dämmerung.
Trotzdem sind die Tage schon merkbar länger, zum ersten Mal nach dem Winter schwebt der Gesang von Amseln und Nachtigallen zwischen Eichen, Fichten, Buchen und Föhren.
Und ganz unerwartet, von einer Sekunde auf die andere, mischt sich in Stefans Wehmut über den Abschied unbändige Freude: auf den Freund, den er gleich treffen wird, Freude auf daheim, die Schwester, die Eltern, Freude darauf, endlich das anwenden zu können, was er in den letzten Monaten gelernt hat, Freude auf den Frühling und den Sommer, der vor ihm liegt.
Die Eltern werden stolz auf ihn sein.
Endlich erreicht Stefan die Kuppe des Bahnhofsberges und hält tief atmend inne, bevor er wieder aufs Rad steigt: Vor ihm liegt ein leuchtend rosaroter Himmel, die sinkende Sonne bietet ein spektakuläres Schauspiel und taucht die sanften Hügel im Westen in warmweiches Licht, die Wolken scheinen mit Gold eingefasst zu sein.
Minutenlang steht Stefan dort, er ist eins mit sich und der Welt: »Das

nehme ich gern an als mein Geburtstagsgeschenk. Was für ein Glück ich doch habe! Vielleicht hat Alex nachher ein paar Minuten Zeit und malt mir ein Bild zum Andenken.«
Der talentierte Zeichner lässt sich meist nicht lange bitten, doch länger will Stefan ihn nun wirklich nicht mehr warten lassen.
Vorsichtig fährt er die Serpentinen des Berges hinunter, auf die Bremsen ist kein Verlass mehr und er hat keine Lust, sich das Genick zu brechen. Während er dem Hauptplatz entgegenrumpelt, meint er, Stimmen zu hören, singt da womöglich jemand? Um seinen Geburtstag wird es ja wohl nicht gehen, das kann er sich nicht vorstellen.
Ungeduldig lässt er sein Klapperrad bergab rollen und bleibt nach der letzten Kurve fassungslos stehen: Unter ihm drängen sich hunderte Menschen am Hauptplatz, steil in die Luft gestreckte Arme stechen in den Abendhimmel, leuchtende Fackeln und Feuer erhellen strahlende Gesichter, dumpfer Gesang aus heiseren Männerkehlen dröhnt ihm entgegen.
Wie soll er da den Freund finden?
Fieberhaft stürzt er sich ins Geschehen, marschiert Alex in den langen Reihen der Fackel- und Fahnenträger mit? Oder befindet er sich unter den jungen Männern neben dem Anschlussdenkmal von 1921, vor dem ein mächtiges Feuer auflodert?
Worüber freuen sich die Menschen so?
Und wo kommen auf einmal all die Stiefel und braunen SA-Uniformen her?
All das lässt einen Gedanken in Stefan hochsteigen und rasch zur Gewissheit werden, er ahnt, dass er diesen Abend in seinem Leben nicht mehr vergessen wird.
Dass Alex jetzt im Konvikt ist, hält er für ausgeschlossen, ihm dünkt, der ganze Ort sei auf den Beinen. Auch vor dem Wirtshaus herrscht unüberschaubares Gedränge, endlich spürt Stefan einen festen Griff auf seiner Schulter, der Freund reißt ihn herum und schreit: »Steff, was sagst, es ist endlich soweit!« Alex ist euphorisch und reißt Stefan mit. Der versteht innerhalb weniger Sekunden, dass dessen Freude absolut nichts mit seinem Geburtstag zu tun hat.
Der junge Dorflehrer hat ganze Arbeit bei den jungen Männern ge-

leistet, das fanatische Oberschützener Klima das Seinige dazu beigetragen. Denn in der traditionell protestantischen Gemeinde sympathisieren die meisten Professoren und vor allem der Pfarrer schon lange mit einem Anschluss Österreichs an Deutschland.
Die beiden Freunde schwimmen begeistert mit dem Strom, sie lauschen den Worten des Ortsgruppenleiters, der in seiner Rede von der politischen Lage berichtet:
Schon am späteren Nachmittag haben in Eisenstadt und Oberwart Nazi-Kundgebungen, am frühen Abend hat die Machtübernahme im Eisenstädter Landhaus stattgefunden. Anders als in anderen Bundesländern wird der Anschluss des Burgenlandes also schon am 11. März verkündet.
Die Menge jubelt, die Stimmung am Oberschützener Hauptplatz könnte besser nicht sein, endlich ist dieses Zwergendasein zu Ende, endlich kann man sich dem Einfluss der katholischen Kirche entziehen, endlich ist man wieder wer!
Kurz vor acht Uhr dieses Abends wird die letzte Rede des österreichischen Kanzlers im Radio übertragen.
Um nicht »deutsches Blut zu vergießen« trete er zurück; er endet mit den Worten: »Gott schütze Österreich!«, verabschiedet sich somit von Amt und Freiheit.
Die nächsten sieben Jahre wird er in Gefangenschaft verbringen, auch der Staat Österreich wird für sieben Jahre aufhören zu existieren.
Längst ist es vollkommen dunkel geworden, Schuschniggs Worte verhallen in Oberschützen ungehört.
Mit Mühe drängeln sich Stefan und Alex zwischen den überfüllten Tischen des Wirtshauses durch. Einer von Alex' Kollegen winkt, sie quetschen sich auf den Bänken dazu. Das erste Viertel wird auf den Anschluss getrunken, irgendwann stoßen sie auch auf Stefans Geburtstag an, es ist ihr letzter gemeinsamer Abend.
Vom Hauptplatz draußen sind immer noch vereinzelte Sieg Heil-Rufe zu hören.
Als sie in die kühle Nacht hinaustreten, ist es schon weit nach Mitternacht. Stefan beschließt, zu Fuß heimzugehen und das Rad am

nächsten Tag zu holen. Spät aber doch folgt dem Treiben des Abends die Stille. Es ist so dunkel, die Freunde können die Hände vor ihren Augen nicht erkennen. Nur ein paar Meter weiter verglimmt das Feuer vor dem Denkmal, zarte Rauchschwaden steigen in die Luft.

Vier Tage später füllen begeisterte Nazi-Sympathisanten nicht mehr den Oberschützener Hauptplatz, nein, über 200 000 Menschen drängen sich auf dem »Hauptplatz Österreichs«, dem Heldenplatz in Wien, die jubelnde Menge begrüßt ihren Führer, der »hiermit seine Heimat heim ins Reich geholt« hat. Von denjenigen, denen nicht nach Jubeln ist, hört und sieht man nichts.
Eine Woche nach seinem Geburtstag tritt Stefan die Heimreise an, viele der Ortschaften auf seinem Weg sind mit Fahnen und Hakenkreuzen geschmückt. Was die neue Zeit wohl bringen mag?
Als von Haus aus bedächtiger und maßvoller Mensch lösen die Brachialität und Siegestrunkenheit der letzten Woche tief in seinem Inneren ein leichtes Unbehagen aus, allerdings will er dieses vage Gefühl nicht weiter vertiefen. Vordergründig erfassen ihn ungeahnte Freude, Begeisterung und Hoffnung. Alle Fortschritte, von denen sie bisher nur in geheimen Kellerversammlungen gehört haben, würden nun endlich in die Tat umgesetzt werden.
Jetzt würde es aufwärts gehen mit ihnen, die Armut ein Ende haben.
Auf den letzten beiden freien Seiten seines Rechenheftes notiert sich Stefan wenige Wochen später folgende Passagen aus einer Rede des Führers:
*»Deutschland muß leben und wenn wir sterben müssen. Durch den Führer ist zum erstenmal in der Welt, soweit wir die Geschichte zu überblicken vermögen, eine einzigartige Wechselwirkung zwischen Führertum und Gefolgschaft geschaffen worden. Er hat in mühevollem Ringen im deutschen Volke eine einheitliche Willenshaltung geschaffen. Er ist der Volksführer, der die Haltung des Volkes formt und gleichzeitig der Ausdruck des Willens dieses Volkes. Da erblassen alle bisher überlieferten Begriffe von Königtum, Diktatur oder Tyrannei. Hier ist eine grundsätzlich neue Form der Volksführung gebildet worden.«*

Das ist es, woran der junge Mann im Bus zu diesem Zeitpunkt glaubt, weit und breit ist niemand, der versucht, ihn vom Gegenteil zu überzeugen. Seit er vierzehn Jahre alt ist, hat er diese Parolen gehört. Nachdenklich presst er seine Stirn an die kühle Scheibe des Busses, er spürt, dass die Welt in diesen Stunden und Tagen aus den Angeln gehoben wird. Er fühlt sich als Teil des Ganzen, welche Rolle er sich von dieser Ideologie zuweisen lässt, bereitet ihm vorerst kein Kopfzerbrechen.
Jedenfalls ist er sich an diesem 18. März 1938 sicher, dass er seinen Hof und das Pinkatal nie mehr für so lange Zeit, wie es die letzten sechs Monate waren, verlassen würde. Dies wird sich sehr bald als Irrtum herausstellen.

*Hedwig, 1940*

# Winterweiß

Das Flussbett der Pinka durchzog das Tal, gemächlich bahnte sich das Wasser weiterhin seinen Weg von Norden nach Süden, die Sonne erhob sich wie eh und je hinter dem Wald im Osten und sank hinter den Weinbergen im Westen.
Beiderseits des Flusses wurden Weizen, Gerste, Roggen und Rüben angebaut, mit geübtem Schwung aus dem Handgelenk verteilte Stefan die Getreidekörner auf dem feuchten Acker, während er kraftvoll zwischen den braunen Furchen ausschritt. Um die Hüften hatte er ein blaues Tuch zu einer Schürze geschlungen, die kniehohen Stiefel wollten zwar manchmal in der weichen Erde versinken, was ihn aber nicht weiter verdross.
Denn die grauen Wolken würden abermals den gewünschten Regen bringen, die Saat würde ideal aufgehen können. Leise pfeifend öffnete er auf den letzten Metern vorsichtig seine Faust und sah zu, wie die allerletzten Körner langsam in den Boden rieselten.
Der Acker hier lag am weitesten von allen Feldern vom Dorf entfernt, hinter ihm befand sich ein schmaler Waldstreifen aus Eichen, Akazien und Buchen, dessen Hinterseite direkt an der Grenze verlief.
Die leichte Anhöhe erlaubte einen Blick ins Dorf, das sich klein ins Tal schmiegte, wie ein Vogel ins Nest.
Der Märzwind drehte leicht und trug ihm den Klang der Kirchenglocken zu, es musste das Mittagsläuten sein. Sein Magen hatte in der letzten Stunde nicht nur einmal geknurrt, er würde sich rasch auf den Weg nach Hause machen. In diesem Augenblick kam es ihm vor, als wäre er nie weg gewesen.
Und doch - der Abend seines 18. Geburtstages war noch keine zwei Wochen her. Ungläubig hatten die Eltern seinen Schilderungen aus Oberschützen gelauscht, hier im Dorf habe nichts dergleichen statt-

gefunden.
Georg, sein Vater, saß im Gemeinderat und diskutierte mit dem Bürgermeister und den übrigen Gemeinderäten, man würde erst einmal abwarten. In ihnen keimte verhalten die Hoffnung auf Veränderung zum Guten auf.
Der Lehrer und eine Handvoll Parteigenossen zeigten ihre Freude mehr als deutlich, sie trugen ihren Triumph vor sich her wie eine Monstranz. Zeitungen gab es bis auf die »Grenzmark« keine mehr, das Dorf verhielt sich ruhig und harrte der Entwicklungen, die da kommen würden.
Schwungvoll packte Stefan die Lenkstange seines Rades, zog es vom Wegrand auf und rollte über den Feldweg heim.

Nun ließen aber die Ereignisse der nächsten Monate keinen Zweifel daran zu, dass mehr als einschneidende Veränderungen im Gange waren.
Zunächst wurden aus den Pinkatalern Ostmärker, sie waren nun Bewohner des Gaues Steiermark. Noch nahmen im Pinkaboden die Dinge ihren gewohnten Lauf, die Menschen waren Turbulenzen gewohnt, es war nur knapp 20 Jahre her, dass man sich quasi über Nacht in einem neuen Staat und einem neuen Bundesland befunden hatte. So leicht war der gestandene Menschenschlag der Gegend nicht zu erschüttern, vorerst wurde der Wandel mehr oder weniger gleichmütig hingenommen.
Was Optimismus oder auch Gleichmut restlos zum Verschwinden bringen sollte, waren der Beginn des Krieges ein Jahr später, die einrückenden Männer, Väter und Söhne, die ersten Todes- und Vermisstenmeldungen.
Ein gutes Jahr lang sollte allerdings noch Frieden herrschen.
Der Bürgermeister des Dorfes war 1938 - mit einer kurzen Unterbrechung - schon seit sieben Jahren im Amt, jener Paul galt allgemein als besonnener Mann und lenkte die Geschicke auch nach dem März 1938 mit ruhiger Hand.
Seine Vorfahren lebten schon seit Jahrhunderten im Dorf, als Jahrgang 1895 war es auch ihm nicht erspart geblieben, für Gott, Kaiser

und Vaterland sein Leben zu riskieren. Das Schicksal hatte es aber insofern gut mit ihm gemeint, als er die Kriegsjahre als Offiziersbursche beim Generalstab in Wien abdienen und so ohne gröbere Blessuren überleben konnte.
Gleich nach Kriegsende kehrte er heim und warf bald ein Auge auf die sanfte, dunkle Maria aus dem Dorfwinkel. Genau wie er war sie zur Wintersonnenwende geboren worden, doch es gab weitaus mehr, was die jungen Leute verband. Pauls Werben fand Gehör, am 21. Mai 1919 heiratete er seine Maria, sie war 20, er 25 Jahre alt.
Marias Eltern, Georg und Teresia, hatten die Werbung des kräftigen Paul gutgeheißen, der sympathische junge Mann war fleißig, seine großen Hände legten Zeugnis davon ab, dass er tüchtig anpacken konnte, vor allem bei Waldarbeiten galt er als ausgemachter Experte. Trotz seiner Jugend verfügte er über ein souveränes Auftreten und war im Dorf äußerst angesehen.
Das Wichtigste aber war: Er würde den elterlichen Hof übernehmen und Maria somit ein anständiges Auskommen und einen angemessenen gesellschaftlichen Status garantieren. Ihre eigene Wirtschaft würde bald Marias Bruder Franz übernehmen, dessen zukünftige Frau die Schwiegereltern im Alter versorgen.
Ein drittes Kind war ihnen leider mit nicht einmal einem Jahr nach einem Sturz vom Leiterwagen gestorben. Umso mehr freuten sie sich, dass auch ihr tüchtiger Sohn schon sehr bald eine junge Ehefrau ins Haus bringen würde.
Doch es sollte anders kommen.

Der Nebel liegt zäh wie weißer Teig über dem Dorf, es ist schon Tage her, dass der jungen Maria die letzten Sonnenstrahlen übers Gesicht gehuscht sind. Obwohl es schon später Vormittag ist, will es in der warmen Küche nicht richtig hell werden, im trüben Licht sitzt Pauls junge Ehefrau am Küchentisch, vor sich eine dicke weiße Schüssel mit dampfenden Kartoffeln.
Sie ist erst ein halbes Jahr verheiratet, hat sich in ihrem neuen Zuhause jedoch leicht und schnell eingefunden. Zum Schälen spießt sie die rauchenden braunen Erdäpfel mit einer Gabel auf - und muss

trotzdem immer wieder kurze Pausen einlegen und ihre Fingerkuppen blasen, damit sie sich nicht verbrennt.
Paul verschlingt ohne Mühe fast ein ganzes Blech ihres gezogenen Erdäpfelstrudels, sie freut sich, dass es ihm schmeckt, wenngleich das Kochen dieser ungewohnt großen Mengen viel Arbeit macht. Der durchscheinende Teig liegt schon weit ausgezogen auf dem Strudeltuch, auch der Rahm, die gerösteten Zwiebeln und das Salz, das sie noch über die gepressten Erdäpfel streuen wird, stehen schon bereit. Heute werden sie ohnehin später essen, denn Paul hilft schon den ganzen Vormittag ihrem Bruder Franz beim Dreschen. Es gibt nur eine Dreschmaschine im Dorf, die den ganzen Herbst und Winter über von Scheune zu Scheune wandert.
Maria fährt zusammen, als die Küchentür auffliegt und die Nachbarin atemlos hereinstürmt: »Komm schnell, es ist was passiert, der Franz hat einen Unfall gehabt!«
Maria erstarrt und lässt die Hände sinken, kann die Nachricht von einer Sekunde auf die andere nicht verarbeiten.
»Du musst mitkommen, beeil dich!«
Die Nachbarin nimmt Maria das Schälmesser und die Gabel aus der Hand, die lässt endlich alles liegen und stehen und wirft sich ihr schwarzes Wolltuch um die Schultern. Auf der kurzen Strecke zu ihrem Elternhaus kann sie keinen klaren Gedanken fassen: »Bitte, bitte, nicht der Franz, bitte, lass es nicht zu arg sein!«
Keuchend erreicht sie den Stadel, die Dreschmaschine steht still. Franz ist von der Maschine gestürzt und mit dem Kopf derart unglücklich auf eine Eisentraverse geprallt, dass er nun mehr tot als lebendig ist. Die Männer tragen den Bewusstlosen ins Haus, Maria beugt sich über ihn, hört nur leises Röcheln aus seinem Mund. Ohne schnelle Hilfe wird er es nicht schaffen.
Kurz entschlossen spannen Paul und Georg, ihr Mann und ihr Vater, den Pferdewagen an und bringen den Bewusstlosen nach Güssing ins Krankenhaus. Drei Tage ringt Marias Bruder dort mit dem Tod, dann verliert er den Kampf und tut seinen letzten Atemzug.
Und wieder spannen Paul und Georg an, diesmal machen sie sich auf den Weg, den Toten aus dem Krankenhaus abzuholen und heimzu-

bringen. Der Tischler im Dorf hat versprochen, den Eichensarg bis zum Abend zu zimmern und ins Haus zu liefern.
Obwohl es erst Mitte November ist, hat der Totengräber lange mit der gefrorenen Erde am Friedhof zu kämpfen. Ein schneidender Ostwind fegt über die Ebene, als Franz an diesem dunkelgrauen Nachmittag begraben wird.
Marias Trauer um den toten Bruder gräbt sich tief in ihr Gemüt, sie hat nun keine Geschwister mehr, ihre Eltern haben keinen Hoferben. Erst als im Sommer ihre Tochter Rosi zur Welt kommt, hellt sich ihre Stimmung auf.
Und eines nach dem anderen folgen noch drei Kinder, alle zwei Jahre kommt Nachwuchs, nach einem Sohn, den sie nach ihrem Bruder Franz nennen, erblickt im September 1924 schließlich Hedwig das Licht der Welt.

Sobald das Mädchen mit den großen dunklen Augen und den schwarzen Haaren laufen konnte, heftete es sich an die Fersen der Geschwister, das Leben der Kleinen spielte sich im Hof ab und auf der Gasse, zwischen Gänsen, Hühnern, Enten und Katzen. Wie in allen anderen Häusern hütete auch hier die Großmutter die Kinder, am Abend sank Eva, Pauls Mutter, völlig ermattet auf ihren Strohsack und dankte dem Herrgott, dass alle gesund in ihren Betten schliefen.
Fünf Jahre lang, bis ihre jüngere Schwester Resi geboren wurde, war Hedwig die Kleinste, nichtsdestotrotz war es oft sie, die den Ton angab, ihr Temperament und ihr Tatendrang setzten sich so gut wie immer durch. Sie sprudelte über vor Ideen und riss die anderen Kinder mit, auch später, als Erwachsene, fiel es ihr leicht, andere für etwas zu begeistern.

Maria und Paul hielten ihre vier Kinder dazu an, die Schule ernst zu nehmen, Hausübungen hatten gewissenhaft erledigt zu werden, beim Lernen gab es kein Pardon. Es verging kein Tag, an dem die vier Geschwister nicht in die Schule gegangen wären, daheimbleiben gab es nicht, dementsprechend erfreulich fielen die Zeugnisse aus.
Nach acht Jahren, im Sommer 1938, war die Schule für Hedwig vor-

bei, sie fieberte diesem Ende entgegen. Weniger weil ihr der Unterricht zuwider gewesen wäre, vielmehr durfte sie als »aus der Schule Ausgestandene« nun endlich zum Tanz ins Gasthaus mitgehen. Sie malte sich die Unterhaltungen in glühenden Farben aus, die Klänge der Musikanten waren bisher nur aus der Ferne verheißungsvoll an ihr Ohr gedrungen, denn ihre Großmutter hatte in der Kammer eisern über sie gewacht und sie keine Minute aus den Augen gelassen. Hedwigs Schwester hatte sich schon längst einen der hübschesten Burschen des Dorfes angelacht - und sie wollte ihr darin auf keinen Fall lange nachstehen.
Von den jungen Männern war ihr schon länger einer ins Auge gestochen, er schien ein bisschen anders zu sein als die anderen. Den Winter über war er nicht im Dorf gewesen, als Hedwig ihn zu Ostern das erste Mal wieder in der Kirche sah, machte ihr Herz einen unerwarteten Sprung. Da war er also wieder, der blonde Stefan, hatte sie sich getäuscht, oder war sein Blick ziemlich lange an ihrem hängen geblieben?
Sie war sich nicht sicher, jedoch schwanden diesbezügliche Zweifel bald, denn immer öfter traf sie Stefan»rein zufällig« auf ihren Wegen. Sie wechselten freundliche Worte, Belanglosigkeiten, woher er denn komme, wohin sie denn gehe, nichts Außergewöhnliches. Und doch verlor Hedwig in kürzester Zeit das Interesse an allen anderen jungen Männern des Dorfes und wartete auf eine Gelegenheit, Stefan länger zu begegnen.
Und was würde sich dafür besser anbieten als der Tanz in der »Traube« nächsten Samstagabend?
Unter der Obhut ihrer Geschwister betrat Hedwig zum ersten Mal offiziell den Tanzboden, der Kirtag Anfang September war das gesellschaftliche Ereignis des Jahres, niemand fehlte, nur die ganz Kleinen wurden von den ganz Alten daheim gehütet.
Hedwig hatte sich ihr bestes Dirndl angezogen, aus tiefgrünem Stoff mit hellen gestickten Blüten. Ihre Mutter hatte ihr beim Stärken und Bügeln geholfen, sodass das Weiß der Dirndlschürze mit den Spitzen der Bluse um die Wette strahlte.
Musikanten spielten auf, heiratsfähige Mädchen und Burschen stan-

den einander im Tanzsaal gegenüber, Blicke flogen hin und her, es wurde getuschelt, gejohlt und gelacht, Anspannung und Jagdlust ließen sich förmlich mit Händen greifen.
Doch wo war Stefan? Für einen Moment stockte Hedwig der Atem, war er womöglich nicht da? Endlich erblickte sie den blonden Haarschopf, schon hatte sein Blick ihren gefunden, schon stand er vor ihr, schon umfasste sein Arm ihre Taille.

Das Dorf wäre nicht das Dorf gewesen, hätten Hedwigs Eltern nicht bereits am nächsten Morgen gewusst, mit wem ihre Tochter die ganze letzte Nacht getanzt hatte.
»Ja Hedi, bist du sicher, dass du dich jetzt schon auf einen festlegen willst?« Paul liebte seine resolute Tochter und wollte sie vor einer vorschnellen Entscheidung bewahren. »Es gibt nichts zu sagen gegen den Steffl, aber da gibt es noch so viele andere, willst du dir die nicht noch ein bisschen genauer anschauen?« Entgegen ihrer sonst wortreichen Art hüllte Hedwig sich an diesem Morgen in Schweigen.

Stefan konnte sein Glück kaum fassen. Das Leben meinte es gut mit ihm, seit er wieder daheim war. Begeistert stürzte er sich in alle Vergnügungen, die das Dorfleben bot, allerdings hatte er nicht im Traum damit gerechnet, derartig rasch Feuer zu fangen.
Jung war die Hedwig, er wusste es, aber das war nichts Außergewöhnliches im Dorf an der Grenze. Auch zu Juli war die Kunde von Stefans Wahl innerhalb kürzester Zeit gedrungen - war sie viel älter gewesen, als sie sich in Josef verliebt hatte? Eben!
Georg fand an der fleißigen, temperamentvollen Hedi sowieso nichts auszusetzen, das hätte auch gar nicht seiner Art entsprochen, er neigte ohnehin dazu, den Dingen ihren Lauf zu lassen. Die Tochter des Bürgermeisters - Stefan hätte eine schlechtere Partie machen können. Darüber hinaus hatte er sich mit Paul schon immer ausnehmend gut verstanden, eine günstige Fügung in jeder Hinsicht.
So dauerte es nicht allzu lange, bis es im Dorf ausgemachte Sache war: Hedwig und Stefan »gingen miteinander«, war nicht gerade Weihnachts- oder Fastenzeit, wurde in den Gasthäusern eifrig ge-

tanzt und gescherzt.
Die Winterkälte bescherte der Jugend ausgiebig Zeit für Vergnügungen, so folgte auf den ausgelassenen Fasching 1939 der erste Kriegsfasching des Jahres 1940. Hedwig und Stefan fanden nach wie vor Gefallen aneinander. In ein, zwei Jahren würden sich die Eltern der beiden zusammensetzen und die Sache unter Dach und Fach bringen.
Doch erst später, viel später als geplant, sollte dies geschehen, der Ausbruch eines neuerlichen Weltkrieges würde das Dorf und seine Bewohner niederschmettern und nichts so lassen, wie es gewesen war.

# 6

## Schwarz-Weiß-Blutrot

Das Sonnenlicht warf einen blendend hellen Streifen auf die glatte weiße Kunststoffoberfläche des Tisches. Ich musste blinzeln und senkte den Blick.

Bedächtig malte ich mit dem Bleistift ein Muster auf das untere Ende der Tischplatte: einen kurzen, senkrechten Strich nach dem anderen, gruppiert in übersichtliche Fünfergruppen, zwischen 40 und 45 Striche. Hatten diese ihren Zweck erfüllt, würden sie in wenigen Sekunden mit der Spitze des Zeigefingers verrieben werden und höchstens einen kaum sichtbaren hellgrauen Schleier hinterlassen.

Nicht dass ich zu Beginn des Physikunterrichtes nicht ein oder zwei Minuten redlich versucht hätte, den Worten des schnauzbärtigen Lehrers zu folgen – doch beim besten Willen war es mir mit 14 nicht möglich, auch nur einen Funken Interesse vorzutäuschen, geschweige denn aufzubringen.

Um zwölf Uhr würde der Unterricht wie jeden Samstagmittag enden, irgendwie musste ich mir das Verrinnen der Zeit sichtbar machen und so heftete ich meinen Blick auf den Sekundenzeiger meiner Armbanduhr und strich jede Minute, die endlich verflossen war, mit einem kleinen Schrägstrich aus dem Fünferstapel heraus. Freundlich interessiert beobachtete mich meine Sitznachbarin und fing ihrerseits an, Fünferstapel zu zeichnen.

Vor dem Fenster blühten die Apfelbäume, der vorige Direktor des Gymnasiums hatte sogar ein Kiwibaumpaar gepflanzt, Anfang der achtziger Jahre durchaus eine Rarität im Südburgenland. Wehmütig dachte ich an diesen alten Biologielehrer zurück, der uns Zehnjährige in der ersten Klasse zum Primelnverkosten in die Frühlingswiese

gelockt hatte.
Leise hörte ich von draußen die zwitschernden Amseln und Rotkehlchen, sah Vergissmeinnicht, Löwenzahn und Gänseblümchenteppiche in der Wiese vor der Schule leuchten. Das letzte Schrillen der Glocke an diesem Samstag würde mich endlich in die Freiheit des Frühlingstages entlassen. Noch war die Luft im Physiksaal stickig und stechend, war außer der monotonen Stimme des Lehrers im Raum wenig zu hören, auch ihm fehlte anscheinend die Kraft, uns so kurz vor Unterrichtsschluss aus der bleiernen Lethargie zu reißen.
Irgendwann läutete die Schulglocke, konnten die überzähligen Bleistiftstriche verwischt und das Schulhaus im Eiltempo verlassen werden, ich tauchte ein in die milde blaue Luft, es machte mir nicht einmal etwas aus, mich gleich wieder in den muffigen Schülerbus nach Oberwart setzen zu müssen. Vom dortigen Hauptplatz hastete ich heim, zu meiner letzten Zwischenstation. Wie immer wartete meine Mutter mit dem Essen, rasch schlang ich ein paar Bissen hinunter, zwischen Tür und Angel drückte sie mir noch die Tasche mit Essen und Wäsche für ihren Vater in die Hand, und so erreichte ich mit knapper Not jenen Bus am Bahnhof, der mich letztlich an mein ersehntes Wochenendziel bringen würde. Aufatmend ließ ich mich in den staubigen Sitz des alten Südburgbusses fallen. Knappe eineinhalb Stunden würde die Fahrt dauern, mehr als doppelt so lang, als wir mit dem Auto brauchten. Es war mir egal, meine Laune hob sich, je weiter der Bus nach Süden fuhr. In Kotezicken bog der Fahrer nach Badersdorf ab, von dort ging es zwischen den Weinbergen des Eisenbergs und Deutsch-Schützens ins untere Pinkatal, immer entlang der ungarischen Grenze. Ich war schließlich die Letzte im Bus, Moschendorf bildete die Endstation.
Von der Bushaltestelle vor dem Gasthaus »Zur Traube« marschierte ich die Dorfstraße entlang zum Haus meines Großvaters Stefan, das gleich unterhalb der Kirche lag. Dort lebte er allein mit seinem Sohn Peter, meinem Onkel, der in Wien studierte und auch am Wochenende nur eher sporadisch zuhause anzutreffen war.
Immer wartete mein Opa schon auf mich, immer begrüßte er mich unaufgeregt und immer hielt er mehrere Knöpfe bereit, die während

der Woche verlässlich aus Hose, Rock oder Hemd gefallen waren. In der unteren Küche des Bauernhauses stand noch die alte Singer-Nähmaschine meiner Oma, die vor sieben Jahren gestorben war, damals war ich sieben Jahre alt gewesen. Seither war die Nähmaschine unter der Platte versenkt und nicht mehr in Gebrauch. In einer kleinen quadratischen Lade befanden sich nach wie vor fester schwarzer und brauner Zwirn, sachte klackerten die hölzernen Spulen zwischen meinen Fingern. Deren Fäden konnte ich fast nicht abreißen, ohne mich an ihnen zu schneiden, besser war es, dafür die alte Schneiderschere meiner Oma zu verwenden.
Bedächtig fädelte ich also den Zwirn in das winzige Nadelöhr und setzte mich ans Fenster, die Kleidungsstücke meines Opas am Schoß, er selbst gerne auf der Bettbank Platz nehmend - und so kamen wir ins Reden. In aller Ruhe nähte ich die Knöpfe an, hielt inne, wenn meine Aufmerksamkeit von seinen Erzählungen zu sehr in Anspruch genommen wurde, und brachte die Arbeit dann doch irgendwann zu Ende.
Lange saßen wir so, das Licht in der Küche wurde diffuser, keinem von uns wäre es eingefallen, die elektrische Lampe einzuschalten, die Welt draußen verlor an Kontur, wir waren Zeitreisende, die mühelos die Jahrzehnte durchflogen.
So gelangweilt ich in der Physikstunde am Vormittag gewesen war, so gefesselt war ich von den Geschichten am Nachmittag. »Opa, bitte erzähl mir von früher!« – dies war der Schlüssel in eine vergangene Welt, eine Welt, die mich faszinierte und doch oft ratlos zurückließ.
Als ein im Jahr 1920 Geborener hatte mein Großvater wahrlich viel zu berichten, die Zeiten waren mehr als turbulent gewesen, seine Jugend überschattet vom Aufkommen des Nationalsozialismus, der sich seinen Weg schon in den dreißiger Jahren in die Grenzgegend bahnte. Sein Erzählstil war lakonisch, dramatische Äußerungen und Einwürfe kamen darin nicht vor, auch kein Selbstmitleid, eher war es eine Chronologie seiner Jugend und der Welt um ihn herum. Vom untersten Pinkatal führte sein Weg durch halb Europa wieder nach Hause. Sein Idealismus, seine Jugend und seine Gesundheit verloren sich irgendwo zwischen diesen Stationen.

»In Russland war es so kalt, uns ist der Sprit eingefroren. Die Menschen in ihren kleinen Keuschen waren so arm, das kannst du dir gar nicht vorstellen.«
»Opa, was habt ihr in Russland verloren gehabt? Die Russen haben euch nicht eingeladen.«
An dieser Stelle versiegte verlässlich der Redefluss, mein Opa sah sich außerstande, diese Frage der Vierzehnjährigen zu beantworten. Das Schweigen währte, bis ich es irgendwann unterbrach; ich wollte mehr von früher hören und wich auf unverfänglicheres Terrain aus.

Heute, fast 40 Jahre später, sitze ich an meinem Schreibtisch und erkenne: Es ist dieses Schweigen, das mich antreibt. Es will in mir Worte und Gestalt annehmen, ich will verstehen, aussprechen, niederschreiben, was mein Großvater mir gegenüber damals nicht in Worte zu fassen vermochte.
Was hätte es aus seiner Sicht noch zu sagen gegeben?
Er hat sich weder verteidigt noch gerechtfertigt.
Er war weder verbittert noch fanatisch.
Manchmal streifte ihn ein Hauch von Selbstironie. War auch Resignation dabei?
Er war kein emotionaler Mensch, Überschwang lag ihm fern. Er verwob persönlich Erlebtes mit fundierten historischen Kenntnissen. Unsere Gespräche unterbrach er nur, um in seine Kammer zu gehen und aus der Tiefe des schweren Schubladenkastens alte Fotos und Karten zu holen, die er dann vor mir ausbreitete.
Die wirklich heiklen Fragen hat er mir nie beantwortet, nur ein höchst unvollständiges Puzzle hinterlassen. Lag im Schweigen auch das unausgesprochene Zugeständnis eines Irrweges? Wie weit reichten Einsicht, Erkennen, Reue?
Schwer messbare Faktoren, immer wieder die Frage nach der Verantwortung.
Warum lässt man sich von einem Führer in den Tod führen, sich von einer Granate in Stücke reißen?
Warum fällt es noch immer so schwer, Dinge klar zu benennen?
Warum konnte ich als Jugendliche nicht sensibler fragen? Hätte ich

dann andere Antworten bekommen? Was war für mich in diesem Alter überhaupt erfassbar? Hätte ich – in einem anderen Land, in einer anderen Zeit – mich nicht für ein Geschichtestudium entschieden? Wollte ich nur seinetwegen wissen, was in den Köpfen der Soldaten vorgegangen ist? Warum habe ich mich nicht genauer mit der Scham und der Angst der jungen Männer auseinandergesetzt?
Ich weiß es nicht.

Ich weiß allerdings von blutjungen Männern, die von Weizenäckern und Weinbergen direkt in Kasernen abkommandiert, deren Höfe fortan von Frauen und Alten bestellt werden.
Von Männern, die im russischen Winter ihr Leben verlieren und einer Armee dienen, die die halbe Welt ins Verderben stürzt.
Von Männern, die aus dem Krieg heimkehren, aus russischen und amerikanischen Kriegsgefangenenlagern, von Feldzügen, die für sie nicht zu gewinnen waren, in denen ihr Leben nicht mehr wert war als das einer Fliege.
Ich weiß von Männern, die sich in den Alltag daheim nur schwer wieder einfinden.
Von Männern, die nicht über das Erlebte sprechen.
Von Männern, die 18 und 19 Jahre alt waren, als man sie zu Sieg, Eroberung, Brandschatzung, Vergewaltigung, Folter und Tod angestiftet hat.
Von Männern, die all das Erlebte für den Rest ihres Lebens nicht verarbeiten können.
Von Männern, die ihr Elend im Alkohol ertränken und ihre Wut und ihren Hass an ihren Familien auslassen.
Von Männern, die keine Schwäche zeigen wollen.
Von Männern, die nicht einmal mit ihren Kriegskameraden über diese Abgründe sprechen können.
Von Männern, die sich in hohem Alter das Leben nehmen wollen.
Von Männern, die einem fürchterlichen Irrtum erlegen sind, einem Irrtum, für den sie niemals Vergebung erfahren – und den sie sich selber womöglich weder eingestehen noch vergeben können.

Und doch beginnt sich mein Blick allmählich neu zu justieren, eine Frage drängt mehr und mehr in den Vordergrund: »Welche Rolle hätte ich gespielt? Welche Haltung hätte ich eingenommen?«
Unzählige Fragen im Konjunktiv. Ist es müßig, sich über die vielen »hätte« und »wäre« den Kopf zu zerbrechen?
Im Grunde war es für mich lange Zeit klar: Auf der einen Seite stehen die vielen Opfer des Nationalsozialismus, ihnen gilt seit jeher mein ganzes Mitgefühl, meine uneingeschränkte Solidarität.
Auf der anderen Seite stehen verbrecherische Täter.
Und irgendwo dazwischen wabert eine riesige Blase. Mit einer spitzen Nadel steche ich hinein, langsam, ganz langsam sickert eine Flüssigkeit heraus. Deren Spur will ich folgen, möchte so lange hinschauen, bis sich eines Tages die Blase geleert hat, vertrocknen und langsam heilen kann. Und dann wird auch das Brennen in meiner Seele irgendwann heilen.

Im Winter 1940 muss sich Stefan von seinem Cousin Fritz in einem Brief zunächst necken lassen: *»Nun, wie steht es mit Deiner Hedi? Ich nehme an, dass alles klipp und klar ist. Hast sicher wieder ein Randi gehabt mit ihr? Und dabei nicht zu weit gekommen. Du bist ja ein vorsichtiger 20jähriger Jüngling. ... Wenn du nächstes Mal zu Hedi gehst, frag ihren Herrn Papa nach meiner Kleiderkarte.*
*Gestern Nacht träumte mir, daß Du, Legath und Seier Franz eingerückt seid und daß Ihr sehr geweint habt. Hoffentlich hast Du die Einberufung noch nicht.«*

Sie haben seit Wochen auf den Brief gewartet. In fast allen Häusern sind im letzten Jahr Einberufungsbefehle angekommen, Befehle, denen man sich nicht widersetzen konnte, ohne sein Leben zu riskieren.
Im Oktober 1940 ist es soweit, Stefan ist noch der Ruhigste von allen, sich selber und den anderen redet er ein: So schlimm könne es nicht werden, so eine riesige Armee, bisher ein Blitzsieg nach dem anderen, sie würden sehen, spätestens in einem Jahr sei er wieder daheim.

Stefan braucht für die Kaserne in Stockerau nicht einmal viel zu packen, der Krieg wird für ihn sorgen, er wird ihn nähren, ihn beherbergen. Ihn beinahe töten.
Die Abenteuerlust bringt die Angst zwischendurch zum Schweigen.
Hedi ist mittlerweile 16 Jahre alt, sie tun, was alle Paare tun, wenn der Mann in den Krieg zieht: Sie gehen zum Fotografen und lassen in Güssing eine ganze Bilderserie aufnehmen.
Zwei junge Menschen in ihrem besten Gewand, Hedi in einem dunkel schimmernden Kleid, blitzende Knöpfe säumen kunstvoll gearbeitete Leisten. Schwarze Haare, in elegante Wellen gelegt, umrahmen weiche Wangen, sie würde glatt als amerikanischer Filmstar der 40er Jahre durchgehen, große Augen schauen unter langen Wimpern mehr melancholisch als fröhlich in die Kamera. Stefan macht in seinem feinen Anzug ebenfalls gute Figur, auf einem Foto drückt er Hedis Hand an seine Brust, beide schauen sich tief in die Augen.
Jenes Foto wird eine lange Reise in den Norden und Osten Europas machen, zerfleddert und abgegriffen schließlich wieder an seinem Entstehungsort landen.
Stefans Eltern fügen sich ins Unvermeidliche, Juli fällt dies weitaus schwerer als Georg. Sie kann sich noch gut erinnern, genau vor 26 Jahren ist auch ihr Josef an einem kühlen Herbstmorgen in den Krieg gezogen. Sie weiß, wie junge Männer aus Kriegen heimkehren: verstümmelt, verletzt, gebrochen, in Alpträumen gefangen. Und noch genauer weiß sie, dass viele Männer aus Kriegen gar nicht mehr zurückkehren. Es kann sogar sein, dass man nach dem Abschied nie mehr etwas von ihnen hört.
Manchmal, in der Nacht, legt sich die Angst um ihren Sohn wie eine schwarze Krake um ihren Hals, nimmt ihr die Luft zum Atmen, tagsüber hält sie das Ungetüm mit unermüdlichem Arbeiten in Schach. Zum Glück ist da noch die zehnjährige Gisi, einzig der gelingt es in diesen Tagen, sie ein bisschen aufzuheitern. Stefan versucht, dem Vater und der kleinen Schwester ins Gewissen zu reden, die Mutter müsse sich auf sie verlassen können, die Wirtschaft ihrer aller Lebensunterhalt sichern. Allein könne Juli das nicht schaffen, und vom Wald oder Wirtshaus aus würde Georg sie nicht wirklich unter-

stützen können. Frühmorgens verabschiedet Stefan sich von allen daheim.
»Pass gut auf dich auf, Steffl, und komm ja gesund wieder heim!«
Hedis Elternhaus liegt am Weg zur Bushaltestelle, fröstelnd wartet sie im Morgengrauen, endlich taucht Stefan auf, sie wird ihn die letzten Meter begleiten, eine letzte Umarmung vor dem Einsteigen. Die Südburg fährt die altbekannte Strecke nach Oberwart, von dort geht es mit dem Zug nach Wien. In der Stockerauer Kaserne wird Stefan umgehend einer Gebirgsjägereinheit zugeteilt, Ostmärker gelten in der deutschen Wehrmacht automatisch als Alpinisten. Zu seiner Grundausrüstung gehören sogar Alpinski, für den Pinkataler von der Grenze zur ungarischen Tiefebene beinahe ein Hohn.
Auch ein anderer aus dem Dorf landete bei einer Einheit, für die er definitiv nicht geeignet war, nämlich bei der Kavallerie. Dieser Alexander war ein Cousin Pauls, er musste schon 1939 einrücken und hatte in seinem Leben noch nichts mit Pferden zu tun gehabt. Seine Geschichte soll an dieser Stelle erzählt werden.

*Alexander, 1937*

# 7

# Tundraschwarz

Mit Glück schaffe ich es, einen Platz im alten Lesesaal der Wiener Hauptuni zu ergattern. Die Zeit scheint hier drinnen still zu stehen, mild leuchten die grünen Lampenschirme über die langen Tischreihen, die Messinghalter blinken, in der Luft liegen leises Seitenrascheln, Räuspern, zarte Tastaturanschläge. Mir steigt der beruhigende Geruch nach altem Papier in die Nase, vor mir vergilbte Seiten, gebunden in schwarzen Karton.
Ungeduldig, auch ein wenig ungläubig habe ich diesem Augenblick entgegengefiebert. Nicht nur einmal hat mir mein Großvater die Geschichte erzählt, die Geschichte jenes einen, der es aus dem Dorf an die Wiener Universität geschafft hat. Bis zu diesem Moment fehlt meiner Vorstellung die Kontur, das Konkrete - und jetzt halte ich tatsächlich ein schweres Buch zwischen meinen Fingern.
Wird es mir Einblick in ein längst vergangenes Leben verschaffen können?
Vorsichtig schlage ich die erste Seite auf, schwarze Buchstaben, geschrieben auf einer alten Schreibmaschine, ein wenig verschwommen und doch noch lesbar:

L A U T L E H R E
der Mundarten des Pinkatales
D I S S E R T A T I O N
zur Erlangung des philosophischen Doktorgrades an der Universität Wien, vorgelegt von Alexander Laky im Oktober 1937

Der Verfasser ist der Cousin meines Urgroßvaters Paul, zweifelsfrei der erste Studierte mit Doktorat in der Verwandtschaft.

Während ich bedächtig blättere und lese, entsteht eine Verbindung zwischen uns beiden, wir teilen immerhin einiges: dieselbe Studienrichtung an derselben Universität, die Liebe zur Sprache, unsere Wurzeln, unsere Vorfahren.
Ist es das, warum mich das Schicksal des jungen Mannes so berührt? Oder ist da noch etwas anderes? Die Arbeit vor mir beweist einfach: Die in der Familie oft erzählte Geschichte des Alexander Laky ist wahr, die Buchstaben tragen mich in eine andere Gegend, in eine andere Zeit, fast hundert Jahre zurück.

Lau senkt sich der Abend über das Dorf, es ist ruhig. Die, die noch bis vor wenigen Minuten einen gemütlichen Abendplausch auf der Gasse gehalten haben, sind vor den Gelsenschwärmen der Dämmerung schleunigst in ihre Häuser geflohen.
Es gibt jetzt nur mehr einen Ort, an dem es um diese Zeit noch hoch hergeht: das Gasthaus am oberen Ortsende. Im schwachen Abendlicht sind die weiß aufgemalten Buchstaben der Quertafel über dem mittleren Fenster kaum mehr lesbar: »Zur Traube« steht da. Die Fassade ist weder auffällig noch protzig, die schlichte Holztafel mit den blauen Weintrauben links und rechts ist das einzige Merkmal, das das Wirtshaus von den Nachbarn in der Häuserzeile abhebt. Und sogar die Tafel wäre nicht notwendig gewesen, die Gäste fänden den Weg ohnehin im Schlaf.
Wie so oft in letzter Zeit ist die Gaststube gesteckt voll. Ein paar kühle Bier, Wein hat man ja selber, also ein paar Bier nach der Arbeit können nicht schaden. Die männlichen Gäste kommen allein, oft und gerne. Es kümmert sie nicht, dass die Frauen daheim missbilligend die Köpfe schütteln, weil ihre Männer und Söhne das mehr als karge Geld ins Wirtshaus tragen. Der Erste Weltkrieg ist erst seit einem Jahr zu Ende, die Zeiten sind ungewiss, die Kriegsheimkehrer an den Wirtshaustischen wissen, wie kurz das Leben sein kann.
Drinnen ist die Luft zum Schneiden, es war ein heißer Tag, manche kommen direkt aus dem Stall, andere schnurstracks vom Feld ins Wirtshaus, gewaschen hat sich nach der Arbeit keiner.
Leni, die Wirtin, steht hinter der wuchtigen Schank und hält kurz

inne, spürt, wie ein schmales Rinnsal aus Schweiß ihre Wirbelsäule hinabrinnt und schließlich in ihrem Rockbund versickert. Seufzend wischt sie sich mit dem Handrücken eine feuchte Haarsträhne aus der Stirn, bald gehen ihr die sauberen Gläser aus, ihre Kellnerin ist heute nicht erschienen. Zum Glück ist ihre Schwiegermutter eingesprungen und hütet ihr einziges Kind, Alexander, der diesen Herbst in die Schule kommt.
»Hei, Leni, noch eine Runde!«
Schnell taucht sie die dicken Bierkrüge ins trübe, lauwarme Wasser, in der Eile geht es nicht anders. Viel lieber wäre sie jetzt bei Alexander, für den gerade Schlafenszeit ist. Doch wäre dann der Herd in der Küche verwaist – und weit und breit niemand, der ihr das Kochen abnehmen könnte.
Denn mit der Zahl der Krügel steigt auch der Hunger der Männer, da muss schnell etwas auf den Tisch, da verstehen sie keinen Spaß.

Georg und Leni hätten gern mehr Kinder gehabt, wir wissen nicht, warum es nur bei dem einen geblieben ist. Auf den Schultern dieses blonden Buben ruhen nun alle Hoffnungen und die ganze Liebe der Eltern. Einer Sache ist sich die Mutter gewiss: Ihr Sohn soll sich nicht wie sie im Wirtshaus abschinden müssen, soll es einmal besser haben als sie, als Wirt kann sie ihn sich beim besten Willen nicht vorstellen. Und so schmiedet die ehrgeizige Leni hochfliegende Pläne für ihn. Ihren Mann dafür zu gewinnen, stellt sich jedoch als langwieriges Unterfangen heraus: Wer denn später das Wirtshaus übernehmen solle? Wozu sie sich eigentlich abrackerten, nur um ihr Lebenswerk eines Tages zusperren zu müssen?
Die schmächtige Statur, die herausragenden Leistungen in den ersten Schuljahren und das ruhige Gemüt des Kindes tragen allmählich dazu bei, dass der Widerstand des Vaters schließlich erlischt. Auch für ihn wird es immer offensichtlicher: Alexander als gestandener Wirt – das ist undenkbar. Letztlich beschließen die Eltern gemeinsam, dem Kind eine aufwändige Ausbildung zu ermöglichen.
Dafür nehmen sie viel in Kauf. Leni tut das Herz weh, als sie ihren Zehnjährigen in den Bus nach Oberschützen setzt, zwischendurch

fragt sie sich, ob dies alles dafürstehe, ihr Trennungsschmerz ist groß, Alexanders Heimweh im Konvikt nicht minder. Den Buben sehen sie von da an nur mehr in den Ferien, zum Glück legt sich das Heimweh nach dem ersten Jahr.
Regelmäßig muss ein ansehnlicher Betrag für das Gymnasium, das Internat, für Bücher, Hefte und Stifte nach Oberschützen geschickt werden, immer wieder hält Leni sich vor Augen, dass alles nur um der glänzenden Zukunft ihres Sohnes willen geschehe. Nicht dass es damals üblich gewesen wäre, Wirts- oder Bauernkinder an Gymnasien oder gar Universitäten zu schicken, doch ab und zu, selten genug, kam es vor.
Die Natur scheint mit Alexanders Laufbahn eine Abmachung getroffen zu haben, schon mit Anfang 20 wirkt der junge Student äußerlich bereits eher wie ein Gelehrter – und keinesfalls wie ein Wirt. Sein Haaransatz weicht schon recht weit zurück, die Stirn wird höher und höher, seine feingliedrige Statur empfiehlt ihn nicht unbedingt für das Schleppen von Bierfässern. Und dieser Eindruck täuscht nicht, tatsächlich soll Alexander mit 24 Jahren promovieren.
Man könnte meinen, dass er in der Hauptstadt seine Wurzeln im Pinkatal vergessen hätte, doch das Gegenteil wird der Fall sein.
Im Wien der Zwischenkriegszeit findet Alexander sich ohne Probleme zurecht, der Umzug vom kleinen Dorf in die Millionenstadt geht reibungslos über die Bühne, er ist gewohnt, auf eigenen Beinen zu stehen. Vor allem ist die Verbindung zu den Freunden aus seiner Gymnasialzeit eng, die Oberschützener Absolventen bilden eine verschworene Gemeinschaft, gemeinsam schlägt man sich in Untermiete durch den kärglichen Studentenalltag. Lebensmittelsendungen von daheim sind mehr als willkommen, getreulich schickt Leni große braune Pakete mit Speck, Geselchtem, Brot, Bohnen und Kaffee. Auch eine Zehnschillingnote findet sich manchmal darin, die das weitere Fortkommen des Studenten wieder für eine Zeit sichert. In Wien ist es keine Kunst, das Geld schnell in Umlauf zu bringen, Kohle, Bücher und Schreibpapier wollen bezahlt werden; und wenn das Studentenleben so lustig sein soll, wie es besungen wird, kostet auch das Geld. Für Alexander hat sich bereits in der Gymnasialzeit heraus

kristallisiert: Die deutsche Sprache und Literatur interessieren ihn mehr als alles andere und so betreibt er sein Germanistikstudium mit großer Begeisterung, entdeckt im Speziellen sein Interesse für die Sprachwissenschaften.

Die Dialektforschung an der Wiener Uni reicht in die Zeit vor dem Krieg zurück, hat eine lange Tradition und ist weit über die Grenzen Österreichs anerkannt. Sein Doktorvater, Professor Pfalz, ist ein Pionier auf dem Gebiet der deutschen Mundartforschung, liefert bahnbrechende Erkenntnisse, steckt den jungen Studenten mit seiner Faszination für Phonologie an. Die Wertschätzung beruht auf Gegenseitigkeit und so kommt es, dass Alexander von Pfalz ermutigt wird, über die Mundarten des Pinkatales zu dissertieren. Auch dass er zu diesem Zweck eine Phonogrammaufnahme aufnimmt, haben wir indirekt dem Professor zu verdanken.

Sehr wahrscheinlich übte dieser auch einen anderen, wesentlich unheilvolleren Einfluss auf seine Studenten aus. Pfalz sympathisierte, wie so viele andere deutsche Philologen an der Wiener Universität, bereits ab 1933 mit den Nationalsozialisten, war schon vor dem Jahr 1938 illegales Parteimitglied, machte bis 1945 eine steile Universitätskarriere und wurde nach Kriegsende entlassen. Er gehörte schon lange vor dem Anschluss zu einem geheimen Netzwerk von Professoren, das jüdischen oder linken Wissenschaftlern ein Fortkommen an der Wiener Geisteswissenschaft unmöglich machte. Wenigstens gab er Alexander das Rüstzeug für dessen wissenschaftliche Arbeit mit, die der junge Doktorand mit höchster Begeisterung und Akribie betrieb.

Was konnte es Besseres für ihn geben, als seine Forschungen in heimatlichen Gefilden durchzuführen?

Wochenlang durchstreifte er kreuz und quer die Dörfer des Pinkabodens, zu Fuß, auf dem Rad, am Anhänger eines Pferdefuhrwerks. Autobusse fuhren damals nur äußerst sporadisch. Der Wirtssohn schaute »den Dorfleuten aufs Maul« - die wunderten sich zwar ein bisschen über sein Interesse an ihrem Dialekt, hießen ihn jedoch freundlich willkommen und bewirteten ihn – die Gastfreundschaft im Pinkatal war legendär und wurde mit höchster Selbstverständ-

lichkeit gepflegt. Vor allem die Alten hatten Zeit und ließen sich bei einem Glas Wein und Salzstangeln gern für die angewandten Forschungssitzungen gewinnen. Wieder und wieder wiederholten sie die einzigartigen Ausdrücke in ihrer Mundart, sein großes schwarzes Notizbuch auf den Knien hörte Alexander konzentriert zu und hielt die Wörter, in Lautschrift übersetzt, fest.
Als diese Arbeit 1937 einem erfolgreichen Ende zugeführt wurde, waren nicht nur Eltern und Verwandte stolz, nein, das ganze Dorf, gar das ganze Pinkatal verbuchte diesen Erfolg für sich, denn schließlich hatte man ja an der Entstehung fundamental mitgewirkt.

In der »Traube« geht es hoch her, die erste Promotionsfeier im Dorf! Unzählige Frauen und Männer haben die sprachwissenschaftlichen Studien unterstützt - und alle, alle sind sie nun eingeladen, die Wirtsstube ist übervoll. Draußen fallen schon die letzten Blätter von den Bäumen, der Herbst ist ins Land gezogen, die Tage werden merklich kürzer und kühler. Drinnen ist in dem Trubel das eigene Wort kaum zu verstehen, die Stimmung prächtig, alle freuen sich mit dem jungen Mann, der so mit ihnen in ihrer Mundart spricht, als ob er nicht den größten Teil seines Lebens in der Fremde verbracht hätte.
Leni weiß kaum, wo ihr der Kopf steht, etwas aber vergisst sie nicht, nein, sie besteht sogar darauf: Dieser singuläre Anlass habe fotografisch festgehalten zu werden, sie habe extra den Fotografen bestellt. Was sehen wir nun auf diesem Bild?
Es zeigt einen nachdenklichen jungen Mann in schwarzem Anzug und feierlichem Mascherl vor dem Gasthaus, aus der Brusttasche blitzt ein blütenweißes Stecktuch. Beide Arme sind leicht angewinkelt, die rechte Hand hält die schwarze Doktorarbeit, die linke steckt lässig in der Sakkotasche.
Im Hintergrund, ein paar Schritte entfernt, lehnt seine Mutter am Gassentor. Sie hat in den letzten Nächten wenig geschlafen, seit Tagen diesem Fest entgegengefiebert, wirklich alles aufgewartet, was Küche und Keller hergeben – nur ihre Beine, die spürt sie jetzt nicht mehr. Und doch ist Leni in diesem Moment nichts gleichgültiger als das, sie steht gleichsam unter Strom, genauso hat sie es sich seit Jah-

ren erträumt. Heute ist der schönste Tag in ihrem Leben. Sie ist am Ziel ihrer Wünsche, alle Entbehrungen haben sich gelohnt.
Alexander ist glücklich, der Stolz seiner Eltern rührt ihn, vor allem spürt er eines ganz deutlich: Trotz der langen Jahre in der Ferne gehört er hier uneingeschränkt dazu. Immer öfter hat er mit dem Gedanken gespielt, ins Pinkatal zurückzukehren, der Entschluss ist seit Monaten in ihm herangereift, spätestens an diesem Abend fällt er endgültig die Entscheidung, sich wieder im Südburgenland anzusiedeln. Die beruflichen Möglichkeiten in Wien wären natürlich wesentlich vielfältiger und verlockender, demzufolge bevorzugen auch etliche seiner Studienkollegen ein Leben in der Großstadt - nicht so Alexander.
Ein weiterer Beweggrund ist ein Mädchen mit braunen Zöpfen und einem stillvergnügten Lächeln, das im Haus oberhalb der Kirche wohnt und ihm nicht aus dem Sinn geht. Vielleicht möchte sie ihn während des Festes zu einem kleinen Spaziergang begleiten? Und wirklich, heute ist sein Glückstag, ohne Umschweife stimmt Maria zu, verstohlen entfliehen sie dem Trubel.
Die Abendsonne taucht die Stadelwiesen in goldenen Glanz, die gekalkten Wände der Kapelle schimmern noch schwach, flankiert von zwei mächtigen Linden, deren Konturen sich scharf in der Dämmerung abzeichnen. Ohne zu reden lehnen sie an der Seitenwand der Kapelle, die Ruhe und die kühle Herbstluft wirken wie Balsam auf die erhitzten Gemüter. Hinter Maria Weinberg verglühen die letzten Farben, orange wird zu rot, rosa zu violett.
Und während sich das Leuchten der letzten Lichtstrahlen allmählich abschwächt, finden langsam, ganz zart, zwei Handrücken zueinander, Finger verschränken, Hände umschließen sich.
Alexander überlegt nicht mehr lange, die Studentenbude in Wien ist flugs gekündigt, seine Habseligkeiten passen leicht in zwei abgewetzte braune Koffer, er verlässt Wien ohne Wehmut.
Erfreulicherweise hat er bereits eine Anstellung in Aussicht, es fügt sich ideal, dass der Güssinger Graf gerade Ausschau nach einem Hauslehrer für seine Kinder hält, schnell wird man sich einig.
Obwohl die Adelstitel seit zwei Jahrzehnten abgeschafft sind, werden

sie in der Gegend nach wie vor ganz selbstverständlich verwendet.
Am 1. Jänner 1938 tritt er seine neue Stelle an, bekommt am Fuße des Güssinger Burgberges ein kleines Zimmer zur Verfügung gestellt. Von dem Gehalt eines jungen Lehrers lassen sich zwar vorerst keine großen Sprünge machen, doch mit ein wenig Unterstützung seiner Eltern sollte es in nicht allzu ferner Zeit möglich sein, einen bescheidenen Hausstand zu gründen.
Der Weg ins Dorf dauert mit dem Rad von Güssing nur eine Stunde, mit der Südburg gar nur die halbe Zeit. Somit ist Maria in bequeme Reichweite gerückt, sein neues Leben lässt sich wunderbar an.

Alexander ist 25, als der Staat Österreich zu existieren aufhört. Möglicherweise hat ihn der Anschluss Österreichs an Deutschland vorerst nicht besonders erschüttert. Möglicherweise ahnt er das Verhängnis. Möglicherweise ist er begeistert wie so viele andere.
Es gibt keine Aufzeichnungen zu seiner politischen Einstellung. Sowohl in Oberschützen als auch auf der Wiener Germanistik war er einem deutschnationalen Klima ausgesetzt, auch die Begeisterung seines Umfeldes 1938 hat wohl seine Haltung geprägt.
Als Hauslehrer ist Alexander allerdings zum ersten Mal in seinem Leben in einem Milieu gelandet, das mit der aufstrebenden NSDAP nichts zu schaffen haben will. Die altösterreichischen Aristokraten definieren sich noch immer über Kirche und Dynastie, der aggressive braune Pöbel ist für sie schlicht verachtenswert.
Sein neuer Arbeitgeber, der Güssinger Graf, ist ein gebildeter Mann aus altem Adel, der sich in keiner Sekunde für die Nazis erwärmen kann.
Könnte hier bei Alexander ein Umdenken eingesetzt haben? Hat er hier vielleicht das erste Mal eine kritische Denkweise kennen gelernt, die das menschenverachtende Weltbild und dessen größenwahnsinnige Ambitionen nicht unwidersprochen bejubelte?
Vorerst geht Alexanders Leben seinen gewohnten Gang, die ruhige geduldige Art des neuen Lehrers stößt bei der Grafenfamilie auf großen Anklang, bei diesem stellt sich nach und nach die Erkenntnis ein, dass die Arbeit mit den Kindern ihn zufriedener macht, als er es

jemals für möglich gehalten hätte. Während der langen Winterabende, die Füße unter dem Schreibtisch in eine wollene Decke gewickelt, findet er überdies Zeit, seine sprachwissenschaftlichen Studien weiter zu betreiben.
Doch der Winter ist kaum vorbei, der Schnee beginnt gerade erst von den braunen Erdfurchen der Äcker zu schmelzen, als sich die Welt um ihn herum mit einem Schlag ändert, es ist unmöglich, davor die Augen zu verschließen.
Alexander ist ein kluger Kopf und sieht, wie sich die Dinge um ihn herum wandeln. Im Pinkaboden, wo er herkommt, haben Kroaten, Ungarn, Juden, Roma und Deutschsprachige jahrhundertelang friedlich in ihren Dörfern gelebt.
Kann er der nationalsozialistischen Ideologie noch uneingeschränkt zustimmen?
Dämmert ihm schön langsam die große Kluft zwischen Menschlichkeit und Rassenideologie?
Und die Freiheit? Die Freiheit hat sich schon längst verabschiedet.

Am 1. September 1939 beginnt Deutschland den Krieg gegen Polen, es dauert nur wenige Monate, bis Alexander seinen Einberufungsbefehl vor sich liegen hat. *»Sie werden hierdurch zum aktiven Wehrdienst einberufen. Sie haben sich am 1. Februar 1940 bis 12.00 zu melden.«* Die Wehrmacht ist sogar so freundlich, extra darauf hinzuweisen, dieser Befehl sei gleichzeitig ein gültiger Eisenbahnfahrschein zur Kaserne. Dass jener Stellungsbefehl für Millionen von jungen Männern der Fahrschein in den Tod ist, steht auf einem anderen Blatt.
Der 1. Februar 1940 ist ein Donnerstag, Alexander meldet sich in der Kaserne. Er ist 26 Jahre alt, weder besonders sportlich noch besonders ausdauernd.
Wer will wissen, was ihm durch den Kopf gegangen ist? Hofft er wie alle anderen auf eine glückliche Rückkehr? Oder überschattet vielmehr die Angst vor dem, was jetzt auf ihn zukommt, sein Gemüt?
Am Nachmittag vor seiner Abreise halten die Eltern die Wirtsstube geschlossen. Die Fensterläden bleiben zu, die Vordertür versperrt,

kein durstiger Gast soll Alexanders Besuch stören.
Vor einigen Tagen hat leichtes Tauwetter eingesetzt, ein Hauch von Frühling. Doch an jenem 31. Jänner legt sich eine grimmige Kälte über Menschen und Land, friert alles ein, dessen sie habhaft werden kann. Nach der Radfahrt durch die eisige Winterluft spürt Alexander sein Gesicht nicht mehr, er reibt sich die Wangen und knetet seine Finger. Steif und starr steigt er vom Rad und lehnt es gegen den Zwetschkenbaum im Hof, bevor er das Haus durch die Hintertür betritt.
Obwohl die geblümte Wanduhr erst drei Uhr anzeigt, ist es in der Gaststube schon dämmrig. Der vertraute Geruch nach altem Holz, Rauch, Wein und Bier steigt ihm in die Nase - er ist daheim. Seltsam still ist es im Raum, als wäre auch die Zeit eingefroren, gerade das Gegenteil zur sonstigen Geschäftigkeit. Leni und Georg warten schon auf ihn, sie dreht das Licht auf und stellt eine Kanne Lindenblütentee auf den Tisch. Tief taucht sie den Löffel in das Glas mit dem dunkelgoldenen Honig und lässt ihn in den dampfenden Tee rinnen.
»Schau her, der wird dich wärmen.«
Sie schiebt Alexander dessen große Kaffeeschale hin, die sie ihm einmal von einer Wallfahrt mitgebracht hat. Die kleinen dunkelroten Blüten sind verblasst, ebenso der goldene Schriftzug »Mariazell«. Die Schwaden verfangen sich im trüben Licht der schwachen Glühbirne. Seine Finger umschließen die Tasse und werden endlich warm, den brennend heißen Tee trinkt er in winzigen Schlucken.
»Magst auch ein Bier?«, fragt der Vater, während er am Zapfhahn steht und wartet, bis sein Krug voll ist und er eine anständige Schaumkrone fabriziert hat.
»Du, danke, ich trink zuerst meinen Tee aus, ich brauch noch eine Unterlage.«
In der Küche hören sie Leni hantieren, Teller und Töpfe klappern, wer weiß, wann der Sohn wieder zu einer anständigen Mahlzeit kommen wird? Und wer weiß, wann Vater und Sohn wieder einträchtig schweigend am Tisch sitzen werden?
Mit beiden Händen stellt Leni den übervollen Suppenteller vor ihm

ab, Alexander löffelt bedächtig, doch wirklichen Appetit hat er nicht und noch weniger Worte. Wird er nach Polen müssen, nach Frankreich oder Finnland? Alles sehr weit weg von zu Hause.
Einzig Maria weiß von seinem Besuch, sie kommt mit ihrer Mutter vorbei. Die erzählt, etliche aus dem Dorf seien bereits eingerückt - dass einer schon gefallen ist, bleibt an diesem Nachmittag unerwähnt. Die Gesichter der Eltern bei Alexanders Aufbruch sind versteinert.
Sie werden ihren Sohn nie mehr wiedersehen.

Irgendwie schafft Alexander es, die Ausbildungszeit in der Kaserne zu überstehen. In ihm wächst die Gewissheit, dass es von jetzt an nur noch schlimmer kommen könne.
Keine seiner Fähigkeiten ist hier etwas wert, es fehlt ihm die Ellbogentechnik, die körperliche Zähigkeit, das Unglück will überdies, dass er einer berittenen Einheit zugeteilt wird. Und das ihm, der mit Pferden nicht umgehen kann.
Trotzdem werden es vor allem die berittenen Verbände sein, die den deutschen Vormarsch in den ersten beiden Kriegsjahren vorantreiben - auch wenn die Propagandafilme der Wochenschau deutsche Überlegenheit lieber anhand von Panzern und Sturzkampfbombern demonstrieren.
Im Sommer 1941 erklärt Deutschland Russland den Krieg. Hat Alexander anfangs noch die Hoffnung gehegt, der ganze Spuk könnte mit den anfänglichen Siegen der Wehrmacht im Westen zu Ende gehen, resigniert er nun.
Seine Welt ist aus den Fugen geraten, jeder Tag ein Kampf ums Überleben. Nicht in seinen grauenhaftesten Alpträumen hätte er sich dieses Vegetieren vorstellen können.
Immer weiter entfernt er sich von daheim, auf den grauen Feldpostbriefen an seine Eltern steht als Ortsangabe nur mehr: *»Im Osten«*.
Irgendwo dort im Osten stirbt er dann auch, an einem Ort, von dem seine Eltern nie etwas gehört haben, er fällt sechs Wochen nach Beginn des Russlandfeldzuges.
Über die näheren Umstände dieses Todes ist vorerst nichts bekannt.

Mitten im August 1941 bringt der Briefträger einen blassblauen Brief aus Russland ins Gasthaus »Zur Traube«.
Eine Welt bricht zusammen.
Auch aus dem Haus ober der Kirche ist in diesem Sommer kein Lachen mehr zu hören.
Die Bürgermeister werden von der NS-Kreisleitung angehalten, den Hinterbliebenen schriftlichen Trost zu spenden: *»Die Nachricht vom Heldentod Ihres Sohnes hat uns tief erschüttert. In diesem schweren Verlust, der Sie trifft, bleibt der Trost, dass dieses Opfer nicht umsonst gebracht wurde. Er gab sein Leben dem Führer, der Größe des deutschen Reiches und des deutschen Volkes.«*
Der Klang der Totenglocke weht über die Wiesen und Weinberge des Pinkatales, die Sonne sticht unbarmherzig vom Himmel. In der Kirche ist es hingegen kühl, gänzlich erstarrt sitzen Alexanders Eltern, Maria, alle Freunde, Verwandten und Bekannten auf den harten Kirchenbänken, kein einziger Platz bleibt frei. Lenis Blick geht ins Leere, sie hört nicht, was der Pfarrer sagt, sie fühlt nicht Georgs Hand auf ihrer, sie durchlebt das Requiem wie in Trance.
Ein paar Reihen weiter hinten sitzt Hedwig zwischen ihren Schwestern und trauert um den toten Verwandten. Gefallen in Russland. Auch Stefans Briefe tragen den Vermerk »Im Osten«.
In der Mitte der Kirche steht eine Bahre, bedeckt mit tiefschwarzem Tuch, auf einem weißen Polster vor dem Altar brennt eine bleiche, geknickte Kerze, umflochten von einem Kranz aus Rosmarin. Wo der Körper ihres Sohnes begraben ist, werden die Eltern nie erfahren.

Im Sommer 2019 ist mir das Österreichische Staatsarchiv bei der Suche nach Alexanders Grab behilflich. Es stellt sich heraus, dass er am 5. August 1941, genau zwei Wochen vor seinem 28. Geburtstag, in Russland gefallen ist. Erst Jahrzehnte später, nach dem Fall des Eisernen Vorhanges, werden die Skelette der deutschen Soldaten dieser Schlacht exhumiert und in einem Friedhof südlich von Kiew bestattet. Dort, in der Ukraine, ruhen nun die Überreste des Alexander Laky: Block 7, Reihe 5, Grab 502.
Es gibt keine Geschwister, keine Frau, keine Kinder, Alexanders El-

tern sind seit Jahrzehnten tot – es gibt nur eines, das die Zeiten nahezu hundert Jahre lang überdauert hat: seine Doktorarbeit - und dazu besagte Phonogrammaufnahme, die er im Zuge seiner Dissertation angefertigt und archiviert hat. Das Phonographische Archiv in Wien reagiert prompt auf meine Anfrage und schickt mir die Datei innerhalb weniger Tage.
Meine Finger zittern ein wenig, als ich die Aufnahme starte – und fast 80 Jahre nach seinem Tod ertönt Alexanders volle Stimme, fremd und doch vertraut. Der ruhige tiefe Bariton klingt durch die Zeit, wenig hat sich am Tonfall des Tales geändert, in jedem seiner Worte spüre ich den Eifer und die Gewissenhaftigkeit des jungen Mannes.
Der erzählt uns fröhlich einen Schwank über einen Schlawiner, der am Kirtag im Dorf hausieren ging. In einem Haus roch der Gänsebraten so köstlich, dass er nicht widerstehen konnte, der Hausfrau die fette Gans aus dem Ofen stahl und ihr dafür einen alten Stiefel in den Topf steckte.
Obwohl die Geschichte lustig ist, macht sie mich traurig.
Lange sitze ich regungslos da, mache trotz der hereinbrechenden Dunkelheit kein Licht. Die Stimme ist längst verklungen, im Raum herrscht fast völlige Finsternis.

*Stefan, Wehrmachtsfoto, Oktober 1940, Stockerau*

# Teil II

*1940–1945*

Steifer Fotokarton, etwas vergilbt vielleicht, aufgenommen im Oktober 1940. Der siegessichere Blick des jungen Soldaten irritiert mich, es liegt etwas Fremdes darin, etwas, das nicht so recht in mein Bild von ihm passen will. Auf keinem anderen Foto zeigt mein Großvater einen nur annähernd ähnlichen Ausdruck wie auf diesem, seinem ersten Porträt in Uniform, aufgenommen kurz nach dem Eintritt in die deutsche Wehrmacht.

Wir kehren also zurück zu Stefan, zurück zu Hedi, ihren Eltern und Freunden. Akkurat eine Eigenschaft Stefans eröffnet uns einen direkten Eingang in deren Leben und Kriegsalltag: nämlich sein lebenslängliches Unvermögen, Papier wegzuschmeißen. Irgendetwas in ihm hielt ihn davon ab, auch nur ein Blättchen zu entsorgen, es könnte ja noch für eine kurze Notiz, Rechnung oder ein paar Gedichtzeilen gut sein, schlimmstenfalls zum Einwickeln für etwas oder zum Ausstopfen von etwas verwendet werden. Was zu seinen Lebzeiten manchmal mühsam war – man sieht den eigenen Vater und Großvater nicht unbedingt gerne in Papierbergen versinkend und alte Prospekte aus der Tonne rettend – erwies sich nach seinem Ableben als Glücksfall.

Ein massiver Schubladenkasten beherbergte jene Dokumente und Schriften, die mein Großvater als besonders wichtig erachtete, bildete sozusagen das geistige Herzstück seines Hauses. Drei breite schwere Laden konnten an je zwei runden, eigentlich recht filigranen Messinggriffen aufgezogen werden, als Kind schaffte ich es lange nicht, die knarzenden Laden auch nur einen Millimeter zu bewegen. Jahrzehnte vergingen schnell in diesen Laden, spielten keine Rolle. Das nur gut einen Meter hohe Möbelstück war so schwer, dass es nach dem Tod meines Großvaters vier Männer brauchte, um es aus dem Zimmer zu hieven. Natürlich hatten wir vorher alles restlos ausgeräumt und sage und schreibe acht große Schachteln mit Papier gefüllt. Die übrigen Papier- und Zettelstapel auf seinem Tisch und Regal brauchten noch einmal soviel Platz. Von den Büchern gar nicht zu reden. Alte Werbeprospekte, Versicherungspolizzen, Garantiescheine, Rechnungen, Einladungen, Gedichte, handgeschriebene wie getippte, Schulhefte, die eigenen, die der Kinder und Kindskinder, Kalender aus mehr als fünf Jahrzehnten, Briefe und Postkarten, in Farbe und in Schwarzweiß, Fotos und Zeitungsausschnitte – all dies bildete ein Panorama des großväterlichen Lebens, genug für ein ganzes Museum.

Nun ist es an mir, die Schachteln zu sortieren, sozusagen die Spreu vom Weizen zu trennen. Papier in all seiner Vielfalt, oft ohne erkennbare Ordnung, bald wird klar, kein Blatt darf leichtfertig entsorgt werden, es wundert mich schon gar nicht mehr, als mir etwa aus einem grellen Supermarktprospekt ein grauer Ausweis entgegenfällt, der Georg Müllner im Jahr 1935 als Mitglied der Vaterländischen Front deklariert. Die Durchsicht kostet Tage und endet: einerseits mit einer gefüllten Altpapiertonne. Andererseits werden die dreißiger und vierziger Jahre vor mir lebendig, ich kann sie in die Hand nehmen, an ihnen riechen, das raue Papier unter meinen Fingerkuppen spüren: vergilbte Briefe, adressierte Kuverts, alle fein säuberlich geöffnet, dunkelblaue Schulhefte, zerfledderte Ausweise und Urkunden, unzählige Fotos und Postkarten in Schwarzweiß, zwei kleine graue Notizbücher, Landkarten, Lebensmittelkarten, Bezugsscheine – gedämpfte Farben, deren Geruch eine Brücke zwischen damals und heute spannt. Die älteste Postkarte stammt aus dem Jahr 1933, sie ist wie alles andere gut erhalten, sowohl Papier, Tinte als auch Bleistift scheinen von den vielen Jahren seltsam unberührt. Die Bögen und Schwünge der Kurrentbuchstaben wirken vertraut, wie gute alte Bekannte.

Welche Geschichten erzählen sie? Lohnt sich die manchmal langwierige Mühe des Entzifferns? Können die dunkelblauen und schwarzen Buchstaben tatsächlich aufschlussreiche Einblicke geben? Sie können. Es sind vor allem die Feldpostbriefe, dazu zwei Kriegstagebücher, speckige kleine Hefte, nicht viel größer als eine Zigarettenschachtel, die ihre eigene Sprache sprechen. Sie erzählen von Krieg und Kampf, Tod und Zerstörung, Lebenswillen und Sehnsucht, Liebe und Freundschaft. Das erste Kriegstagebuch meines Großvaters eröffnet nicht etwa mit Kriegsgeheul oder Siegesparolen – nein, die Verse auf den ersten Seiten kennen nur ein Thema:

*So oft die Sonne sinkt, tut mir das Herz so weh,*
*wie oft wird sie noch sinken, bis wir uns wiedersehn?*

1933 verlässt Stefans bester Freund Alex das Dorf, geht aufs Internat und schreibt schon kurz nach seiner Ankunft an den Freund daheim. Mit dieser Ansichtskarte, einer Aufnahme des Konviktes in Oberschützen, beginnt eine Korrespondenz, die bis zum Lebensende andauern wird – ohne jemals unterbrochen zu werden. Als ob sie sich auch über ihren Todeszeitpunkt einig gewesen wären, sterben die zwei Freunde im Jahr 2009, einer wenige Monate vor, der andere wenige Monate nach seinem 90. Geburtstag. Wie das Leben so spielt, ist auch das letzte erhaltene Schriftstück ihrer Kriegskorrespondenz eine handgezeichnete Glückwunschkarte von Alex an Stefan aus dem Jahr 1947.
Diese wird allerdings einen wesentlich weiteren Weg zurückgelegt haben als die erste, zwei Jahre nach Kriegsende befindet Alex sich noch immer in russischer Kriegsgefangenschaft.
Während seiner Fronteinsätze notiert Stefan in den Tagebüchern mit stumpfem Bleistift, was ihm wesentlich erscheint. Ausführlichere Schilderungen entnehmen wir den Feldpostbriefen und -karten, die zwischen ihm und seinen Eltern, seinem Freund Alex, Hedwigs Bruder Franz und dem Cousin Fritz sowie natürlich seiner Hedi gewechselt wurden. Die Feldpost, die Tagebücher – sie liegen vor mir, sie legen ein klares Zeugnis ab: ein Zeugnis einer Zeit und eines Denkens, dem ich nicht immer leicht folgen kann. Ich beschließe, jene Worte manchmal für sich stehen zu lassen. Wir, die »Nachgeborenen«, können uns den Welten hinter den Worten nur annähern, jeder auf seine eigene Art und Weise.

# 8

# Eisengrau

Am ersten Oktober 1940 tritt Stefan seinen Dienst in der Jäger- und Artillerie-Kaserne Stockerau an. Seit über einem Jahr tobt Hitlers Krieg in Europa. Aus den größten Städten wie aus den verschlafensten Nestern des Deutschen Reiches werden die jungen Männer abkommandiert, erst in die Kasernen, hernach an die Front. Ihre Welt wird aus den Angeln gehoben, sie verlieren ihren Beruf, ihre Familie, ihre Freunde, ihr Heim, ihre Selbstbestimmtheit, ihre Sicherheit, ihre Gesundheit und ihr Leben. Der Nationalsozialismus und der Krieg pervertieren auch ihre moralischen Überzeugungen. Mitmenschen nichts zuleide zu tun, bedrohten Männern, Frauen und Kindern zu helfen – diese Denkweise hat in Hitlers Krieg keinen Platz. Notgedrungen, blindlings, begeistert legen sie ihren Eid auf Adolf Hitler persönlich ab: »Ich schwöre bei Gott diesen heiligen Eid, daß ich dem Führer des Deutschen Reiches und Volkes, Adolf Hitler, dem Obersten Befehlshaber der Wehrmacht, unbedingten Gehorsam leisten und als tapferer Soldat bereit sein will, jederzeit für diesen Eid mein Leben einzusetzen.« Sich nicht an jenen Eid zu halten, wird mit dem Tod bestraft. Nördlich von Wien, in Stockerau, werden wie am Fließband neue Soldaten produziert, Stefans Angelobung findet an einem sonnigen Oktobertag auf dem Kasernenhof statt.

Das deutsche Militär setzt alles daran, aus den jungen Soldaten willfährige und effiziente Kämpfer zu formen. In Stefans Baracke sind 100 Rekruten untergebracht, die meisten von ihnen »Studierte«, wie er sie nennt, die Bauern kann er an einer Hand abzählen. Sie alle sollen zu Fernsprechern ausgebildet werden. Wecken um 5.45

morgens, die Tage sind streng getaktet, gefüllt mit Unterricht, Putzdienst, Exerzieren. Um 22 Uhr Bettruhe, das Arbeitssoll ist kaum zu bewältigen, die Baracke muss blitzblank sein, kein Stäubchen wird toleriert. Jeden Tag bekommen die Männer ein Stück Fleisch, Brot und Suppe stehen unbegrenzt zur Verfügung.

Das erste Mal in seinem Leben bezieht Stefan ein monatliches Gehalt, 25 Reichsmark Sold, das erste Mal in seinem Leben hat er das Gefühl, genug Geld zu haben. Den Großteil schickt er nach Hause, immer wieder bittet er Mutter und Schwester brieflich um Besorgungen. In den ersten Wochen fragt er nach Seife, Hosenträgern, Herrgottspatschen und Handschuhen. Gisi schreibt ihm, dass es schwierig sein werde, die Herrgottspatschen in Güssing zu bekommen, für die Handschuhe sei gar ein Bezugsschein notwendig. Dennoch wiegen Stefans Pakete aus dem Pinkatal schwer, Juli packt ein, was möglich und haltbar ist, am 11. Dezember etwa wickelt Stefan aus dem mit dickem Spagat verschnürten braunen Packpapier: Speck, Fleisch, eine Haustorte, einen Striezel, Äpfel, einen halben Liter Schnaps. An diesem Abend lässt er die Wehrmachtssuppe stehen.

In den ersten Tagen nach Stefans Abreise konnte Juli sich nicht beruhigen, unaufhörlich flossen die Tränen, ihrem ersten Mann Josef hatte sie vor 26 Jahren beim Abschied nachgeschaut, abergläubisch vermied sie dies nun bei ihrem Sohn, drückte ihn kurz und fest im Hof, verschwand zum Melken im Stall, presste ihre Stirn gegen den warmen Leib der Kuh, während die Tränen in ihre Schürze fielen. Nach über einer Woche war Juli leergeweint. Erste Bilder ihres Sohnes in Uniform trafen ein, ein junger Mann mit geradem Blick, in Julis Augen so schön und so fremd, dass der kaum versiegte Tränenstrom abermals zu fließen begann.

Ein paar Häuser weiter verrichtete eine dunkeläugige Siebzehnjährige ihre Arbeit ebenfalls mit rotverweinten Augen, Hedis Angst um Stefan nistete sich ein in ihr Gemüt, legte sich nur im Schlaf. Am schlimmsten waren die Feiertage, an denen Hedi sich nur schwer ablenken konnte. So trüb und neblig der Allerheiligentag 1940 war, so trüb war auch Hedis Stimmung, den ganzen Tag alleine zuhause ließ

sie ihren Tränen freien Lauf.
Einen Hoffnungsschimmer stellte ein kurzer Weihnachtsurlaub dar, doch es war kaum eine Woche, die Stefan im Pinkatal verbringen durfte, bereits einen Tag vor Silvester mussten die Stockerauer Rekruten ihren Dienst in der Kaserne antreten. Erneut ein schmerzlicher Abschied, Juli stellte noch im Jänner ein neuerliches Urlaubsansuchen an das Wehrbezirkskommando in Fürstenfeld, sie argumentierte, dass ihr Mann krank und sie daher auf die Arbeitskraft ihres Sohnes angewiesen sei.
Georg hatte sich in der Grazer Augenklinik einer Operation unterziehen müssen, Stefan war äußerst besorgt und schrieb dem Vater in die Klinik: *»Ich hatte seit meiner Rückkehr vom Urlaub keine ruhige Stunde, da ich nicht wußte, wie die Operation verlaufen wird. Hoffentlich siehst Du jetzt wieder auf dem rechten Auge. Wenn Du wieder gesund bist, wirst Du hoffentlich das Trinken einstellen, denn sonst wäre die ganze Behandlung vielleicht wieder umsonst.«*
Urlaub wurde Stefan keiner gewährt, Juli und Gisi mussten sehen, wie sie mit der Arbeit zurechtkamen.
Stefan verbrachte die Silvesternacht und den Neujahrsmorgen 1941 somit in der Kaserne und nutzte die Ruhe am ersten Jänner dazu, eine Glückwunschkarte an seine Eltern zu schreiben, die er mit folgenden Worten schloss: *»Viele Grüße und ein besseres Neues Jahr wünscht Euch Euer Sohn Stefan.«*
Stockerau war eine verschlafene Kleinstadt im Weinviertel, abgesehen von Kino- und Kaffeehausbesuchen bot sie den dort stationierten Soldaten wenig Zerstreuung. Der Kasernenalltag war im neuen Jahr nicht weniger eintönig als im alten, einzig ein Sonntag im Jänner stellte einen Lichtblick dar. In aller Früh rief Stefan von Wien aus seinen Freund Alex an, der in Aspern stationiert war, es war so früh, dass der Freund noch schlief und vom diensthabenden Unteroffizier geweckt werden musste. Sie vereinbarten ein Treffen zu Mittag. Den freien Vormittag nutzte Stefan, um das erste Mal in seinem Leben »elegant«, wie er es nannte, in einem Kaffeehaus zu frühstücken. Auch für einen Besuch bei einer Bekannten aus dem Dorf blieb noch genügend Zeit, Stefan besuchte die Konditorei, in der die Schul-

freundin Berta arbeitete, wurde freudig empfangen, auf Torte und Zuckerl eingeladen, wehmütig verabschiedet. Am Praterstern traf er Alex, große Wiedersehensfreude, stundenlange Gespräche, inniger Abschied, um halbzehn am Abend bestieg Stefan am Nordbahnhof den Zug nach Stockerau.

Anfang Februar schneite es so heftig, dass die Soldaten tagelang zum Schneeschaufeln abkommandiert wurden. Die Tage in der Kaserne glichen einander in ihrer Monotonie, wehmütig träumte Stefan von den Bällen und Lustbarkeiten des vergangenen Faschings im Dorf. Die Kraftfahrer aus der Kaserne waren bereits alle im Einsatz an der Front, schön langsam stieg Stefans Ungeduld, »auch einmal woanders hinzukommen.«

An seinem 21. Geburtstag, dem 11. März 1941, brachte die Feldpost Stefan ein halbes Dutzend Geburtstagskarten. Wenige Tage später nahm er mit elfhundert anderen Soldaten an einer Heldengedenkfeier in Stockerau teil. Ein neuerliches Ansuchen um Anbau-Urlaub wurde zwar vom Ortsbauernführer unterschrieben, jedoch letztlich abgelehnt. Am 16. März schloss er seinen Brief nachhause mit den Worten: *»Hoffentlich haben sich noch keine Flieger zu euch verirrt. Schreibt bald wieder!«*

Aus gutem Grund verlieh Stefan seiner Sorge vor feindlichen Fliegern Ausdruck. Im Gegensatz zu den Feldzügen in Dänemark, Norwegen, den Niederlanden, Belgien und Frankreich konnte die Wochenschau zum ersten Mal keinen Sieg trommeln. Die deutsche Luftwaffe hatte nicht mit dem erbitterten Widerstand der Briten gerechnet und sich im Frühjahr 1941 aufgrund hoher Verluste aus der »Luftschlacht um England« zurückgezogen.

Halb Europa war in jenem Frühling von deutschen Truppen besetzt, die Kriegszüge im Westen noch lange nicht entschieden. Die Flanke im Osten hatte Hitler im August 1939 mit dem »Hitler-Stalin-Pakt« gesichert, einem Nichtangriffspakt zwischen dem Deutschen Reich und der Sowjetunion. Damit hielt Hitler sich den Rücken frei, als er am 1. September 1939 Polen angriff und damit den verheerendsten Krieg in der Geschichte der Menschheit lostrat. Trotz des Abkommens mit Stalin verkündete Hitler seinen Generälen auf dem Berghof

bei Berchtesgaden bereits im Sommer 1940 die schwerwiegendste Entscheidung des Zweiten Weltkrieges: *»Im Zuge dieser Auseinandersetzung muss Russland erledigt werden. Frühjahr 1941.«*
Im Mai 1941 bekam Stefan drei Tage Heimaturlaub, es sollte für lange Zeit das letzte Mal sein, dass er im Pinkatal weilte.

Die kürzeste Nacht des Jahres war jene vom 21. auf den 22. Juni, Sommersonnenwende, weithin sichtbare Sonnwendfeuer unter schwarzblauem Himmel, Musik und Tanz. Die Nacht war kurz, doch lang genug für Hitler, um der Sowjetunion den Krieg zu erklären. In den Morgenstunden wurde Stefans Einheit in Marsch gesetzt, die nächsten Tage und Nächte verbrachte er in Zugwaggons oder auf Bahnhofsbänken. Am 4. Juli durchquerte der Zug die litauische Stadt Zarasai, er notierte in sein frisch angefangenes Kriegstagebuch: *»Zarasai, malerisch, sehr schön, aber der Schein trügt, Land der 1000 Seen. Holzpflüge.«* Warum trügt der Schein?
Zwei Monate später wird eine SS-Einheit in Zarasai halt machen, die Juden aus dem Ort und dessen Umgebung in einem nahegelegenen Wald zusammentreiben und erschießen, über dreitausend Männer, Frauen und Kinder. Nach Krieg und Schoah wird Litauen einen traurigen Rekord halten: Fast 96% der im Land lebenden Juden werden ermordet worden sein, die litauische Beteiligung an den Massakern wird sehr weitreichend sein. Auch in Zarasai attackieren Banden militanter Litauer ihre jüdischen Nachbarn.

Am 7. Juli hält Stefans Einheit sich noch immer in Litauen auf, es gibt ein Foto dieses sonnendurchfluteten Sommertages, ein Foto, das auf den ersten Blick eine Urlaubsszenerie zeigt, eine Maturareise vielleicht, auf der Rückseite notiert Stefan *»Strandbad in Litauen«*. Etwa 15 junge Männer halten sich auf einer Wiese auf, manche nackt, andere mit einer Badehose bekleidet, bei den Nackten fällt der Kontrast zwischen tiefgebräuntem Oberkörper und schneeweißem Hintern ins Auge. Handtücher und Kleidungsstücke liegen in der Wiese verstreut, die Burschen lümmeln im Gras oder stehen plaudernd in Grüppchen beieinander, im Hintergrund wringt einer ein Stück Wä-

sche am Seeufer aus. Zwei andere sitzen mit ausgestreckten Beinen nebeneinander, stützen sich mit ihren Armen gemütlich hinten ab, den Blick auf die gleißende Wasseroberfläche gerichtet. Körperhaltungen und Gesichter sind entspannt, nichts deutet darauf hin, dass diese Männer sich auf einem Feldzug gegen die Sowjetunion befinden.
Noch am selben Abend marschieren sie los, die ganze Nacht hindurch, bald hält Stefan seine erste Feldwache, am 13. Juli notiert er: *»Sonntag. Einsatz Erfolg. Die Russen weichen zurück. Endlose Kolonnen marschieren weiter. Verstaubt sind die Gesichter. Wann werde ich wieder genug trinken können? Ich falle vor Müdigkeit, Hunger und Durst fast um. Ich erlebe nun das Rußland, wie es wirklich ist.«*

In den Tagen jenes Vormarsches kommen sie in ein kleines Dorf, menschenleer, wie die meisten anderen auch. Kein Laut ist zu hören, auf ihrer Flucht haben die Dorfbewohner ihre Tiere mit in den Wald genommen. Zur Sicherheit durchsuchen die Soldaten jedes Gebäude, die Stahlhelme auf dem Kopf, die Gewehre im Anschlag. Stefan nähert sich einem kleinen Bauernhaus, gebaut aus Holz, gedeckt mit Stroh. Auf der Stirnseite befinden sich zwei Fenster, abblätternde weiße Farbe, jeder Flügel dreifach unterteilt, darunter rote Stockrosen und rosa Lupinen. Er schiebt die geschnitzte Tür mit dem ausgestreckten Fuß auf und tritt ein. Stille. Die Feuerstelle ist kalt, der Geruch nach altem Rauch hängt in der Luft, dringt aus den geschwärzten Balken. Nachdem er die hintere Kammer überprüft hat, schaut er sich im dämmrigen Licht der Stube um. Gezimmerte Tische und Sessel, eine Eckbank vor dem Fenster, darüber – ein Herrgottswinkel. Stefan starrt auf das hölzerne Kreuz, das mit Gerstenähren geschmückt ist. Es erinnert ihn an zuhause, ebenso wie die Fenster, Blumen und Strohdächer. Lässt er den Gedanken zu, dass die geflüchteten Bewohner ihm womöglich ähnlicher sind, als er wahrhaben möchte? Dass die Bedrohung aus dem Osten einzig dem wahnhaften Denken Hitlers entspringt? Dass diese russischen Bauern zum selben Gott beten wie er?

Im nächsten Brief nachhause erwähnt er davon nichts:
*»Meine Lieben! Heute, an einem warmen Sonntag, sitze ich auf einem Feldweg weit im Feindesland und habe gerade einige Minuten Zeit, Euch aus weiter Ferne ein paar Zeilen zu schreiben.*
*Das Land hier ist ziemlich fruchtbar, das Korn wunderschön, wird aber einen Monat später reif als bei uns. In einer größeren bewohnten Stadt bin ich noch nicht gewesen. Wenn wir bis jetzt durch eine größere Ortschaft oder Stadt fuhren, waren nur noch Trümmer und Schornsteine zu sehen. Die Bauern sind bettelarm, wohnen in elenden Holzhütten, das halbe Dach fehlt meistens. Ihre armseligen Fetzen haben die Leute vor uns vergraben, als ob wir darauf anstehn würden. Wenn die Roten abgezogen sind, kommen sie in ihre Nester zurück und verbeugen sich vor uns. Rasieren oder Waschen scheint bei den älteren Bewohnern unbekannt zu sein. So etwas nennt sich Kulturvolk. Hoffentlich kommen wir nach dem Feldzug bald aus diesem Land weg, den Winter möchte ich nicht hier verbringen. Ihr wisst ja bereits, daß ich ein Hemd und eine Turnhose oder meine blaue Badehose brauche. Schickt mir die Sachen bitte recht bald. Macht Euch wegen mir nicht zu viele Sorgen – lebt wohl!«*

In einer Wolke aus Hitze und Staub rückte Stefans motorisierte Einheit stetig in Richtung Osten vor, verlegte tagsüber Leitungen, nächtigte in Zelten. Tagelange Fahrten durch weite Wälder, vorbei an zerstörten sowjetischen Panzern und Straßenstellungen, tägliche Fliegerangriffe. Keinen Kilometer von ihnen entfernt wurde ein russischer Bomber abgeschossen, das brennende Wrack entfachte einen ausgedehnten Waldbrand.
Es brannten nicht nur Wälder, ganze russische Dörfer und Städte gingen in Flammen auf. Die Rote Armee exekutierte Stalins Befehl, alles zu vernichten, was den deutschen Truppen in die Hände fallen könnte. Diese Politik der verbrannten Erde legte riesige Gebiete der Sowjetunion in Schutt und Asche.
Andere Ortschaften wurden von deutschen Truppen niedergebrannt, oft als Bestrafung für »Partisanenaktionen«.
Deutsche Artillerie und Sturzkampfbomber attackierten gegneri-

sche Feldstellungen und bereiteten den Weg für die nachrückenden Truppen. Liegengebliebene russische Panzer säumten die Straßen, verkohlte russische Soldaten lagen in den Gräben, bedeckten das Gelände, soweit das Auge reichte. Am 20. August notierte Stefan ins Kriegstagebuch: *»Bin wieder krank. Bunkerbau im Regen. Wieder verkohlte und tote Russen in niedergebrannten Häusern. Noch als Skelette halten sie das Gewehr in der Faust. Sechstürmige zwiebelförmige Kirche.«*
Unerbittlich ging der Vormarsch weiter, die Einheit rückte auf Rollbahnen in Richtung Leningrad vor, am gewohnten Bild der Zerstörung änderte sich nichts. Ende August machte sich bereits der Herbst bemerkbar, es regnete und wurde merklich kühler, Stefan verbrachte viele Nachtwachen im Regen liegend und notierte am 9. September erleichtert: *»Das erste Mal schlafe ich in einem Haus.«*

Seiner Familie schrieb er noch im August: *»In einem meiner letzten Briefe habe ich einige Kleinigkeiten verlangt, die ihr mit der Feldpost schicken sollt. Zur Sicherheit zähle ich die Sachen heute noch einmal auf, ich brauche dringend: 1 Hemd (aber kein weißes), 1 Turnhose oder meine blaue Barchenthose, die wahrscheinlich im Kasten in meiner Schlafstube liegt, oder wenigstens eine gekaufte weiße Unterhose, schwarze wären mir lieber. 1 Kamm mit Taschenspiegel, 1 Taschenmesser, schwarzen Zwirn, Briefpapier und Kuvert, 1 Füllfeder (komplett), wenn möglich einen Hosenriemen oder Hosenträger u. recht viele Brustwärmer und 4 Paar Schuhbänder.«*
Das Tausendjährige Reich schickte seine Soldaten in den russischen Winter, es vergaß leider, sie mit Unterwäsche und warmer Kleidung auszurüsten, ging man seiner Sachen verlustig, hatte man Pech gehabt, wie den folgenden Zeilen zu entnehmen ist:
*»Lieber Freund!*
*Habe seit meinem ersten Brief an Dich schon viel erlebt und mitgemacht.*
*Bis jetzt bin ich gut durchgekommen, obwohl ich oft genug in der Scheiße war, hatte oft unglaubliches Soldatenglück und hoffe, dass mir dasselbe auch weiterhin treu bleibt. Wir möchten doch im schö-*

*nen Burgenland einst ein frohes Wiedersehen feiern!*
*Ja, mein Freund, es ist doch der Einsatz anders, als wir immer glaubten. Zwei Beispiele sollen Dir das beweisen: Die Kriegsführung im Osten bringt es mit sich, daß wir oft vor der Infanterie liegen. So auch am 31. Aug. und 1. Sept. Wir lagen alleine ganz vorn, als plötzlich am Abend die grünen 52 t-Panzer der Sowjets aus dem Wald hervorbrachen und mit Schnellfeuerkanonen und MGs im direkten Beschuß auf uns feuerten. Wie wir da mit dem Leben davonkamen, ist mir heute noch ein Rätsel. Leider verbrannten bei dieser Gelegenheit meine ganzen Klamotten (samt dem Wagen). Nur Dienstanzug, Stahlhelm und Gewehr konnte ich retten. Schade um meine gute Ausrüstung. Besonders um meine warme Decke ist mir leid, jetzt reißt's mich jede Nacht vor Kälte wie einen Zauberer. Doch muß ich dem Schicksal dankbar sein, daß es so gut abgegangen ist. Ein anderes Mal schlug eine Granate neben mir ein, der Luftdruck warf mich um wie ein Streichholz, die Splitter durchlöcherten unser Zelt, mir und den Kameraden passierte nichts. Als Fernsprecher habe ich schwere Strapazen durchgemacht, jetzt bei den Funkern gefällts mir weit besser. In alter Frische! Dein Steff«*

Nach wie vor legten sie jeden Tag Kilometer um Kilometer durch endlose Wälder zurück, immer öfter passierten sie lange Kolonnen russischer Kriegsgefangener, die in die Gegenrichtung getrieben wurden. In seinem Tagebuch vermerkte er akribisch Hedis Geburts- und Namenstag, den Jahrestag seiner Einberufung oder Martini, den 11. November. Auch folgender Eintrag findet sich: *»Habe soeben die Führerrede gehört. Er hat uns aus dem Herzen gesprochen.«*
Meist nächtigten sie nun in festen Häusern, einmal in einem Versammlungsraum der Komsomolzen, ausnahmslos alle litten unter Wanzen, später auch Läusen. Ab und zu hatten sie Glück und konnten sich in einem Sauna-Bad waschen. Seinen Sold schickte Stefan nach Hause, mit dem Geld war vor Ort nichts anzufangen. Die Abstände, in denen die Feldpost eintraf, wurden länger, die Versorgung wurde knapper, der deutsche Nachschub blieb im Schlamm hängen. Mitte November notierte Stefan: *»Am Nachmittag Einsatz, bei*

*Nacht erlebe ich wieder den Feuerzauber der Front. Es ist Winter geworden im Osten und ich habe seit einigen Tagen Läuse. Habe heute ein Buch zu lesen.*
*Jeden Tag die große Frage: Wie lange bleiben wir noch in Russland?«*

Im Pinkatal konnte die Familie mit Stefans Sold ebenso wenig anfangen, die elfjährige Gisi schrieb:
*»Liebster Bruder Stefan! Wir sind noch alle gesund, was wir auch von dir hoffen. Haben die 101 RM bekommen. Jetzt ist wieder ein schöner Tag draußen, der Schnee zergeht schon. Auch die anderen 152 RM haben wir bekommen. Eine Schuhbürste kriegen wir nirgendwo. Aber dafür macht der Vater eine. Schuhkreme haben wir dir schon geschickt. Eine Füllfeder bekommen wir aber nicht. Wir haben dir auch schon 3 Paar Socken geschickt und 2 Kämme.*
*Bei euch wird es sehr kalt sein.*
*Bei uns zu Hause ist es schon sehr streng. Wir müssen Kartoffeln abliefern, Hafer, Weizen und Getreide, dazu 6 Kubikmeter Holz.*
*Der Vater freut sich schon sehr auf die Zigaretten, hier bekommen wir keine. Komm bald auf Urlaub!«*

Hedis Bruder Franz war mittlerweile ebenfalls eingezogen worden, aus der Kaserne in Wörgl schrieb er an seinen zukünftigen Schwager: *»Und nun, wie geht es Dir immer noch, lieber Steff? Man hört fast das Unglaublichste von Rußland hier, daß vom Ausziehen und Waschen der Kleider überhaupt keine Rede sei und gegessen wird, was menschenunmöglich ist. Wohl wird die Kleidung nicht am gepflegtesten sein, die Waschung noch ärger und auch das Essen nicht am besten. Aber daß es so ganz unmenschlich ist, wie manche schreiben, ist wohl auch kaum zu glauben. Ich habe von alldem noch nichts gesehen, aber ich werde auch noch hinauskommen. Heil und Sieg! Dein Franzl.«*

Mit dem Dezember kam die klirrende Kälte, immer langsamer rückte die deutsche Armee vor, immer größer wurde die Sorge der Soldaten,

ohne Urlaub in Russland überwintern zu müssen. In den Nächten betrug die Temperatur an die 30 Minusgrade, obwohl Finger und Zehen erfroren, mussten Leitungen ab- und wieder aufgebaut werden. Tägliche Kämpfe und Angriffe zermürbten die Truppe, nur die Briefe und Pakete von daheim erinnerten an das frühere Leben.
Auf den Schlachtfeldern türmten sich die gefrorenen Leichen zahlloser russischer Soldaten, Stefan beobachtete einen russischen Bauern, der am Wegesrand mit dem Beil den Kadaver eines gefrorenen Pferdes bearbeitete, die Not der Zivilbevölkerung war unermesslich. Hitlers ursprünglicher Plan, Moskau noch vor Wintereinbruch zu erobern, blieb buchstäblich im russischen Schlamm stecken. Mitte Dezember 1941 traf Stefans Funker-Einheit in Kaluga ein, einer größeren Stadt 200 km südwestlich von Moskau, die seit Oktober von den Deutschen besetzt war.
In den nächsten beiden Wochen notiert Stefan immer seltener etwas in sein Tagebuch, immer fahriger wird die Schrift, die oft abgekürzten Einträge sind kaum mehr entzifferbar:

*»17. 12. In der Nacht Fahrt nach Kaluga, kurzer Schlaf, eine furchtbar kalte Nacht.*
*21.12. Heute der brenzligste Tag im ganzen Feldzug, wieder haarscharf am Tod vorbei.*
*24.12. Seit einer Woche nicht mehr gewaschen und rasiert, verdreckt und unausgeschlafen, totale Verwahrlosung. Heiliger Abend im Lager, am Abend Weihnachtsbescherung, Ansprache des Kommandanten, ganze Nacht auf Streife.*
*25.12. Noch immer in der Hölle von Kaluga.*
*26.12. Zweiter Weihnachtstag. Ein Schneesturm wütet wieder. Wieder sinkt die Hoffnung, aus Russland fortzukommen.*
*29.12. Abmarsch von Kaluga, eiskalt ist die Nacht, 35 Grad, 60 km Marsch«*

Einen Tag nach dem Abmarsch fiel Kaluga wieder an die Sowjets, allein im Dezember lagen die Verluste der Roten Armee in diesem Abschnitt bei weit über 300 000 Mann, jene der deutschen etwas

darunter. Moskau war für Hitler verloren. Der tobte wegen der Niederlage, von nun an musste jeder Rückzug von ihm persönlich genehmigt werden. Mittlerweile hatte er den USA den Krieg erklärt, endgültig war aus dem Krieg ein Weltkrieg geworden. Bereits Ende 1941 war klar, dass dieser für das Deutsche Reich nicht mehr zu gewinnen sein würde.
Zu Neujahr betrug die Temperatur 48 Grad unter Null, Stefan wartete noch immer auf die Pulswärmer, die Hedi und Gisi für ihn gestrickt hatten, seit Wochen war keine Feldpost angekommen. Dafür erhielt er am 7. Jänner gleich fünf Pakete auf einmal, ein warmes Hemd, Geselchtes, Schnaps, Bäckereien.
Im Jänner 1942 finden sich nur folgende Zeilen im Kriegstagebuch:
*»21. Jänner, Angriffe, es sind unvergeßliche Stationen, vor den Strapazen dieser Woche verblassen alle anderen bisherigen Erlebnisse.*
*9.-31. Jänner: Die Zeit des Infanterie-Einsatzes, Abwehrkämpfe!«*

Der einzige Brief aus dieser Zeit stammt vom 27. Jänner, die winzigen Bleistiftbuchstaben auf dem vergilbten Papier haben Schwung und Eleganz verloren:
*»Nach längerem Schweigen komme ich endlich wieder dazu, Euch ein Lebenszeichen von mir zu geben, wenn dieser Winter auch die schwerste Zeit meines Lebens ist. Ich hätte nie geglaubt, daß ich solche Strapazen und 40 Grad Kälte aushalte. Gisi schreibt, ob ich schlecht ausschau. Seit ich Infanterist geworden bin, werdet ihr mich kaum wiedererkennen. Seit einigen Wochen nicht mehr gewaschen und rasiert, könnt's Euch vorstellen, wie ich da ausschau. Wir waren schon nahe daran, ins Reich zu kommen, aber leider ist nichts daraus geworden. Nun bleibt uns nichts anderes übrig als auszuhalten.*
*Es ist hier so kalt, daß die Finger in den Handschuhen erfrieren. Die Füße habe ich mir auch schon erfroren. Zu Weihnachten werdet ihr wohl vergeblich auf mich gewartet haben, da es bei uns keinen Urlaub gibt und auch keine Aussicht darauf besteht.*
*Wie es sonst in Rußland ist, können Euch ja die Weltkriegsteilnehmer, die in russischer Gefangenschaft waren, erzählen. Wenn ich*

*das Glück haben sollte und noch einmal heimkomm, werde ich euch alles erzählen.«*

Am 8. Feber schreibt Hedis Bruder Franz aus der Kufsteiner Kaserne:
*»In den Wochenschauen bekommen wir in der Heimat zu sehen, wie es bei euch draußen aussieht und zugeht, da die schweren Abwehrkämpfe im Gange waren. Muß schon ganz elendlich sein in dieser großen Kälte dort bei euch draußen.*
*Die schöne Bergpartie, von der auch du träumst, müssen wir noch ein wenig hinausschieben, wenn sie einmal kommt, wird dies eine meiner schönsten Stunden sein. Auch an unsere Witze über die Doppelhochzeit denke ich in meinen dienstfreien Stunden oft, gebe Gott, dass uns das Schicksal dies vergönnt. Dann tauschen wir weder mit Fürsten noch mit Grafen.*
*Hedi lebt nur für Dich und von der Sorge um Dich. Tage, an denen die Post von Dir lange auf sich warten lässt, werden in unserem Haus zu Trauertagen voller Sorge um Dich.*
*Sonst ist zuhause alles beim Alten, wie immer geht alles seinen gewohnten Lauf, Vater ist noch immer Bürgermeister, in der nächsten Zeit hofft er aber, es los zu werden. Auf Wiedersehen! Dein Franz.«*

Dieser Brief wird Stefan nicht mehr in Russland, sondern in Klagenfurt erreichen, das, worauf niemand mehr zu hoffen wagte, trat ein: Seine Einheit wurde aus Russland abgezogen. Stefan war in diesen Tagen nicht der Einzige, der krank war, viele seiner Kameraden marschierten mit hohem Fieber tagelang durch den Schnee, die Aussicht, einen Zug nach Hause besteigen zu können, ließ sie durchhalten. Sieben Tage und Nächte fuhren sie Richtung Westen, den ersten Tag in einem Viehwaggon, die restlichen Tage in nicht minder kalten Personenwagen der 3. Klasse. Je weiter sie nach Westen kamen, desto stärker machte sich die Sonne bemerkbar, der Zug rollte durch verschneite Ebenen, näherte sich Warschau, *»Polen ist doch schon anders als Russland, ich spüre wieder Europa. Ade, verfluchtes Russland – oder auf Wiedersehen???«* notierte Stefan während der Fahrt

in das inzwischen speckig gewordene kleine Buch. Um Mitternacht traf der Zug im verschneiten Wien ein, das erste Bier nach langer Zeit. Es dämmerte kaum, als sie am nächsten Morgen den Semmering überquerten, ab 17. Feber verzeichnet das Kriegstagebuch:
*»Mir gefällt diese märchenhaft schöne Gegend, so herrlich habe ich mir das Mürztal doch nicht vorgestellt. In der Heimat Peter Roseggers, Krieglach, wunderschön ist die winterliche Landschaft, Kindberg, Allerheiligen, Kapfenberg, Bruck, Leoben, Knittelfeld, Judenburg, Neumarkt. Und nun im schönen Kärntnerland, in Friesach. Um 9.00 abends Ankunft in Klagenfurt. Hier erwartet uns bereits eine große Enttäuschung: Statt in Privatquartiere in der Stadt steckt man uns in ein Barackenlager 8 km außerhalb von Klagenfurt. Nach der Ankunft Abladen der Fahrzeuge, um 3.00 morgens Ankunft im Lager. Damit ist ein harter Abschnitt meiner Dienstzeit abgeschlossen. Ich habe für alle Zeit die Nase voll.*
*18.2. Am Morgen eine neue Hiobsbotschaft: Urlaubssperre!*
*19.2. Aber nicht für uns! Urlaub gibt es wieder.*
*20.2. Beim Arzt*
*21.2. Entlausung«*

Gerade einmal zehn Tage Urlaub gewährt der Führer den jungen Männern, jenen Männern, die monatelang, jahrelang für ihn Leib und Leben riskiert haben. Über Graz und Fürstenfeld reist Stefan ins Pinkatal, die blasse Februarsonne schickt sich bereits an, hinter den Weinbergen zu versinken, als die Südburg vor dem Dorfwirtshaus stehen bleibt. Zuhause rechnen sie erst in den nächsten Tagen mit ihm, seit Stunden freut Stefan sich auf die freudig überraschten Gesichter. Sein Gepäck ist leicht, einzig Schokolade, Zigaretten und ein wenig Wäsche zum Wechseln hat er in einem kleinen Bündel verschnürt.
Die löchrigen Socken und Wäschestücke wird ihm die Mutter hoffentlich stopfen können.
Er allein steigt aus dem Bus, die Dorfstraße ist leer, um diese Zeit wird in den Kuh- und Schweineställen gefüttert, gemolken und ausgemistet. Die Uhr des roten Kirchturmes schlägt zweimal, es wird

halbsechs sein. Seltsam, alles wirkt so friedlich, als ob er nie weg gewesen, als ob er nicht beinahe im russischen Winter umgekommen wäre, als ob kein Weltkrieg gerade die halbe Menschheit in den Abgrund stürzen würde.
Hedis Haus liegt der Haltestelle am nächsten, er weiß, wo er sie antreffen wird, mit langen Schritten überquert er den Hof. Aufgeregt öffnet er die niedrige Tür des Kuhstalles, warmer vertrauter Geruch, friedlich käuende Kühe, aus der hinteren Ecke ist das rhythmische Auftreffen des Milchstrahles auf den Blecheimer zu hören. Erschrecken will er die Liebste keinesfalls, langsam geht er zu ihr, bleibt im Stroh stehen und legt seine Hand auf ihren Rücken: »Hedi!« Ruckartig hebt sich Hedis Kopf, Tränen fließen, die Milch aus dem Eimer versickert unter dem frischen Stroh, ein kleines Milchbächlein bahnt sich seinen Weg in die Abflussrinne.

Stefans Sehnsucht, den lang versäumten Schlaf im eigenen Bett nachzuholen, ist zwar groß, die Zeit zu Hause jedoch zu kostbar, um sie ausgiebig zu verschlafen. Prüfenden Blickes durchschreitet er Haus und Hof, schaut in Kammern und Ställe, überzeugt sich, dass alles seine Ordnung hat, sitzt mit Juli am Tisch, bis ihnen beiden die Augen zufallen, scherzt mit Gisi und immer wieder – Hedi.
Aus seinen Briefen wissen alle, was er erlebt hat, er würde es jetzt gern viel ausführlicher erzählen, macht jedoch eine seltsame Erfahrung: In der Küche daheim, vor den vollen Tellern und dem warmen Ofen, erscheinen ihm seine eigenen Erlebnisse plötzlich unwirklich, surreal. Krieg, Kampf und Soldatentum hier, Frieden, Ackerbau und Viehzucht da - er findet keine Verbindung und verkörpert gleichzeitig selbst das Bindeglied. Real ist nur die Gewissheit, in wenigen Tagen wieder zu seiner Einheit zurückkehren zu müssen.
An zwei Nachmittagen begleitet er den Vater in den Weingarten und hilft ihm beim Rebenschneiden, mit knapper Not findet er noch Zeit für den Winterschnitt der Apfel- und Birnbäume, den er seit der Bauernschule am liebsten eigenhändig vornimmt. Ansonsten fallen um diese Jahreszeit keine gröberen Arbeiten an. Erst wenige Wochen zuvor haben seine Eltern ein Schwein geschlachtet, jeden Tag kocht

Juli auf, um den ausgezehrten Sohn aufzupäppeln. Stefan verlässt das Dorf mit einem schweren Paket voller Brot, Speck, Grammeln, Zucker und Schnaps, einen Tag nach seinem zweiundzwanzigsten Geburtstag macht er sich schweren Herzens auf den Weg nach Kärnten.

Die kommenden Wochen verbrachte seine Einheit in der Nähe von Klagenfurt, die Tage schleppten sich dahin, unruhig dachte Stefan an die viele Arbeit, die daheim zu verrichten gewesen wäre. Manchmal unternahm er Ausflüge an den Wörthersee.
Je länger der Krieg dauerte, desto intensiver versuchte die Wehrmacht, die Moral der Truppe mit einem abwechslungsreichen Unterhaltungsprogramm hochzuhalten: Ende März fand in Völkermarkt der »Tag der deutschen Wehrmacht« statt, am gleichen Abend besuchte Stefan »La Traviata«. In den nächsten Tagen folgten zwei Kinobesuche, einmal »Schloß Hubertus«, das andere Mal »Was geschah in dieser Nacht?« mit Theo Lingen.
Vor jedem Spielfilm lief unausweichlich die »Deutsche Wochenschau«, Stefan notierte: *»Im Kino sehe ich jetzt immer, wie es in Russland aussieht bei dem Gatschwetter. Bis zu den Knien waten die Soldaten im Schlamm, da steigt mir schon jetzt die Grausbirn auf.«*
Zu Ostern, Anfang April, wäre er gern wieder nach Hause gefahren, doch wurde dies nur denjenigen gestattet, die in einem Umkreis von 100 km daheim waren.
Anfang Mai legte er seinem letzten Brief aus Klagenfurt eine Muttertagskarte für Juli bei, er schrieb: *»In den nächsten Tagen wollte ich Euch wieder einmal ganz groß überraschen. Gestern Mittag hieß es plötzlich, daß wir noch acht Tage Urlaub bekommen. Ein großer Teil fuhr gestern weg, ich sollte in den nächsten Tagen drankommen, aber die Freude war nur von sehr kurzer Dauer. Schon heute früh wurden alle Kameraden schlagartig zurückberufen - und aus ist der schöne Traum. Hab mich schon so darauf gefreut, nun ist alles wieder vorbei. Am 17. sollen wir in Danzig eingeschifft werden, nach Norden. Wenn es mir möglich ist, werde ich vorher noch*

*schreiben. Und nun lebt wohl!«*
Drei Monate dauerte die Atempause in Kärnten, eine Woche davon hatte er zu Hause verbringen dürfen, ein neuer Fronteinsatz begann, ein neues Kriegstagebuch wurde eröffnet. Um Abschiedsschmerz und Angst der Soldaten zu übertönen, ließ sich das Regime einiges einfallen: *»Abends am Bahnhof, Klagenfurt bereitet uns einen überaus herzlichen Abschied. Der Bahnsteig ist überfüllt von Menschen. Besonders B.d.M. ist stark vertreten. Musik spielt, viel Blumen und Flieder und kommt gut wieder. Ade Klagenfurt. Unsere Wägen und wir selbst sind mit Blumen geschmückt.«*
Wieder überquerten sie den Semmering. Üppig blühende Frühlingslandschaften, hellgrüne Nadel- und rosaweiße Obstbäume, blassblauer Himmel. In Wien blieb der Zug diesmal nicht stehen, sondern rollte noch zwei Tage weiter Richtung Norden bis Danzig. Nach einer Stadtbesichtigung stach ihr Dampfer am Nachmittag in See, winkende Menschen im Hafen, keiner ihrer Einheit war jemals an Bord eines derart großen Schiffs gewesen.
Ruhig, spiegelglatt lag die Ostsee da, am späten Nachmittag stand die Sonne noch hoch am Himmel, der Tag im Norden war spürbar länger als zuhause, spürbar kühler wurde auch die Luft, aus der lauen Wärme fuhren sie in die Kälte. Hier war der Frühling noch kaum zu erahnen, blühende Bäume würde es in den weiten Wäldern ohnehin keine geben.
In der südlichsten Stadt Finnlands, Hanko, legten sie tags darauf an, noch am selben Abend fand ein Waffenappell statt. Stefan, bis dahin ein mustergültiger Soldat, tanzte das erste Mal aus der Reihe, fiel auf und musste sich von seinem Vorgesetzten maßregeln lassen. Er notierte: *»Wie mir das wurscht ist!«* Erneut in den Kampf gegen die Russen getrieben zu werden, wirkte sich ernüchternd auf die Soldaten aus, der Schwung des ersten Einsatzes ein Jahr davor war dahin, notgedrungen absolvierten sie ihren Dienst und hofften zu überleben.
Im Juni regnete und schneite es, der auftauende Boden verwandelte sich in den wohlbekannten Sumpf. Die Einheit wurde weiter in den Norden verlegt und von einem Zeltlager am See aus auf ihre Einsätze

geschickt.
*»25. 6.: 17.00 ziehen wir los in die grüne Hölle. 3 Stunden holpern und poltern wir mit dem Wagen auf Knüppelwegen. Dann Leitungsbau, 15 km durch endlosen Sumpf. Die Pferde versinken und können nicht mehr durch. Wir müssen das Gerät selbst mühsam mitschleppen. Endlich erreichen wir das Ziel. Ich bin furchtbar müde und leide sehr an Durst.*
*26. 6.: 10.00 nach einer halbstündigen Rast wieder zurück, ohne etwas zu essen oder trinken. Ein Schluck Sumpfwasser ist die ganze Labung. Mit einem Stock schlage ich mich weiter – endlich erreichen wir den Wagen und um 15.00 die Feldküche. Nach 22 Stunden ganz großer Strapazen gibt es wieder etwas zu futtern. Diese verfluchten Mücken!«*

Es stellt sich die Frage: Warum schickte das deutsche Wehrmachtskommando über 200 000 Soldaten nach Finnland?
Gleich nach dem Abschluss des Hitler-Stalin-Paktes 1939 hatte die Sowjetunion ihre Nachbarn im Nordwesten angegriffen, bald mussten die Finnen weite Teile Kareliens verloren geben.
Die Westmächte sympathisierten zwar mit dem heldenhaften Widerstand des kleinen Volkes im Norden, waren jedoch durch die deutsche Bedrohung mit sich selbst beschäftigt. So schloss Finnland ein Bündnis mit Deutschland, das die Verteidigung der nördlichen Grenze übernahm und sich im Gegenzug reiche Rohstofflieferungen aus dem Norden versprach.

An der karelischen Front tobten im Sommer 1942 erbitterte Kämpfe. Fliegeralarm, Bomben, Granatwerfer, Artillerie, brennende Wälder und Minenfelder gehörten zu Stefans Alltag, neue Leitungen mussten verlegt, zerstörte repariert werden. Sie bewohnten mittlerweile feste Baracken aus Fichtenstämmen, eigenhändig gebaut und abgedichtet, die Sorge vor dem Winter ließ sie ihr Handwerk gründlich erledigen. Pro Baracke gestand man ihnen einen Ofen und eine Lampe zu. An einem Sonntag Ende Juli servierte die Feldküche ein Festmahl, Stefan notierte: *»Schnitzel, Wein und Schokolade - alle guten Geis-*

*ter loben den Herrn! Am Nachmittag Konzert der Kurkapelle!!! Der Sommerwind trägt die Klänge bis zu uns herüber – wie das juckt in den Beinen. Wenn ich noch einen heimatlichen Kirtag erlebe, dann denke ich an die Klänge im Urwald nicht weit vom Polarkreis.«*

Auch im August beruhigte sich die Lage nicht, Wochen voller Hoffen und Harren, unterbrochen von lebensbedrohlichen Situationen. So schlichen etwa nach Mitternacht die Russen in ihre Stellungen und konnten erst zehn Stunden später wieder zurückgedrängt werden. Nach jenem aufreibenden Einsatz lagen die Nerven der Soldaten blank, die Stimmung sank auf den Nullpunkt, Stefan konnte sich »gerade noch beherrschen«. Mindestens zweimal pro Woche wurde ein Spielfilm aus Goebbels' fieberhaft produzierenden Filmstudios vorgeführt, »Wiener Blut« am Mittwoch, »Clarissa« am Samstag, danach trug Stefan ein: *»Eine lange Nadel bohrt sich in meine Brust, wir sind allein auf weiter Flur«*. Stefans Sehnsucht nach Hedi legte sich erst, nachdem ein langer Brief von ihr eingetroffen war.
In jeder freien Minute waren Stefans Gedanken im Dorf, bei Hedi, seinen Eltern, der Schwester und der Großmutter. Am ersten Septembersonntag notierte er: *»Daheim wär heute Kirtag. Schon am frühen Morgen kracht's. In der Nacht tolle Schießerei aus allen Kalibern. Immer kälter werden die Tage, besonders nachts spürt man die Nähe des Polarkreises. Was meine Hedi jetzt macht – ob sie schon schläft – oder auch so viel an mich denkt? Wieder ist ein Sonntag vorbei, wie viele werden es noch werden in Lappland?«*

Die Einheit wurde wieder verlegt, ungern ließ sie die soliden Hütten zurück, neue mussten mühsam gebaut werden.
Ende September übertrug der Feldfrontsprecher eine Führerrede aus dem Berliner Sportpalast, sie dauerte über eine Stunde und endete folgendermaßen:
*»Meine Volksgenossen! Es sind oft Hunderttausende von braven Soldaten aller Waffen, der Infanterie, des Heeres, der Pioniere, der Artillerie, Verbände der Waffen-SS, Verbände der Luftwaffe oder zur See, unsere Kriegsschiffe über und unter Wasser — sie alle müs-*

*sen in so einer Lage oft tagelang ihr Leben einsetzen und lesen dann nichts weiter als: ›Abwehrkämpfe‹, oder ›Einbrüche des Gegners abgeriegelt‹, oder ›Eingebrochener Gegner vernichtet‹, oder ›Ein Durchbruch erzielt‹, ›Vormarsch auf dem und dem Gebiet‹, ›Bezwingung dieses oder jenes Passes‹, ›Einnahme von der und der Stadt‹.*
*Sie, meine Volksgenossen, ahnen nicht, was sich darunter für menschliches Heldentum, aber auch für menschliche Schmerzen und für Leiden, und wir können sagen, oft natürlich auch an Angst verbirgt, an Todesangst bei all denen, die besonders zum ersten Male vor die Gottesprobe dieses höchsten Gerichts gestellt werden. Das alles liest sich einfach und ist doch unendlich schwer. Es liegt ein unendliches Leid, eine unendliche Hingabe, unendliche Tatkraft hinter all diesen trockenen Darstellungen. Wenn wir uns das vor Augen halten, dann müssen wir erkennen, daß bei allem, was die Heimat auch tut, sie ihren Soldaten überhaupt nicht genug danken kann.*
*Wir stehen hinter unseren Soldaten, so wie unsere Soldaten für uns einstehen!*
*Wir stehen gemeinsam zu unserem Volk und unserer Gemeinschaft und werden unter keinen Umständen jemals kapitulieren!*
*Unsere Gegner mögen diesen Krieg führen, solange sie in der Lage sind. Was wir tun können, um sie zu schlagen, das werden wir tun! Daß sie uns jemals schlagen, ist unmöglich und ausgeschlossen! Nur das nationalsozialistische Deutschland und die mit ihm verbündeten Staaten werden als junge Nationen, als wirkliche Völker und Volksstaaten aus diesem Krieg mit einem glorreichen Sieg hervorgehen!«*

Hitler überlegte in jenen Tagen, wie er die Eroberung der Stadt Stalingrad an der Wolga feiern sollte. Am 27. September wehte am Roten Platz Stalingrads die nationalsozialistische Reichskriegsflagge, was in der »Wochenschau« ausgiebig gezeigt und als kurz bevorstehender Sieg bejubelt wurde. Goebbels notierte in seinem Tagebuch: *»Den Kampf um Stalingrad beurteilt der Führer optimistischer,* *als ich gedacht hätte. Er glaubt, dass es uns doch in Kürze gelingen werde, die ganze Stadt in unseren Besitz zu bekommen.«* Etwas realistischer zwei Tage darauf: *»Wir haben bei Stalingrad zum Teil Erfolge, zum Teil aber auch Misserfolge. Der Kampf wogt hier hin und her, und ein Ende ist im Augenblick wenigstens noch nicht abzusehen.«* Hitler ignorierte die Aussichtslosigkeit der Lage und befahl, »bis zum letzten Mann zu kämpfen«. Gigantische Opferzahlen waren die Folge, weit mehr als eine halbe Million Soldaten verloren in dieser Schlacht ihr Leben, Stalingrad wurde zum Synonym für die Kriegswende, vor allem aber für das Grauen des Krieges.

Wie weit Hitlers Rede Eindruck auf Stefan machte, sei dahingestellt. Am 1. November wurde allen Soldaten seiner Einheit feierlich die Medaille »Winterschlacht im Osten« verliehen. Inzwischen lag der Schnee kniehoch, die benötigte Winterkleidung traf zu spät ein. Am 21. November schrieb Stefan an seine Schwester: *»Die 2 letzten Kilopakete habe ich mit großer Freude erhalten. War noch alles gut drinnen. Das Marmeladeglas werde ich bei Gelegenheit wieder schicken, wenn ich eine passende Schachtel finde. Wenn ihr zu wenige Kuverts habt, ein guter Rat: Die Briefe nicht aufschneiden, sondern heiß werden lassen und dann an den Klebstellen öffnen und wiederverwenden, so wie ich das heute mache. Mit Urlaub ist's bei mir noch nichts. Ihr müßt schon noch ein halbes Jahr Geduld haben.«*

Drei Tage, nachdem Juli im Pinkatal diesen Brief ihres Sohnes erhalten hatte, wurde ihr schon der nächste Feldpostbrief von der Nordfront überbracht. Ein Kuvert, das nicht Stefans Schriftzüge trug und noch dazu mit einem roten Stempel versehen war: »EINSCHREIBEN!« Der Briefträger hatte nicht gewagt, es direkt zuzustellen, er befürchtete das Schlimmste und wollte Paul bitten, ihn zu Julis Haus zu begleiten. Paul war nach wie vor Bürgermeister und als Hedis Vater auch privat betroffen, beim Anblick des Briefträgers erschrak er: »Wer ist es diesmal?« Sein zukünftiger Schwiegersohn. Paul erbleichte. Er packte seinen Rock, am besten gingen sie schnell zu Juli, seine Tochter Hedi würde er lieber nachher informieren, zuhause

und in aller Ruhe. Unseligerweise schafften die beiden Männer es nicht, sich ungesehen auf den Weg zu machen, Hedi hatte mitbekommen, wo sie hinwollten, hatte auch mitbekommen, wie eingeschriebene Feldpostbriefe in immer kürzeren Abständen unsagbares Elend auslösten. Ihre Miene erstarrte, sie ging einfach los, sie würde sich unter keinen Umständen aufhalten lassen. Ätzende Schwärze fraß ihre Gedanken, in ihrem Kopf war nichts als dunkle Leere, steifen Schrittes, ausdruckslos ließ sie es zu, dass ihr Vater seinen Arm um sie legte.
Juli und Gisi hielten sich in der Küche auf, der Geruch des Apfelstrudels vom Mittagessen hing noch im Raum, Georg war wie immer im Berg. Beim Anblick des alten Postboten mit seinem Gefolge entfuhr Juli ein Schrei.
»Es ist ein Brief gekommen, Juli, jetzt wart einmal ab, wir wissen ja noch gar nicht, was drinnen steht«, versuchte Paul zu beruhigen. »Soll ich ihn aufmachen und vorlesen? Setzt's euch erstmal nieder!« Er lotste Juli zu einem Sessel und nickte auch den beiden jungen Frauen zu. Ohne ein Wort zu sagen umfasste Gisi Hedis Hand links und Julis Hand rechts neben sich. Paul setzte sich ebenfalls an den Küchentisch, schnitt das Kuvert mit zitternden Fingern auf, ausgerechnet der Steff, wie viele junge Männer aus dem Dorf sollte es denn noch treffen?
Die Küchenuhr tickt, die Zeit bleibt stehen, sechs Frauenaugen starren ins Leere. Betreten steht der Briefträger am Fenster. Paul holt tief Luft, liest mit gepresster Stimme, die geschwungenen schwarzen Buchstaben werden über das Glück seiner Tochter, werden über Leben und Tod entscheiden:
*»Sehr geehrter Herr Müllner!*
*Ihr Sohn Stefan war seit einiger Zeit auf einer Vorwarnerstelle der Batterie in vorderer Front eingesetzt. Leider muss ich Ihnen heute die bedauerliche Mitteilung machen, daß Ihr Sohn gestern, am 23.11., 8.00 morgens, bei einem feindlichen Granatwerferüberfall durch einen Granatsplitter schwer verwundet wurde. Er wurde sofort zum Hauptverbandsplatz gebracht und operiert. Die Operation hat er gut überstanden und heute Morgen teilte mir der Arzt mit,*

*daß auch die Nacht gut verlaufen ist. Der Splitter war in die Bauchhöhle eingedrungen. Es besteht auch weiterhin die Aussicht, daß alles gut verlaufen wird.*
*Ihrem Sohn wurde heute vom Kommandierenden General das Eiserne Kreuz für seinen hervorragenden Einsatz verliehen, das ich ihm nachher überreichen werde. Ihr Sohn hat mich gebeten, Ihnen diese Nachricht zukommen zu lassen, da er selbst durch die Operation noch sehr mitgenommen ist und nicht schreiben kann.*
*Die gesamte Kompanie ist von dem heißen Wunsch beseelt, daß Ihr Sohn sich von dieser Verwundung recht bald wieder ganz erholen möge. Mit ergebensten Grüßen Martin Hornberger, Hauptmann und Batterie-Chef«*
Schweigend haben sie den Worten gelauscht.
Hedi flüstert: »Er lebt.«

Erst Wochen später, wenige Tage vor Weihnachten, bekamen sie wieder Post von Stefan, der seine Briefe noch immer den Krankenschwestern diktieren musste, endlos erschienen jene dunklen Dezemberwochen. Heiliger Abend, Christ- und Stefanitag, Silvester und Neujahr – in aller Stille endete dieses Jahr, niemandem im Dorf war zum Feiern zumute, in vielen Häusern stand nicht einmal ein Christbaum, zu viele Väter, Söhne und Brüder würden nicht mehr heimkommen, es gab keine Gräber, an denen sie betrauert werden konnten.
In Hedis Haus blieb die Stimmung auch im neuen Jahr 1943 gedrückt, seit Wochen hatten sie keine Nachricht von ihrem Bruder Franz, der in Afrika kämpfte, erst Monate später sollten sie erfahren, dass er in amerikanische Kriegsgefangenschaft geraten und in einem Lager in Missouri interniert worden war. Auch Stefan hatte lange nichts von sich hören lassen, Hedis Sorge um ihn nahm zu, in seinem letzten Brief hatte er diktiert, seine Genesung erfolge nur äußerst schleppend und sei von vielen Rückschlägen überschattet.
Der letzte Jännertag des Jahres 1943 war ein Sonntag, am Nachmittag war Hedi allein zu Hause und saß am großen Tisch, in der Stube war es schön warm, die Wintersonne sendete ein kräftiges Lebens-

zeichen, so kräftig, dass die geblendete Hedi sich mit dem Rücken zum Fenster setzte. Auf der weißen Tischplatte hatte sie ihr Schreibzeug ausgebreitet, rundherum alle Fotos von Stefan und ihnen beiden. Im Radio lief »Das Volkskonzert im Großdeutschen Rundfunk«, ihre Lieblingssendung, die an diesem Sonntag zum 150. Mal ausgestrahlt wurde. Wie sehr wünschte sie sich, ihr Lieblingslied »Heimat, deine Sterne« zu hören, das war Stefans und ihr Lied: *»Heimat deine Sterne, sie strahlen mir auch am fernen Ort. Was sie sagen, deute ich ja so gerne als der Liebe zärtliches Losungswort.«*
Und wirklich, mit diesem Schlager wurde die Jubiläumssendung eröffnet, Hedi griff zur Feder und verfasste ihren Brief an Stefan im nordfinnischen Lazarett Kemi, fast 3000 km von ihr entfernt:

*»Liebes Herz! Ich bin wohl sehr besorgt um Dich, weil ich ja Deinem letzten Brief entnehmen konnte, daß Du anstatt gesund noch kränker wirst.*
*Wenn es auch lange dauert, die Hauptsache ist, daß Du überhaupt wieder gesund wirst. Was sollte ich wohl tun, wenn Du Deiner Verwundung erlegen wärst und ich mehr keine Hoffnung hätte, daß Du wieder einmal zu mir zurückkommst? Ich kann mir überhaupt nicht vorstellen, was ich getan hätte, und ich habe auch gar nicht daran gedacht, daß ich Dich nicht wiedersehen werde. Mein Gewissen sagte mir immer: Er kommt wieder zu mir zurück, denn ich kann ja ohne ihn nicht leben. Niemals im Leben könnt' ich glücklich sein, denn mein ganzes Glück hängt mir an dir allein.*
*Meine Liebe und Treue zu Dir sind noch viel größer geworden, denn dieser schwere Schlag hat mir wohl gezeigt, wie lieb ich Dich habe. Wie ich aus Deinem Brief sehe, bist Du auch befördert worden, und ich gratuliere recht schön. Bin zur Zeit wieder ganz allein und es ist drei Uhr nachmittags.*
*Hatte den Brief noch nicht zugemacht, da kam der Herr Oberlehrer und sagte, daß der Gratzl jetzt in Rußland gefallen ist, zu Weihnachten erst starb sein Vater. Der Bürgermeister muß auch einrücken und es besteht die Gefahr, daß wir's nochmal nehmen müssen.*
*Leb wohl, mein Schatz!!!«*

Lange war Stefan nicht transportfähig, die Granate hatte innere Organe zerfetzt, stetig floss aus einem Schlauch in seinem Bauch Eiter ab, erst drei Monate nach dem Unglückstag konnte er per Flugzeug und Krankentransportwagen in eine südlichere finnische Stadt gebracht werden. Dort wartete er sehnsüchtig auf eine Verlegung nach Deutschland, die schließlich im Juni erfolgen sollte, er schaffte es vorerst bis Limbach in Sachsen. Die Heilung erwies sich als langwierig, am 12. März 1943, einen Tag nach seinem 23. Geburtstag, schrieb Stefan an Hedi: »*Mir ist das Liegen schon so fad. Was gibt es daheim Neues? Jetzt fängt auch wieder die Arbeit daheim an. Mein größter Wunsch wäre, endlich wieder aufstehen und arbeiten zu können. Wie lange das wohl noch dauern wird?*
*Hier ist es sehr langweilig, da wir auch kein Radio im Zimmer haben. Mit den finnischen Schwestern kommen wir ganz gut aus, die meisten können auch etwas Deutsch.*
*Es ist heute gerade ein Jahr her, als jene schönen und unvergeßlichen Urlaubstage wieder zu Ende waren und wir uns wieder trennen mußten. Fast wäre es eine Trennung für immer geworden, wenn mir nicht ein sehr tüchtiger Arzt noch im letzten Augenblick das Leben gerettet hätte. Wenn ich wieder einmal das Glück habe, auf Urlaub zu kommen, wird es hoffentlich länger sein als alle bisherigen, aber bis dahin ist es noch weit und wir müssen beide noch viel Geduld haben.*«

Die einzige Abwechslung in Stefans Krankenalltag bildeten Briefe und Pakete, die er von zu Hause bekam. Auch sein Freund Alex erwies sich als treuer Schreiber und hielt ihn seitenlang über seine Kriegserlebnisse an der Ostfront auf dem Laufenden. Der Jugendfreund war 1939 direkt aus der Lehrerbildungsanstalt zur Wehrmacht einberufen worden, stand schon das vierte Jahr im Fronteinsatz. Selten wurde Alex Urlaub gewährt, die Tage in Russland verschwammen, ebenso die Sinnhaftigkeit seiner Einsätze. Immer deutlicher hörbar wurde die Angst vor einer Niederlage, er schrieb dem verwundeten Freund: »*Juni 1943: Bin bloß gespannt, wie die Entwicklung weitergehen soll. Nun, es wird schon noch alles gut werden. Es darf*

*einfach nicht schief gehen!*
*Das Soldatenleben gefällt Dir also nicht mehr? Zu Deinem Trost kann ich Dir erzählen, daß mir das Leben und der Betrieb bei meiner Telebaukompanie als Telegrafenarbeiter auch gar nicht gefällt. Ein Hundeleben ist das!*
*Juni 1944: Was mich momentan hauptsächlich bewegt, ist der Beginn des Entscheidungskampfes im Westen. Wollen nun abwarten, wie sich die Dinge da weiterentwickeln und hoffen, daß die Invasion den Feinden nicht den gewünschten Erfolg bringt.*
*›Man bekommt doch ein wenig Angst...‹ - das hast Du ganz richtig formuliert.«*

1945 gerät Alex in russische Kriegsgefangenschaft, aus der er erst Ende 1947 freikommt. Das heißt, er wird acht Jahre seines Lebens als Soldat und als Gefangener verbringen, in seinen Zwanzigern fehlt ihm – wie so vielen anderen – jegliche Möglichkeit, eine »normale« Beziehung mit einem Mädchen zu führen.
Auch in dieser Frage korrespondieren die beiden Freunde sehr vertraut miteinander, Alex schreibt:
*»Juni 1943: Stell Dir vor, ich habe vor, eine ›Unbekannte‹ im Urlaub zu besuchen. Bin gespannt, was ich da für einen Schiffbruch erleiden werde.*
*Oktober 1943: Stell Dir vor, wie es mir mit den Mädchen ergeht. Mit der ich den Urlaub zum Teil verbrachte, wird es nichts. Da lernte ich aber im Urlaub noch ein Mädel kennen – zwei Stunden war ich mit ihr nur beisammen – und mit der könnte was los werden. Bis jetzt habe ich zwar noch kein Schreiben von ihr erhalten, aber trotzdem wird es werden. Mit meiner ›holden Unbekannten‹ schreibe ich noch immer fleißig weiter. Im nächsten Urlaub werde ich sie mir aber sicher ansehen.*
*Feber 1944: Daß ich, solange Krieg ist, zu keinem Weibe komme, damit habe ich mich schon abgefunden. Und wie es nach dem Kriege sein wird, davon kann man sich schwer eine Vorstellung machen.*
*April 1944: Wie steht es denn mit dir? Bist Du nun schon wieder Zivilist oder nicht? Deine kleine Braut hat Dich sicher daheim beim*

*Auto schon erwartet. Es muß eigentlich schön sein, eine Braut oder gar Frau zu haben. Ich werde mich wahrscheinlich früher als Du denkst entscheiden. Dann wirst Du schauen, was für eine nette junge Maid ich Dir als meine Braut vorstellen werde. Im nächsten Urlaub wird's wohl so weit werden. Die ›Vielweiberei‹ habe ich nämlich bald satt. Ich habe auch mit fast allen den Briefverkehr eingestellt. Ist auch schade um die Zeit und das Briefpapier, wenn man sie hernach im Urlaub erst nicht mal besucht. – Die ›Auserwählte‹ wird wohl die hübsche, liebe Wienerin werden, von der ich Dir schon öfter ein wenig erzählte.«*

Stefan schrieb und schrieb, seitenlange Briefe an alle, die er liebte und kannte, doch allzu viel Neues gab es aus dem Limbacher Lazarett nicht zu berichten. Im Juni 1943 teilte er seinen Eltern mit:
*»Meine Lieben! Sende Euch wieder recht herzliche Grüße aus Limbach, aus dem es anscheinend überhaupt kein Fortkommen für mich gibt. Ich geb schön langsam die Hoffnung auf, nach Graz zu kommen. Die haben anscheinend keinen Platz frei.*
*Liebe Mutter! Heute habe ich noch eine Bitte an Dich. Die Frau, die Euch damals das Zimmer besorgt hat, bringt mir öfter etwas mit, sogar gebratene Leber hat sie mir schon von ihren eigenen Fleischmarken besorgt. Ich kann das gar nicht annehmen, weil die Leute selbst so wenig haben. Nun würde ich mich sehr freuen, wenn Du ihr etwas schicken würdest. Am besten Eier, aber ich weiß nicht, ob ihr die so gut verpacken könnt, daß sie nicht kaputt gehen bis da herauf. Sonst werdet ihr jetzt auch nichts zum Schicken haben. Wenn Ihr Eier schickt, müsst Ihr auf das Paket groß draufschreiben ›Nicht stürzen!‹ Aber ich seh ja trotzdem schwarz für die Eier. Also überlege, ob sich etwas machen lässt. Euer Stefan«*

Auch Hedi sandte getreulich kleine Briefe nach Limbach, Briefe, die sie meist todmüde am Abend verfasste, es kam vor, dass ihre Mutter sie schlafend am Tisch fand, die Wange auf dem halbbeschriebenen Blatt.
Anfang Juli wurden Stefans Gebete erhört: Er wurde ins Lazarett

nach Graz verlegt. Hedi verlor keine Zeit und machte sich sogleich auf den Weg, sie hatten einander über ein Jahr nicht gesehen. Vorfreude und Anspannung hielten sie die ganze Nacht wach, den leisen Atemzügen der Schwestern lauschend lag sie reglos auf dem Rücken. Endlich wich die Dunkelheit einem satten Grau. Als die Rotkehlchen in den Gesang der Schwalben einstimmten, hielt es Hedi nicht länger in ihrem Bett. Barfuß schlich sie in die Küche, erhitzte den Wasserkessel, kochte sich einen dünnen Malzkaffee und würgte ein paar Bissen Brot hinunter. Ihre Mutter hatte sie gehört und sich zu ihr gesetzt, alle anderen schliefen noch. »Freust dich schon, Hedi?«, fragte Maria. Hedi nickte lächelnd und nahm einen Schluck von ihrem durchsichtigen Kaffee. »Komm, jetzt schaun wir nochmal deinen Koffer durch!« Sorgfältig kontrollierten sie den Inhalt des braunen Treff-Koffers: Um der Sommerhitze standzuhalten, waren Speck, Grammeln und Selchwürste sorgfältig in dickes, braunes Packpapier eingewickelt, am meisten Platz verbrauchte der große Brotlaib, den Maria erst gestern gebacken hatte, Georgs Schnapsflasche hatte Hedi zur Sicherheit in ein Geschirrtuch gewickelt und zwischen ihre Wäsche gesteckt. Das letzte Powidlglas aus der Speisekammer hatte ebenfalls seinen Weg in den Koffer gefunden, bis zum Herbst würde es jetzt eben keine Powidlkipferl geben. Endlich war alles perfekt geschlichtet, vorsichtig klappten sie den sich hübsch wölbenden Deckel zu, die beiden Metallverschlüsse rasteten ein. »Da wirst du ganz schön schleppen müssen, aber der Steff wird's auch nötig haben, denk ich!«, seufzte Maria, »Ich pack dir noch eine Jause ein.« Eine Wasserflasche, zwei Marmeladenbrote, ein Säckchen mit Kirschen, ein Taschentuch und die Geldbörse mit den 20 Reichsmark – mehr fand in Hedis brauner Handtasche beim besten Willen nicht Platz. »Weißt was, Hedi, ich weck den Vater auf, er soll dich begleiten!« Und so kam es, dass Paul Hedis Koffer zur Bushaltestelle trug und sie mit vielen guten Wünschen, Ermahnungen und Grüßen an Stefan auf die Reise schickte. Die Südburg brachte Hedi nach Fürstenfeld, dort stieg sie in den Zug nach Graz, wo Stefan ihr nicht weit vom Lazarett ein kleines Zimmer für zwei Nächte besorgt hatte.

Obwohl Hedi müde und seit Stunden unterwegs war, machte sie weder im Bus noch im Zug ein Auge zu, träge schweifte ihr Blick über gleißende Sommerlandschaften in Goldgelb, Grün und Blau, auf den Feldern mähten vereinzelt auch Frauen die Getreidehalme, ihre Männer und Söhne waren wohl an der Front, zum Glück hatten sie ihre letzten Strohgarben seit gestern in der Scheune. In den Händen hielt sie Stefans Brief mit der genauen Wegbeschreibung, sie hatte ihn wohl hundertmal gelesen, konnte ihn auswendig. Im Waggon war es ruhig, kaum jemanden schien es an diesem Julitag in die aufgeheizte Stadt zu ziehen, der warme Fahrtwind am Fenster brachte nur wenig Kühlung.
Mit ihren 19 Jahren war Hedi das erste Mal allein unterwegs, vom Grazer Ostbahnhof fuhr sie zum Jakominiplatz, das erste Mal eine Straßenbahn nehmend. Der weite Platz ließ sie innehalten: Straßen verliefen in alle Richtungen, wie sollte sie da die richtige finden? Sich an Stefans Skizze orientierend marschierte sie los, den Kaffeehäusern, Geschäften und Litfaßsäulen keine Aufmerksamkeit widmend. Zur Sicherheit fragte sie eine junge Frau mit zwei kleinen Kindern an jeder Hand nach dem Opernring, stand schließlich staunend vor der prächtigen Fassade des Opernhauses. Zwischen den Schulterblättern floss ein zartes Rinnsal ihre Wirbelsäule abwärts, ihre beste Sommerbluse klebte am Rücken, alle paar Minuten wechselte der Koffer von der einen Hand in die andere, die Blase auf ihrer Ferse wurde größer, unerbittlich stach die Mittagshitze auf ihre schwarzen Haare und das graue Pflaster des Gehsteiges. Hedi spürte von alldem – nichts.
Sie durchquerte den schattigen Stadtpark und schritt die Leonhardstraße entlang, bis sie vor dem Lazarett, einem ehemaligen Ursulinenkloster, stand. Die Schule, die die Ordensschwestern hier betrieben hatten, gab es seit dem Anschluss nicht mehr, nun halfen sie mit, die Rekonvaleszenten des Krieges zu pflegen.
Ein imposantes Steinportal mit einem ebenso imposanten Eingangstor aus Eichenholz, Hausnummer 64-62, hier war sie richtig. Sie atmete tief durch, griff nach der Messingschnalle und drückte das schwere Tor mit der Schulter auf. Kühle, hohe Mauern umfingen sie, die Eingangshalle war leer. Hedis Pupillen weiteten sich. Im dämm-

rigen Licht kam ein hagerer blonder Mann auf sie zu, ein Mann, der gerade Ausschau halten wollte, Ausschau nach seinem Mädchen, das er seit über einem Jahr nicht mehr gesehen und von dem er in den letzten Monaten Tag und Nacht geträumt hatte.
Stefans Arme umschlangen die verschwitzte Hedi, die ihren Kopf an seine Schulter legte und sich weder rührte noch etwas sagte.
Das Glück, einander wiederzusehen und vielleicht sogar auf eine Zukunft hoffen zu dürfen, lag über den nächsten Tagen, die nicht vergingen, sondern verflogen. Hedi ließ sich überreden, eine Nacht länger zu bleiben als geplant. Spät in der Nacht, bevor sie am nächsten Tag abreisen würde, brachte Stefan seine Gedanken zu Papier.

*»Abends bevor ich schlafen geh!*
*Hedi, ja, Herz, bevor ich schlafen geh, denk ich noch mit so viel Liebe und Zärtlichkeit an Dich, daß ich einfach nicht die Augen zumachen mag, bevor ich wenigstens einen Teil meiner verliebten Gedanken zu Papier bringe, damit mir diese bis morgen nicht entschwinden. Morgen, meine Hedi, füllen ja doch wieder Abschiedsgedanken unsere Herzen aus. Aber an diesem Tag, Liebstes, hast Du mir ja so viel Glück geschenkt und so unendlich viel von Deiner Liebe gegeben, daß ich Dir ewig dankbar sein werde, daß Du diesen Tag noch geblieben bist. Schließlich bin ich ja nur für Dich auf der Welt, und Du zu einem großen Teil für mich. Ein einziger Tag - was bedeutet er schon - und doch für uns, die wir uns so innig lieben, viel viel mehr als für andere Menschen, die gleichgültig und ohne Liebe nebeneinander leben, Jahre bedeuten. Ach Hedi, ich bin ja, seit Du wieder bei mir bist, so selig und so unendlich glücklich. Jede Stunde, die ich in Deiner geliebten Nähe verbringen kann, kommt mir vor wie ein kostbares Geschenk des Himmels. Daß ich dies alles noch erleben darf, habe ich ja zum großen Teil Dir und Deiner großen Liebe zu verdanken. Diese große Liebe, ich weiß es, mein Herz, wird niemals enden und niemals nachlassen, so lange unsere Herzen schlagen. Mit diesem Wissen und mit solch schönen Gedanken sollst Du morgen zu Deinen Lieben zurückkehren und lange lange werden wir an diese schönen Tage Deines lieben Besuches denken und*

*unsere Herzen mit dieser Erinnerung stärken, wenn wir wieder für längere Zeit voneinander getrennt sein müssen.*
*Mir kommt es heute immer so vor, als ob Sonntag wär, vielleicht weil in meinem Herzen immer Sonntag ist, solange Du bei mir bist. Zum Abschluss dieses schönen Tages höre ich nun noch unser Lieblingslied ›Heimat Deine Sterne‹. Gute Nacht, liebe Hedi!«*

Im Dezember 1943, mehr als ein Jahr nach seiner Verwundung, wurde Stefan aus dem Lazarett entlassen und in die Kaserne Olmütz abkommandiert. Er rechnete sich gute Chancen aus, wegen gesundheitlicher Folgeschäden aus der Wehrmacht entlassen zu werden. Doch so wenig, wie die Wehrmacht den Krieg verloren geben wollte, so wenig wollte sie es einem der Ihren gestatten, sich ins zivile Leben zu verabschieden.

Mittlerweile war der Krieg auch im Pinkatal angekommen. Ein kalter Jännerabend 1944, drinnen in der Stube war es warm, Hedi und ihre Schwester Rosi saßen am Tisch und spielten »Mensch ärgere dich nicht«, im Radio liefen Sportnachrichten. Kurz vor acht fiel der Grazer Sender aus, beiden Mädchen war klar, dass in Graz wieder einmal Fliegeralarm herrschen musste. Der Volksempfänger blieb stumm, eine Viertelstunde später stürmte Paul bei der Tür herein und rief: »Feindliche Flieger!« Hedi packte ihr warmes Wolltuch, gemeinsam stürzten sie auf die Gasse, die gespenstisch hell vor ihnen lag. Wenige Häuser weiter landete der erste Leuchtfallschirm, dem noch mehr als 20 weitere folgten, blendende Helligkeit, bedrohlich und kalt. Aus der Ferne näherte sich abermals das Rumoren der feindlichen Flugzeuge, gleich darauf flogen deutsche Jagdflieger aus Steinamanger kommend über ihre Köpfe in Richtung Westen. Ein kleiner Lamettafallschirm nach dem anderen erhellte die Nacht, inzwischen waren sie auf die Stadelwiesen gelaufen, um einen besseren Überblick zu haben, ihr Atem bildete große Wolken vor den Mündern, in der Ferne waren drei heftige Detonationen zu hören.
Nach über einer Stunde beruhigte sich die Lage wieder, ein letztes Mal zogen alliierte Flieger über ihre Köpfe in Richtung Süden. Die

Nacht durfte wieder dunkel sein, der abnehmende Mond hing als schmale Sichel am sternenübersäten Winterhimmel. Zitternd liefen Hedi und Rosi zurück ins Haus, das Radio sendete weiter Sportnachrichten, die Lust aufs Spielen war ihnen vergangen.

Kurz darauf ereilte Stefan in der Kaserne eine weitere Hiobsbotschaft aus dem Pinkatal: Sein Vater war gestorben. Ertrunken in der Pinka. Ihm wurde Sonderurlaub gewährt, über Brünn und Wien schaffte er es gerade noch rechtzeitig zum Begräbnis. Wie sollte es nun weitergehen?
Juli und Stefan beratschlagten, der ungarische Knecht Jurschka würde die schwersten Arbeiten übernehmen und Stefan abermals um seine Entlassung aus der Wehrmacht ansuchen.
Dennoch musste er wenige Tage später nach Olmütz, traurig über den Tod des Vaters, besorgt ob seiner Entlassung und des Ausgangs des Krieges. Andererseits rechnete er sich nun höhere Chancen aus, nicht mehr an die Front zu müssen, er fing an, Pläne zu schmieden, und war zuversichtlich, den Hof gemeinsam mit Juli und Gisi anständig führen zu können. Und da war Hedi, die beim letzten Abschied in Tränen aufgelöst war und sich mit seiner Abwesenheit immer weniger abfinden konnte. Sie hatte Angst um ihn und spürte, dass etwas Bedrohliches in der Luft lag, ihrer aller Siegesgewissheit war einer großen Ungewissheit gewichen.
Doch zum Glück wurde Stefan im April 1944 aus der deutschen Wehrmacht entlassen. Für ihn war der Krieg vorbei.

*Stefan und Hedwig im Hof, 1965*

# Teil III

*1945–2009*

# 9

# Sturmwolken

Weiß blitzen ihre Zähne in dem braungebrannten Gesicht, Arm in Arm mit zwei anderen Mädchen, die Schürzen ihrer Dirndlkleider bauschen sich im Schwung der Bewegung. Sogar der gerillte Rand des Schwarzweißfotos ist deutlich zu erkennen.
Ungläubig starre ich auf diesen Umschlag, immer schwerer wiegt das Buch in meiner Hand - kann das wahr sein? Ist sie es wirklich?
Ende März 2005 nehme ich am Seminar »Das Kriegsende im Südburgenland« teil, die mehrtägige Veranstaltung ist hochkarätig besetzt und fesselt meine Aufmerksamkeit.
Der letzte Tag führt uns hinaus, hinaus an jene Orte, von denen in den Vorträgen die Rede war, die Sonne strahlt, als wir an jenem blitzblauen Frühlingsmorgen aufbrechen. Je weiter wir nach Süden kommen, desto besser kenne ich die Umgebung, bald sind mir jeder Weg und Steg vertraut, von hier sind es nur mehr ein paar Kilometer bis zum Dorf meiner Großeltern.
Hier fühle ich mich zuhause, tief verwurzelt in den Geschichten der Gegend und den Geschichten meiner Familie. Die Geschichte, die der Seminarleiter uns nun erzählen wird, diese Geschichte habe ich allerdings bisher von niemandem zu hören bekommen.
Mitten in den Weinbergen steht die winzige Martinskirche, ihre Anfänge reichen weit bis ins Mittelalter zurück, von hier aus marschieren wir gut gelaunt los, hin zum letzten historischen Schauplatz, den wir bald erreicht haben.
Unter uralten Eichen und Buchen sammeln wir uns zu einem losen Kreis, hellgrüne Blätterspitzen drängen schon mit aller Kraft ins Licht, lassen die Sonnenstrahlen aber noch ungehindert durchblit-

zen und auf unsere Gesichter fallen.
Ein idyllischer Platz: Buschwindröschen, Kuckucksrufe, Weinberge hinterm Waldrand. Wir erfahren: Am 29. März 1945 sind hier, genau hier auf diesem Waldstück, 57 jüdische Männer und Frauen ums Leben gekommen.
Sie gehörten zu einer Gruppe von fast 500 ungarischen Juden aus Budapest, die zu Fuß ins Konzentrationslager Mauthausen getrieben worden waren. An der Grenze hatte man sie gezwungen, entlang der Pinka am Bau des sogenannten »Südostwalles« mitzuarbeiten.
Das ist auf den Tag genau 60 Jahre her. Was genau hat sich nun an jenem ebenso milden Märztag 1945 ereignet?

Im Pinkatal ist der Krieg Ende März 1945 so gut wie vorbei, an diesem Gründonnerstag von Ungarn herüber bereits dumpfer Kanonendonner zu vernehmen. Die Grenze liegt in Sichtweite, es ist allgemein bekannt: Die Sowjetarmee rückt in Richtung Wien vor.
Um acht Uhr in der Früh gibt ein Unterabschnittsführer vor seinem Büro den Befehl zur Ermordung der Juden, die hier in Deutsch Schützen untergebracht sind. Daraufhin werden etliche Männer, Frauen und Kinder außerhalb des Ortes zusammengetrieben und in den Wald geführt. Drei SS-Männer und sieben HJ-Führer erschießen in einem Laufgraben unter Eichen und Buchen mindestens 57 Menschen.
Beim Zuschütten des Grabens stellt sich heraus, dass ein Mann noch lebt. Ein weiterer Schuss wird auf ihn abgefeuert, wie durch ein Wunder überlebt er dennoch und wird später aussagen, dass Kinder auf ihn geschossen hätten.
Der größere Teil der ungarischen Juden hält sich danach noch in der Ortschaft auf und muss kurz darauf seinen Todesmarsch nach Mauthausen fortsetzen. Niemand weiß, wie viele dieser Menschen dabei ums Leben gekommen sind.
Es ist nicht so, dass es zu diesem Massaker keinen Prozess gegeben hätte, im Jahr 1956 fand ein solcher durchaus statt, allerdings wurde der verantwortliche Unterabschnittsführer von den Geschworenen freigesprochen.

Keiner von uns spricht, Worte erscheinen in diesem Augenblick nicht angemessen, mein Blick hängt am Waldboden, das Schweigen will sich nicht auflösen. Wir stehen auf einer Grabstätte - das Grauen überlagert die Idylle.
Nur langsam entspinnen sich Gespräche, nur langsam gelingt es uns, die Bilder in unserem Kopf mit den Bildern der wunderschönen Umgebung zu verbinden. Ein fast unmögliches Unterfangen.
Gemeinsam gehen wir zum Bus und mein Blick schweift in die Ferne, in Richtung Osten. Grüne Wiesen und saftige Äcker liegen diesseits und jenseits der Grenze zu Ungarn. Ein magerer Storch stakst im Gras, es ist der erste, den ich in diesem Jahr sehe. Er hat den weiten Weg aus Afrika auf sich genommen, Kontinente überquert, unzählige Grenzen überflogen – um nun hier, an unserer Grenze, zu verweilen, einer Grenze, deren Geschichte mir in diesem Moment wieder einmal schmerzlich bewusst wird. Nachdenklich sitze ich im Bus, die Fahrt entlang der Pinka endet vorm »Geschichtenhaus«, einem kleinen feinen Museum in Bildein, in dem die Abschlussrunde stattfinden soll.
Dort bleibt mir noch ein bisschen Zeit, mich dem Büchertisch zu widmen, der für uns vorbereitet worden ist. Mein Blick schweift vage über die Titel und stockt: *»Kriegsende, Besatzungszeit und die Ereignisse von 1956 im Pinkaboden«*. Ich halte inne und starre auf das alte Foto am Umschlag – sehe ich richtig? Drei junge Frauen, Arm in Arm, die mittlere strahlt mir vertraut entgegen.
Es ist meine Großmutter Hedwig. Hinter ihr mein Urgroßvater Paul. Etwas Unpersönliches wird auf einmal persönlich, meine Wurzeln werden mit einem Mal greifbar. Die Zeit tropft.
Seltsam, dieses wunderschöne Foto am Umschlag kenne ich gar nicht. Bis zu diesem Moment bin ich nie auf den Gedanken gekommen, mir meine Oma als Siebzehnjährige vorzustellen, als eine, die glücklich in die Sonne lacht. Als eine, die das Leben noch vor sich hat.
Ich habe an sie eine ganz andere Erinnerung: die Erinnerung daran, wie sie in einem Sarg in unser Haus gebracht und dort zwei Tage lang aufgebahrt wurde.

Nun allerdings kehren wir zurück ins Jahr 1944, das Jahr, in dem Hedwig ihren 20. Geburtstag feiern wird. Das Jahr, an dessen Beginn Georg zu Tode kommen wird. Das Jahr, in dem Juli zum zweiten Mal Witwe und sich abermals auf sich allein gestellt wiederfinden wird.
Mit seiner endgültigen Entlassung aus der Wehrmacht wird Stefan eine fünfzigprozentige Invalidität bescheinigt. Glücklicherweise wird ihn diese im Laufe der Jahre nicht so massiv beeinträchtigen wie befürchtet, er wird zwar nicht mehr ganz so schwer arbeiten und heben können wie früher, im Großen und Ganzen jedoch imstande sein, seiner Arbeit hinlänglich nachzugehen.
Ich erinnere mich an dämmrige Sommerabende, manchmal zog sich mein Großvater sein Hemd gleich im Hof über den Kopf, um sich tief über einen Eimer mit Wasser gebeugt den ärgsten Schweiß und Schmutz abzuwaschen. Als Kind konnte ich die Augen nicht von der vernarbten Kraterlandschaft auf seinem rechten Bauch wenden, verzerrte gezackte Linien und Furchen in dunkelrot und blassviolett, seltsam glänzende Stellen, ein bizarrer Anblick, der mir unweigerlich einen Schauer über den Rücken jagte. Und doch stelle ich mir heute die Frage, ob diese sichtbaren Narben nicht harmlos waren im Vergleich zu jenen Narben, die der Krieg in seiner Seele hinterlassen hat.

Stefans Mutter Juli hingegen hatte im Jahr 1944 keine Zeit für solche Gedanken. Die Angst um ihren Sohn an der Front hatte sie manchmal schier um den Verstand gebracht, erst recht die Nachricht von seiner Verwundung. Nur ganz langsam, während vieler Monate, war in ihr die Zuversicht gewachsen, dass Stefan diesen Krieg vielleicht doch lebend überstehen würde. Und wie schon im letzten Krieg setzte sie alles daran, auch diesen zu überleben.
Obwohl alles knapp war und sie den größten Teil der Ernte abliefern musste, hungerten sie 1944 noch nicht; Zucker und Kaffee wären ihnen laut Lebensmittelkarten zwar zugestanden – waren aber beim Kaufmann so gut wie niemals vorhanden. Immerhin war Juli es gewohnt, mit wenig auszukommen und höchst sparsam zu wirtschaften.
In besagter kalter Jännernacht wartete sie vergeblich auf ihren

Mann, Tage der Ungewissheit und Sorge folgten, irgendwann die Hiobsbotschaft, man habe seine Leiche an der Pinka gefunden.
Nun waren sie und Gisi allein, immerhin arbeitete Jurschka seit Jahren am Hof mit, ein ungarischer Knecht, der seine Dienste bis Kriegsende treu verrichten und bis zu seinem Tod pünktlich jedes Jahr Weihnachtskarten aus der Puszta schicken sollte.
Immer öfter flogen die feindlichen Flieger in Richtung Wien über das Dorf, immer ungewisser wurde die Zukunft. Das, was der Soldatensender berichtete, deckte sich keinesfalls mit dem, was die Fronturlauber erzählten. Die Todesmeldungen häuften sich, beinahe zwei Dutzend der jungen Männer des Dorfes waren gefallen.
Juli dankte dem Himmel, als Stefan im Frühling 1944 nach Hause kam und blieb.
Auch Hedi und ihre Eltern wurden zunehmend unruhig. Paul, vor dem Anschluss jahrelang Bürgermeister des Dorfes, hatte danach getrachtet, das Amt in der NS-Zeit loszuwerden. Für einige Zeit gelang ihm das auch, dann jedoch musste sein Nachfolger einrücken und er es wieder übernehmen.
Es scheint, als ob er sich Menschlichkeit, Augenmaß und vor allem die Weitsicht, dass diese Zeit sich eines Tages ihrem Ende zuneigen würde, bewahren konnte. Im Dorf gab es nämlich eine Roma-Familie und einen behinderten Mann, die Gefahr liefen, verschleppt und getötet zu werden. Sie alle jedoch blieben im Dorf und überlebten, niemand meldete sie, schon gar nicht der Bürgermeister.

Beinahe jeden Tag zogen nun zerlumpte Menschen durch den Ort, ungarische und rumänische Familien auf der Flucht, den kümmerlichen Hausrat auf klapprigen Wägen verstaut, grauenvolle Geschichten erzählend.
Langsam dämmerte es Paul, dass der Krieg eher früher als später vor ihrer Haustür angelangen würde. Im September 1944 wurde diese Ahnung zur Gewissheit, es zeichnete sich ab, dass die Lage an der Grenze dem Dorf und dem ganzen Pinkatal zum Verhängnis gereichen könnte.
Für diese Erkenntnis musste man kein Prophet sein.

Im Februar 1944 erließ Hitler den wahnwitzigen Befehl, eine 40 km breite »Ostwallzone« zu errichten, in deren Bereich alles dem Erdboden gleichgemacht zu werden hätte. Glücklicherweise führte niemand diesen »Führerbefehl Nr. 8« aus, andernfalls wäre im Pinkatal kein Stein auf dem anderen geblieben. Ein anderer absurder Plan aus Berlin nahm jedoch Gestalt an und prägte die letzten Kriegsmonate. Mit dem Bau des sogenannten »Südostwalles« an der Ostgrenze des »Reiches« sollte die Rote Armee aufgehalten werden. Ein von Beginn an aussichtsloses Unterfangen, das bis Kriegsende allein im Pinkatal 88 Todesopfer forderte.
Kaum war die Ernte 1944 vorbei, erhielten die Gemeinden den Auftrag, Menschen für Erdarbeiten zur Verfügung zu stellen. Niemand durfte sich dieser Aufforderung entziehen. Da die meisten Männer im Krieg oder kriegsversehrt waren, zwang man die jungen Mädchen, Frauen und älteren Männer zum »Schanzen«.
Auch Hedwig zog jeden Tag mit Schaufel und Krampen in die Weinberge jenseits des Pinkaufers, die Kolonne der Menschen war lang, vom Herbst bis ins Frühjahr 1945 arbeiteten bis zu 3000 Menschen nahe dem Dorf.
Der Großteil waren ukrainische und russische Zwangsarbeiter, auch 200 ungarische Juden mussten, streng getrennt von den Dorfleuten, unter unmenschlichen Bedingungen schuften. Sie waren in Lagern in benachbarten Ortschaften untergebracht, wurden nur recht und schlecht versorgt. Manchen Pinkatalern gelang es, ihnen ein Stück Brot, Zigaretten oder Medikamente zuzustecken, aber insgesamt waren die Juden und Ostarbeiter rechtlos und der Willkür der Aufseher schutzlos ausgesetzt.
Die Wälder des Tales wurden abgeholzt, mit den Stämmen Panzer- und Laufgräben befestigt, Geschützstellungen und artilleriesichere Unterstände errichtet. Die Arbeit war schwer, die Menschen waren erschöpft und entkräftet, ein Wunder, dass in dem zum Dorf gehörigen Abschnitt alle diese Strapazen überlebten.

Im Winter 1945 konnte niemand mehr an den Endsieg glauben. Fast täglich überflogen alliierte Kampfflugzeuge das Dorf, die Berichte

der ungarischen Grenzsoldaten über die aussichtslose Lage an der Front taten das Übrige. Die jahrelange Propaganda der Nationalsozialisten über die russischen »Untermenschen« ließ Nervosität und Angst ins Unermessliche steigen.
Auch einige Männer aus der Steiermark waren zu den Schanzarbeiten abkommandiert und im Dorf untergebracht, Paul etwa beherbergte einen Förster aus Wörth in der Steiermark. Sie waren sich einig in ihrer Sorge über das, was da auf sie zukommen könnte, und bevor der Förster im Jänner 1945 endlich wieder heim durfte, kam man überein, im Fall des Falles bei ihm Schutz zu suchen.

Hedwig und Stefan sind zwar wieder beisammen, an eine Hochzeit ist in Zeiten wie diesen aber nicht zu denken, Hedi wohnt nach wie vor bei ihren Eltern.
Vom Jänner 1945 gibt es ein Foto des jungen Paares, das erste Foto von Stefan in Zivil, die Wintersonne wärmt sie hoffentlich ein wenig, wie sie da in dunklen Mänteln und Handschuhen vor einem Holzzaun posieren. Erleichtert, dass Stefan den Krieg überlebt hat, dass sie einander haben.
Fast jeden Abend schaut Stefan bei Hedi vorbei, oft sitzen Paul und er bei einem Glas Wein in der Stube, während die Frauen in der Küche werken. Die Gespräche der Männer gestalten sich immer bedrückter.
»Steff, da kommt noch was auf uns zu!« Pauls ernste Miene spiegelt sich in Stefans schmalem Gesicht wider, beide ahnen das Verhängnis. »Wenn wirklich die Russen kommen, dann Gnade uns Gott!«
Stefan nickt langsam, er hat genügend Kampferfahrung gesammelt, um zu wissen, dass Krieg nur Tod und Zerstörung bedeutet. Nun ist er ratlos. »Aber wir können doch nicht einfach weg und alles zurücklassen, stell dir vor, sie plündern uns aus und brennen alles nieder!«
Nicht einmal das Achtel Uhudler will den beiden Männern schmecken, sie beschließen, erst einmal abzuwarten und den Frauen gegenüber eine Flucht vorläufig nicht zu erwähnen. Unausweichlich werden aus den Jägern die Gejagten. Unaufhaltsam rückt die Front näher.

# 10

## Flucht

Melancholisch schweben die Klänge des Akkordeons in die samtene Frühlingsnacht, tiefe Männerstimmen singen von Abschied, Heimweh und schönen Mädchen. Es ist ungewöhnlich spät, doch in dieser Nacht ist nichts wie sonst – und wird es für lange Zeit nicht sein.
Still lehnt Gisi im Türstock. Vor zwei Wochen, am 12. März 1945, ist sie fünfzehn Jahre alt geworden, doch zu ausgiebigem Feiern ist keinem von ihnen zumute gewesen. Mit Müh und Not hatte Juli ein bisschen Zucker für eine »B'soffene Liesl« auftreiben können, Heidenmehl und Eier hatten sie selber, dazu ein neues Haarband - und das ist es schon gewesen.
Heute Abend jedoch, heute geht es in ihrer Stube hoch her: Rauchschwaden hängen in der Luft, auf dem Tisch drängen sich Gläser, Flaschen und Krüge, Wein und Schnaps fließen in Strömen.
Für eine Nacht müssen sie deutsche Soldaten einquartieren, unrasierte, erschöpfte Soldaten in schmutzigen, stinkenden Uniformen, Soldaten des Tausendjährigen Reiches auf dem Rückzug vor der Roten Armee.
Es herrscht Weltuntergangsstimmung. Einer hat ein Schifferklavier mit und spielt, was die Tasten hergeben, spielt an gegen Ungewissheit und Angst vor Niederlage und Gefangenschaft.
Was wird nach dem Krieg aus ihnen werden?
Ihre Tage als Soldaten sind gezählt, ihre Tage in »Freiheit« ebenso, es stellt sich allerdings die Frage: Wie frei sind sie denn als Angehörige der deutschen Wehrmacht?
Für ein paar Stunden steht die Zeit still, alle im Raum spüren: In den nächsten Stunden, Tagen, Wochen wird sich die Welt grundlegend

verändern.
In drastischen Worten haben ihnen die Soldaten die Lage verdeutlicht: Die einst stolze Heeresgruppe Süd ist am Rückzug, sie wird die Rote Armee nicht am Vormarsch hindern können, die Front rückt näher, ein Soldat aus Bayern redet Klartext: »Leute, die Russen sind nur mehr wenige Stunden von eurem Dorf entfernt, brecht lieber auf, besser heute als morgen, sonst seid ihr schnell mitten im Kampfgebiet!« Stefan, Juli, Gisi – alle drei spüren, dass der Bayer es ernst meint, die Frauen können sich nicht so recht vorstellen, was das bedeuten könnte, in Stefans Kopf jedoch schrillen die Alarmglocken. Er selbst ist als Teil der Wehrmacht in Russland einmarschiert – und nun stehen die Russen vor seiner Haustür.
Fieberhaft überlegt er, was zu tun ist, fragt noch etliche Male genauer nach: »Seid ihr ganz sicher? Gibt es nicht vielleicht eine Möglichkeit, dass wir hier verschont bleiben könnten?«
Der blonde Bayer nimmt ihm jede Hoffnung: »Nein, Kamerad, das wird nix mehr, die hält keiner mehr auf!«
Stefan stellt den jungen Männern noch einen Doppler Wein auf den Tisch und zeigt dem Blonden die Kammer, in der alle für ein paar Stunden schlafen können. Dann macht er sich auf den Weg. Obwohl es schon nach Mitternacht ist, brennt hinter vielen Fenstern des Dorfes noch Licht, in dieser Nacht wird hier niemand ein Auge zumachen, die Hiobsbotschaft sich wie ein Lauffeuer verbreiten. Auch Hedwigs Vater hat sie bereits ereilt, fieberhaft wägen Stefan und Paul ihre Möglichkeiten ab, sie waren beide im Krieg und wissen, was auf sie zukommen könnte.
»Stefan, ich denk, mit den Frauen und Mädchen können wir nichts riskieren, wichtig scheint mir, dass wir über die Lafnitz kommen, da wären wir dann wohl fürs Erste aus dem Ärgsten heraußen.«
Maria und ihre Töchter sitzen mit weit aufgerissenen Augen da, langsam nimmt das Unheil in ihrem Kopf Kontur an.
Paul verschränkt die Finger seiner mächtigen Hände und schaut Stefan an: »Wir fahren nach Wörth, zum Förster, das ist ein Bekannter von mir, der bringt uns schon unter, Steff!«
Gemeinsam schmieden sie den Plan, gemeinsam werden sie sich auf

den Weg machen und gemeinsam werden sie schließlich auch wieder zurückkehren.

Der Entschluss ist gefasst, Juli muss informiert, das Notwendigste zusammengepackt und einiges unbedingt noch versteckt werden.
Stefan hetzt wieder nach Hause, die ganze Szenerie kommt ihm unwirklich vor, noch will nicht ganz in seinen Kopf, dass er Haus und Hof zurücklassen soll.
Unterwegs kommt er am Haus seiner Großmutter Urschi vorbei, die geliebte Oma muss auf jeden Fall mit ihnen mit. In ihrer Kammer ist es schon finster, stürmisch klopft er an Fenster und Tür, Urschi fährt hoch.
»Oma, die Russen kommen, pack dich zusammen, wir brechen bei Tagesanbruch auf!«
Urschi erstarrt, sie braucht allerdings nur wenige Augenblicke für eine Antwort: »Ach Steff, Gott steh uns bei! Aber ich sag dir, ich bin 66, mich bringt keiner fort von hier, lieber komm ich um!«
Alle Versuche, die Großmutter zum Mitkommen zu bewegen, scheitern, schließlich gibt Stefan auf. »Und außerdem - was würde aus den Kühen und Schweinen werden? Die krepieren uns ja alle, wenn sie keiner versorgt. Ich kümmer mich um euer Vieh, fahrt ihr nur, ich komm gleich rüber und helf euch beim Packen.«
Juli und ihre Tochter warten schon ungeduldig, während die Soldaten hinten in der Kammer schnarchen.
Atemlos setzt Stefan an: »Wir müssen fort, es hilft alles nichts, gleich in der Früh!«
Die Mutter wird blass, was soll nur aus ihrem Haus werden, den Tieren, werden sie jemals zurückkommen können? Soll sie nicht doch lieber bleiben und versuchen, auf alles aufzupassen?
Aber Gisi ist erst 15, sie kann sie unmöglich alleine fortschicken, da hätte sie zuhause keine ruhige Minute mehr.
Stefan treibt alle an: »Wir nehmen den Pferdewagen, packt's zusammen, was wir brauchen, Kleider, Decken, Dokumente! Alles, was wir zu essen im Haus haben, muss mit!«
Hinter dem Hühnerstall vergräbt Juli noch schnell eine große

Schmalzdose als eiserne Reserve nach der Rückkehr, dem Knecht drücken sie eine tüchtige Speckseite in die Hand, man verabschiedet sich hastig und herzlich.
»Jurschka, danke für alles, alles Gute, pass auf dich auf und melde dich, wenn du daheim angekommen bist!« Tatsächlich wird es Jurschka gelingen, sich nach Hause durchzuschlagen, ein Wiedersehen wird allerdings erst Jahrzehnte später stattfinden.
Inzwischen dämmert im Osten schon ein schwacher Lichtschein, die deutschen Soldaten kommen in der klammen Kammer allmählich zu sich, einer hilft Stefan noch mit dem Zaumzeug, das sich heillos verheddert hat, unwirsch schnauben die Pferde.
Noch vor ihnen verlassen die Soldaten den Hof, um sechs Uhr soll der Morgenappell der Truppe vor der Kirche abgehalten werden.
Keuchend schleppt Stefan die letzten Hafer- und Weizensäcke vom steilen Futterboden, viel zu schwere Lasten für ihn, seine Verletzung könnte wieder aufbrechen – doch darauf kann er im Moment beim besten Willen keine Rücksicht nehmen.
»Schnell, schnell, die Russen marschieren bei Tagesanbruch los, die sind bald da!«
Gemeinsam mit Juli lädt er die Säcke, Kleider und Decken, Flaschen und Lebensmittel auf den Pferdewagen. »Gisi, lauf und hol noch alle Äxte, Schaufeln und Seile, die du findest, wer weiß, wofür wir sie brauchen!«
Schließlich führt Stefan seine beiden Pferde aus dem Stall und spannt sie vor den Wagen, Juli verschließt die Haustür und setzt sich neben ihren Sohn. Die weinende Gisi drückt sich an die geliebte Großmutter, deren Entschluss zu bleiben steht felsenfest. Endlich klettert ihre Enkelin auf den Wagen und winkt der alten Frau im schwarzen Kittel, bis sie sie nicht mehr sehen kann.
Das erste Ziel, Hedwigs Elternhaus, ist in wenigen Minuten erreicht, der hastig beladene Wagen wartet schon in der Einfahrt, auch hier wird der Großvater das Haus hüten.
Doch die verheiratete Rosi will nicht weg, will unbedingt auf ihren Mann warten, der noch im Krieg ist.
»Wenn wir fortfahren, weiß er gar nicht, wo er mich finden kann!«

Schluchzend halten sich die Schwestern an den Händen.
Paul bewahrt die Ruhe und den Überblick, sieht die Verzweiflung in den Augen seiner Töchter. »Mädchen, wenn ihr wirklich bleiben wollt, dann spann ich jetzt aus. Aber, ich sag euch, ich spann nicht mehr an, es wird dann keine Möglichkeit zum Wegkommen mehr geben.«
Die blanke Angst vor den Russen siegt, resigniert klettern alle auf den Anhänger, Paul schnalzt mit der Zunge, die Pferde traben los, traben los auf ihrem Weg ins Ungewisse.

An diesem Gründonnerstag 1945 verlassen drei Viertel der Bevölkerung das Dorf, zurück bleiben die Alten und einige wenige Familien, die die Gefahr unterschätzen. Sie sind oft nur ein paar Stunden zu spät dran – denn schon am Karfreitag wird die Pinkabrücke von den Deutschen gesprengt werden, der einzige Weg nach Westen somit abgeschnitten sein. Jene Familien werden diesen Fehler bald bitter bereuen.

Stefans und Pauls Pferdewägen schaffen es gerade noch über die Brücke, von da an gibt es auf der ansteigenden Straße nahezu kein Fortkommen mehr. Zu viele Menschen haben sich auf den Weg gemacht, mühsam quält sich der Tross den Hügel hinan.
Mit einem Mal fällt Gisi ein, dass sie ihren guten Schirm vergessen hat. Den kann sie auf keinen Fall zurücklassen, es kommt ihr vor, als ob ihr Schicksal von diesem Regenschirm abhinge.
Da das Dorf noch in Sichtweite ist, erlaubt ihr die Mutter - unter der strengsten Auflage, sich ja zu beeilen - ins Haus zurückzulaufen. Die schmale Gisi ist flink und erreicht quer über die Wiesen rennend glücklich ihr Ziel. Die weiß gekalkten Wände der Heustadel leuchten ihr im Sonnenlicht friedlich entgegen, noch sieht das Dorf aus wie immer, nichts deutet auf das drohende Unheil hin.
Auf dem Hof ist es gespenstisch ruhig. Mit seinen Bewohnern haben sich auch Lebendigkeit und Geschäftigkeit von ihm verabschiedet, nicht einmal die Tiere geben einen Mucks von sich, die Großmutter hat die Kühe wohl schon gemolken. Ihre beste Kuh ist trächtig, sie

wird ihr Kalb in den nächsten Tagen allein zur Welt bringen müssen. Spürt sie, dass ihre Besitzer sie ihrem Schicksal überlassen haben? Gisi stürzt den Arkadengang entlang zur hinteren Haustür, dreht fieberhaft den Schlüssel herum, im Haus ist es noch stiller als draußen. Wein- und Schnapsgeruch hängen hartnäckig im Raum, nie zuvor war ihr Küchenboden so schmutzig, die Stiefel der Soldaten haben ihre Spuren hinterlassen, niemand hat sich Zeit zum Aufräumen genommen. Gisi kann sich beim besten Willen nicht erinnern, ihr Heim jemals in einem ähnlich devastierten Zustand gesehen zu haben – Durcheinander und Dreck als Zeugen ihres überstürzten Aufbruchs. Der schwarzglänzende Schirm, ein Geschenk zu ihrer Firmung und so gut wie neu, findet sich auf seinem angestammten Platz im Kasten, nach kurzem Zögern schnappt sie auch noch die beiden anderen Schirme und schließt die knarrende Kastentür.
Durstig nimmt Gisi noch ein paar Schlucke aus dem halbvollen Wasserkrug auf der Kredenz, versperrt endlich das Haus - und läuft augenblicklich los, weg von daheim, die blonden Zöpfe fliegen durch die Luft, die Beine tragen sie seltsamerweise, tragen ihren leeren Kopf über die leeren Wiesen.

So verlassen das Land diesseits der Pinka liegt, so dicht drängen sich Menschen, Pferde und Wägen auf der Straße jenseits des Flusses. Ihre Leute sind keine hundert Meter weit gekommen, immer wieder werden sie von deutschen Soldaten überholt, die genau registrieren, wer hier unterwegs ist. Mit den Schirmen in der Hand kommt Gisi gerade dazu, wie ihr Bruder von einem deutschen Soldaten angebrüllt wird: »Deserteur, Hände hoch, Deserteur! He, du da, runter vom Wagen, bist wohl desertiert, was?«
Keuchend schöpft sie Atem, der deutsche Soldat lässt Stefan gar nicht zu Wort kommen und richtet den Lauf seines Gewehrs auf den mit erhobenen Händen Dastehenden.
Gisi erstarrt. Juli hingegen ist vom Sitz der Kalesche aufgesprungen und ringt die Arme, ihre gellenden Schreie zerreißen Gisi schier das Trommelfell, noch nie hat sie ähnliche Laute aus der Kehle der Mutter vernommen. In letzter Sekunde gelingt es Stefan, sich sein Hemd

vom Leib zu reißen, endlich kommt der Soldat zur Besinnung. Er wirft einen langen Blick auf den vernarbten Bauch, senkt sein Gewehr, fährt weiter ohne ein Wort.
Stefan ist totenblass, Juli und Gisi können sich nur schwer beruhigen.
Hedwig war im Wagen vor ihnen, sie stürzt herbei und vergewissert sich, dass es dem Liebsten gut geht, beiden fehlen die Worte.
Schweigend zieht Stefan sich sein Hemd über den Kopf.

Zwei Tage brauchen sie für die 40 km lange Strecke, auf den überfüllten Straßen gibt es kaum ein Vorwärtskommen, erst in den späten Abendstunden des Karfreitags erreichen sie endlich den kleinen Ort Wörth, der direkt hinter der Lafnitz und somit schon in der Steiermark liegt. Diesen kleinen Grenzfluss zu überqueren ist das Ziel aller Flüchtenden, es heißt, dass die Steiermark vielleicht von den Russen verschont werden würde.
Pauls Familie sucht das Forsthaus im Wald, der Förster und seine Frau nehmen sie freundlich in Empfang. Juli und ihre Kinder haben ein anderes Ziel im Ort, zufällig hat eine von Julis Schulfreundinnen nach Wörth geheiratet und bewohnt dort einen imposanten Vierkanthof nicht weit von der Kirche. Auch sie haben Glück und geraten in ein hilfsbereites, gastfreundliches Haus. Sogar die Pferde finden Platz im Stall. Ungläubig lauschen die Wörther den Schilderungen der Geflüchteten. Die sind völlig übermüdet, zerren bald ihre Decken vom Wagen, in den letzten beiden Nächten haben sie kein Auge zugemacht.
Diesen Karfreitag wird keiner von ihnen vergessen.

Am Karsamstag beratschlagten die Geflüchteten, ob sie ihren Weg nach Westen fortsetzen sollten. Die Wörther fürchteten die Russen nicht weniger als sie und hatten ihrerseits bereits Schutzmaßnahmen für den Ernstfall getroffen - eine Garantie, den Russen zu entkommen, gab es ohnehin nicht. Letztlich hofften sie, der Front fürs Erste entronnen zu sein - und so blieben sie in Wörth.
Am Abend fand in der malerischen Kirche die Auferstehungsmesse

statt, was dabei in den Köpfen Hedwigs und Stefans vorging, wissen wir nicht. Im Moment waren sie heimatlos, vorläufig blieb für sie nichts anderes zu tun, als um ein günstiges Geschick zu bitten.
Traditionell fand das Osterfeuer in Wörtherberg statt, auf der anderen Seite der Lafnitz. Hand in Hand standen Stefan und Hedwig vor dem lodernden Holzhaufen auf der Bergkuppe, unwillkürlich schweifte ihr Blick nach Südosten, von hier reichte der Blick bis weit in die ungarische Ebene hinein.
Doch was war das? Weit in der Ferne schien der Himmel zu glühen, das waren keine Osterfeuer, die da brannten, nein, es war ein Dorf, das in der Nacht zum Ostersonntag in Flammen aufging. Ihr Dorf.
Die Szenerie erschien unwirklich, ihre Gastgeber versuchten, sie zu beruhigen, womöglich würde es doch ganz woanders brennen, auf diese Entfernung könne dies ja gar nicht genau abgeschätzt werden. Stefan und Paul blieben skeptisch. Erst nach ihrer Heimkehr sollten sie erfahren, dass ihre Ahnung sie leider nicht getrogen hatte.
Die deutschen Soldaten hatten wirklich in den Weinbergen hinter der Pinka Stellung bezogen und der Roten Armee zwei Wochen lang erbitterten Widerstand geleistet. Die Befestigungen des Südostwalles erwiesen sich dabei, wie vorauszusehen war, als vollkommen unzulänglich und sinnlos. Am Morgen des Ostersonntages marschierten die russischen Truppen im Dorf ein.
Zwei Wochen lang lag das Dorf mitten in der Kampflinie, mehr als die Hälfte der Gebäude trug schwere Schäden davon, auch in jener Osternacht brannten die Strohdächer vieler Häuser wie Zunder, der Flammenschein glühte bis weit in die Steiermark hinein.

Bange Wochen des Wartens folgten, auch auf Wörth wälzte sich die Front unaufhaltsam zu.
Jeden Tag, gleich nach dem Frühstück, machte Gisi sich auf den Weg, um Hedi und ihre Schwestern im Forsthaus zu besuchen. Immer öfter pfiffen ihr dabei Kugeln und Granaten um die Ohren, feindliche Tiefflieger feuerten aus allen Rohren auf alles, was sich bewegte, wie durch ein Wunder kam sie mit heiler Haut davon.
Doch die Lage wurde immer prekärer, in den letzten Apriltagen löste

sich die Heeresgruppe Süd nahezu vollständig auf, viele österreichische Soldaten traten schnurstracks den Heimweg an, die deutschen versuchten mit allen Mitteln, sich in Richtung Westen zu retten, um wenigstens in amerikanische oder britische Gefangenschaft zu kommen.

In den Wintermonaten hatte der Förster tief im Wald gemeinsam mit seinem jüngsten Sohn einen Bunker gebaut: Dicke Holzstämme, Erde und Laub bedeckten eine tiefe Grube im Waldboden, das Erdreich innen hatten sie notdürftig mit Brettern und Baumstämmen befestigt, bis auf einen Eimer und einige runde Holzklötze war die Höhle leer. Nicht einmal seiner Frau hatte der Förster davon erzählt, in Zeiten wie diesen war es oft besser, den Mund zu halten.

Der Morgen des 1. Mai war ein Morgen wie aus dem Bilderbuch: laue, blaue Luft, strahlend weiße Wölkchen, zartgrüne Blätter, Kuckucksrufe und Vogelgezwitscher. Stefan begleitete seine Schwester zum Forsthaus, er hatte Hedi schon ein paar Tage nicht mehr gesehen. Paul und der Förster empfingen ihn mit ernster Miene, immer weniger deutsche Soldaten seien zu sehen, immer näher würden die Russen rücken, vor allem die Mädchen vor ihnen bald nicht mehr sicher sein.

»Ich zeige euch jetzt etwas, wenn wir uns beeilen, können wir noch vor dem Mittagessen zurück sein«, sagte der Förster zu Paul und Stefan und bedeutete ihnen, ihm zu folgen.

Nach einem ausgiebigen Fußmarsch machten sie in einer Waldsenke halt, auf den ersten Blick fiel ihnen nichts Ungewöhnliches auf. Sie staunten nicht schlecht, als der Förster einen Laubhügel zur Seite wischend einen schmalen Eingang freilegte. Es würde eng werden, doch wenn sie zusammenrückten, könnten seine beiden Töchter und die vier Flüchtlingsmädchen in der Grube Platz finden.

Bei dem Gedanken an die jungen Frauen in diesem Erdloch mitten im Wald zog sich Stefans Magen im ersten Moment zusammen. Wie um Himmels Willen sollten sie ihnen das erklären?

Eng zusammengerückt, Schulter an Schulter, sitzen alle auf der Eckbank am großen Tisch in der Stube des Forsthauses, die Frau holt noch zwei Sessel für Maria und sich. Die beiden Mütter trauen ihren Ohren nicht, sie können nicht fassen, was sie da hören: »Das kann doch nicht euer Ernst sein, die Mädchen da ganz allein im Wald zu lassen, ihr müsst den Verstand verloren haben!«

Die jungen Frauen sitzen versteinert da, ungläubiges Entsetzen kriecht ihnen ins Genick. Paul, an sich die Ruhe in Person, ist nahe daran, die Nerven zu verlieren: »Ihr habt ja keine Ahnung! Egal wo wir hingehen, die Russen werden uns immer einholen, wir müssen warten, bis dieser verfluchte Krieg endlich aus ist! Und so lange ist nur eines wichtig: Die Mädchen dürfen den Russen nicht in die Hände fallen! Ich garantiere euch: Wenn ihr nicht in den Bunker geht, dann finden sie euch, sie stechen sogar mit Gabeln in die Misthaufen, um versteckte Mädchen zu finden.«

Stefan versucht zu beschwichtigen: »Es kann nicht mehr lange dauern, die Russen treffen ja schon auf die Amerikaner, das können höchstens noch ein paar Tage sein.« Er legt Hedwig den Arm um die Schulter, mühsam versucht jene, die Fassung zu bewahren: »Könntest du nicht bei uns bleiben? Dann würden wir uns sicherer fühlen!«

Bedauernd schüttelt der Förster den Kopf. »Da wird es für euch sechs schon mehr als eng drinnen, beim besten Willen passt da keiner mehr rein, es tut mir wirklich leid.«

Darüber hinaus weiß Stefan mit schmerzlicher Gewissheit eines: Wenn Hedwig oder eines der Mädchen den Russen in die Hände fällt, wird er sie nicht beschützen können. Der Gedanke daran bringt ihn fast um den Verstand.

Lange wogt das Gespräch hin und her, eilig wird Juli ins Forsthaus geholt. Die fackelt nicht lange herum und drängt ihre fünfzehnjährige Tochter dazu, in den Bunker zu gehen. »Gisi, du hast doch gehört, was die Volksdeutschen und die Soldaten erzählt haben, du hast gehört, was sie mit den jungen Mädchen machen!« Gisi nickt wortlos, mit dem Einbruch der Dämmerung erlischt der Widerstand der Mädchen, sie erklären sich dazu bereit, innerhalb weniger Stunden in den Wald aufzubrechen. Im Schutze der Nacht wird der Förster sie hinbringen, niemand sonst wird eingeweiht, so kann keiner sie finden, geschweige denn verraten.

Über eine Baumwurzel stolpernd kann Hedwig sich gerade noch erfangen, nur ab und zu durchzuckt eine russische Leuchtrakete die tiefschwarze Dunkelheit, verbreitet ein fremdes, gespenstisches Licht. Alleine würden sie nie im Leben zurückfinden, der Wald verschluckt sie, sie gehen in ihm verloren. Eng hintereinander folgen sie dem Schatten des Försters durch das Dickicht, um halbvier sind sie aufgebrochen und seit einer gefühlten Ewigkeit unterwegs. Hedwig trägt alles am Leib, was sie besitzt, in ihrem Bündel hat sie einen Wasserkrug, Brot und ein paar Äpfel verschnürt.
Endlich werden die Schritte ihres Führers langsamer, sie können in der Finsternis nichts erkennen. Mit wenigen Handgriffen hebt er ein paar Baumstämme zur Seite und legt einen Eingang frei, keines der Mädchen sagt ein Wort beim Anblick des Bunkers, der sie von jetzt an beherbergen wird.

Auf den kurzen Baumklötzen hockend finden sie eng aneinander gepresst gerade genug Platz, die Füße legen sie neben- und übereinander ab, ausstrecken können sie sie nicht. Um nicht dauernd an der Decke anzustreifen halten sie den Kopf im Sitzen ein wenig gebeugt, ihre Bündel finden nur auf dem Schoß Platz, die Luft dort drinnen ist modrig und feucht.
Der Förster erteilt ihnen den strengsten Auftrag, das Versteck bei Tag nur im äußersten Notfall zu verlassen. »Und verhaltet euch bitte bitte ruhig, nicht dass euch jemand hört! Ich komme jede Nacht vorbei und schaue nach euch, ihr werdet sehn, ihr habt es bald überstanden!« Mit diesen Worten schiebt er die Baumstämme locker vor den Eingang und tritt den Heimweg an. Hilflose Wut umkrallt sein Gemüt, nichts hätte er sich mehr gewünscht, als dass seinen Töchtern diese Tortur erspart geblieben wäre.
Gar nicht weit von seinem Haus entfernt sieht er zwischen den Bäumen abgekämpfte Gestalten in Uniformen, wahrscheinlich wieder deutsche Soldaten, die ihr Heil auf dem Weg nach Westen suchen.
Im Bunker verlieren die Mädchen jedes Zeitgefühl, essen nur wenige Bissen, trinken nur wenige Schlucke, reden nur das Notwendigste, sie sitzen im Versteck – und fühlen sich doch nicht sicher.

Rosi ist die Älteste, sie hält den Platz gleich neben dem Eingang, zwischen ihren Fingern presst sie ein großes weißes Taschentuch, das sie extra mitgenommen hat. Falls sie entdeckt werden, wird sie als Erstes dieses Taschentuch schwenken, zum Zeichen, dass sie sich ergäben und niemand etwas von ihnen zu befürchten habe.
Stunden und Tage lösen sich auf, die Grenze zwischen Wachen und Schlafen verschwimmt. Der Förster kommt verlässlich vorbei und sieht nach ihnen, tagelang bringt er keine Neuigkeiten. Es ist kalt im Bunker, unablässig fallen Wassertropfen auf ihre Köpfe und Schultern, ihre Glieder werden steif, sie beginnen zu husten, wo sie doch so leise wie möglich sein sollen.
Verhalten dringt das gleichmäßige Rauschen des Waldes an ihre Ohren, nur einmal unterbrechen unheilvolle Geräusche die Stille. Pferdehufe, die näherkommen, Wortfetzen in einer Sprache, die sie noch nie gehört haben – Rosi erstarrt und zischt: »Das sind die Russen!« Sie quetscht das weiße Tuch zwischen ihren Fingern, gerade jetzt muss Gisi hüsteln. »Pscht! Willst du uns alle umbringen?« Mit aller Macht unterdrückt Gisi ihren Hustenreiz, Anstrengung und Angst treiben ihr die Tränen in die Augen, die Mädchen lauschen, erstarrt. Minutenlang hören sie Pferdehufe nur wenige Meter weiter vorbeitraben, eine minutenlange Ewigkeit.
Irgendwann ist es wieder still, Gisi weint lautlos, auch auf den Wangen der anderen mischen sich die Tränen mit den herabfallenden Tropfen.
Ein anderer Tag, wieder hören sie Schritte näherkommen, wieder hält Rosi ihr Taschentuch bereit, als eine wohlbekannte Stimme ertönt: »Dirndln, kommt's raus, der Krieg ist aus!«
Der Förster reißt die Baumstämme weg und wiederholt die freudige Botschaft: »Der Krieg ist aus, wir gehen heim!«
Sieben Tage und Nächte sind im Bunker verschwommen zu einem Nebel aus Angst, Schmerz, Krankheit und Gemeinschaft. Wenn eine gar nicht mehr wollte und konnte, fand sich immer eine andere, die sie tröstete und ihr Mut zusprach – um oft bald darauf selber aufgefangen werden zu müssen. Jene sieben Tage sollten Gisi und Hedwig, Rosi und Resi bis an ihr Lebensende zusammenschweißen.

Einer nach der anderen half der Förster vorsichtig heraus, die Glieder waren steif und schmerzten, genauso wie das lang entbehrte Sonnenlicht in den Augen.
»Der Krieg ist aus.«
Unablässig wiederholte Hedwig die Worte in ihrem Kopf, unablässig versuchte sie zu verstehen, was das für sie bedeutete, unablässig wartete sie auf das große Glücksgefühl, das sich nicht und nicht einstellen wollte.
Zuviel war geschehen, die Gedanken in ihrem Kopf überschlugen sich. Würde ihr Bruder nun endlich aus der Gefangenschaft heimkehren können? Würden sie selber nun endlich heimkehren können? Würden ihre Häuser noch stehen oder ein Raub der Flammen geworden sein?
Nein, Freude und Erleichterung machten noch einen weiten Bogen um Hedwig, nicht anders sollte es bei ihren Schwestern, nicht anders bei Stefan und Juli sein.
Vorerst allerdings kam das Forsthaus in Sicht, sehnsüchtig warteten die Familien schon vor der Tür – und erschraken beim Anblick der jungen Frauen: Hohlwangig, blass, einem Gespensterreigen gleich, staksten sie ihnen entgegen, erst während langer Umarmungen begannen die Tränen zu fließen.
Irgendwann konnten sie sich endlich waschen und in einem trockenen Bett ausstrecken, alle vier gemeinsam in einer Kammer; am Abend standen sie ein Weilchen auf, aßen Unmengen von Kartoffelsuppe, um gleich darauf weiterzuschlafen.
Am Morgen ereilte sie dann eine Hiobsbotschaft: Vor vier Tagen hatte eine Tieffliegerbombe den Vierkanter von Julis Gastgeberin erwischt. Das Dach des Stalles war dabei in Brand und die Pferde waren in Panik geraten, trotz aller verzweifelter Rettungsversuche mussten sie schließlich zusehen, wie die Tiere im Rauch erstickten. Sie hatten sogar die Ziegelmauer an der Rückseite des Stalles durchbrochen, zu spät, Stefans beste Pferde waren beide verendet.
Für Paul war es eine Selbstverständlichkeit, dass seine Pferde auch Stefans Wagen heimziehen würden.

Nachdem Deutschland am 8. Mai die bedingungslose Kapitulation erklärt hatte, beschlossen sie, den Heimweg so schnell wie möglich anzutreten, zwei Tage später, zu Christi Himmelfahrt, brachen sie auf. Mit ihnen fuhren eine große Kiste mit Äpfeln sowie die guten Wünsche ihrer Gastgeber, mit ihnen fuhren vor allem aber die Sorgen, was sie zu Hause erwarten würde.
Diesmal passierten sie die Lafnitz in Richtung Osten, die Stimmung blieb gedrückt und wurde nicht besser, als sie durch die erste burgenländische Ortschaft zogen.
Keine Fassade und kein Fenster waren in Stinatz heil geblieben, eine ältere Frau schöpfte Wasser aus dem Brunnen: »Schaut's euch an, wie es hier ausschaut, bei uns ist alles hin!« ruft sie den Heimkehrern zu, Juli antwortet ihr im Vorbeifahren: »Bei uns daheim wird es auch nicht besser sein, ich bin froh, wenn unser Haus noch steht!«
Der längste Teil des Weges lag noch vor ihnen, noch zogen Pauls brave Pferde die beiden schweren Wägen, glücklich, bald wieder im heimatlichen Stall zu stehen.
Es war nicht zu übersehen, dass sie sich in der sowjetischen Besatzungszone befanden, immer wieder trafen sie auf berittene oder motorisierte russische Soldaten.
Am frühen Nachmittag zügelte knapp neben ihnen ein Russe seinen Gaul, stoppte ihre Fahrt und deutete mit der Spitze seines Gewehrs nachdrücklich auf Pauls Rappen. Es blieb ihnen nichts anderes übrig, sie mussten den Rappen aus- und den ausgemergelten russischen Klepper mit den verbundenen Hufen einspannen. Dementsprechend langsam ging die Heimfahrt vor sich, am frühen Sonntagmorgen erreichten sie schließlich zu Tode erschöpft die Pinka.

Schon in Sichtweite des Dorfes gibt es für den Wagen kein Weiterkommen mehr, die einzige Brücke ist gesprengt.
Als Älteste der Schwestern wird Rosi vorgeschickt, um die Lage vorsichtig zu erkunden. Auf einem schmalen Brett gelingt es ihr, den Fluss zu überqueren, so schnell sie kann, eilt sie über die Wiesen ins Dorf. Zwischen den Häuser- und Stadelreihen klaffen verkohlte Lücken auf, Gott gebe, dass ihr Haus noch steht!

Wie wird es dem Großvater, der den Hof gehütet hat, ergangen sein? Atemlos biegt Rosi um die Kurve – und erblickt ihr Elternhaus, heil und ganz auf den ersten Blick. Rasch nimmt sie die letzten Meter und wundert sich über den fremden Mann, der ihr auf der Gasse entgegenhumpelt. Sein Kopf ist gebeugt, das Gesicht verzogen, dicke Blutkrusten überdecken grüne und blaue Schwellungen. »Rosi, kennst du mich nicht?« Auf einmal steigt eine fürchterliche Ahnung in Rosi hoch, jene knorrige, sich ihr entgegenstreckende Hand ist unverwechselbar.
Sie hat ihren eigenen Großvater nicht erkannt.

# 11

## Besatzung

Schon am Karfreitag lagerten sowjetische Kampftruppen vor dem Dorf, die wenigen deutschen Soldaten hatten sich auf den Hügelkamm hinter der Pinka zurückgezogen, von wo aus sie den russischen Vormarsch zwei Wochen lang zum Stehen brachten.

Im Gemeindebericht des Dorfes ist an diesem Osterwochenende nachzulesen: *»Der Westteil des Dorfes wurde zum Großteil in Schutt und Asche gelegt. Kanonen donnerten, Maschinengewehre ratterten, Bomben detonierten. An allen Ecken und Enden brannte und rauchte es. Die Ortsbevölkerung flüchtete mit ihren Kindern auf die Felder und verkroch sich in allen Gruben und Gräben.«*

So bewahrheiteten sich die schlimmsten Befürchtungen, das Dorf wurde für 14 Tage zum Frontgebiet. Die wenigen Daheimgebliebenen wagten sich nur in der Nacht auf die Gasse, tagsüber lag der Ort wie ausgestorben da. Die Russen plünderten die leerstehenden Häuser, schlachteten Schweine, Gänse und Hühner.

Beim Versuch, sich ihnen in den Weg zu stellen, wäre Pauls Schwiegervater, Georg, beinahe erschlagen worden. Der alte Mann wurde derart zugerichtet, dass ihn die heimkehrende Rosi auf den ersten Blick nicht erkennen sollte.

In diesen Wochen kam dem Pfarrer die traurige Aufgabe zu, nahezu täglich einen Toten aus dem Dorf – es sollten insgesamt 18 werden – in das Kirchenbuch einzutragen und anschließend zu bestatten. Die Begräbnisse hielt er bei Tagesanbruch ab, einer Zeit, in der die Gefahr, dabei selber Schaden an Leib und Leben zu nehmen, am geringsten war.

Der Friedhof verleibte sich auch zwei gefallene deutsche Soldaten

ein, deren zerschossene Stahlhelme noch Jahrzehnte später seltsam fremd aus dem Feld der Gräber herausstachen.
Von den gefallenen russischen Soldaten zeugen weder Gräber noch Grabsteine.
Obwohl der Geistliche ein gestandenes Mannsbild von über 50 Jahren war, ein »Don Camillo-Typ«, der sich kein Blatt vor den Mund nahm und schon gar nicht einschüchtern ließ, musste er dem Inferno nahezu machtlos zusehen. Kirche und Pfarrhof wurden ebenso geplündert und beschädigt wie das übrige Dorf. Dennoch stand er den Schutzsuchenden mit aller Kraft bei - ein mehr als gefährliches Unterfangen, er wäre nicht der einzige Priester gewesen, der beim Versuch, die Russen an Schändungen und Übergriffen zu hindern, sein Leben hätte lassen müssen.
Am 12. April zogen die sowjetischen Kampftruppen endlich aus dem Dorf ab, doch schlug die Erleichterung darüber innerhalb kürzester Zeit in blankes Entsetzen um.
Die nun eintreffenden Besatzungstruppen übertrafen ihre Landsleute nämlich bei weitem an Brutalität und Gewaltbereitschaft. Nicht nur wurden sämtliche Lebensmittelvorräte, Kartoffeln, Getreide, Mehl, sämtliche Viehbestände, derer sie habhaft werden konnten, von den marodierenden Truppen geplündert, nein, man konnte sich von nun an seines Lebens keine Minute mehr sicher sein. Beschaffte etwa jemand nicht schnell genug eine Uhr, lief er Gefahr, auf der Stelle erschossen zu werden.
In einem anderen Dorf, gleich in der Nähe, versteckten sich mehrere Frauen in einem Keller. Weil sie einem Russen die verlangten Uhren nicht geben wollten, warf der eine Granate in ihre Mitte, alle Frauen starben. Aus nichtigsten Gründen wurden die Dorfbewohner umgebracht, manchmal gleich an Ort und Stelle, manchmal trieb man sie vorher aus dem Dorf und jagte den Unglücklichen erst auf der Wiese oder dem Acker eine Kugel durch den Kopf.
Am fürchterlichsten hatten Frauen zu leiden, höchstens die sehr alten eine Chance davonzukommen, von ihnen abgesehen gab es im Pinkaboden in diesem April kaum eine, die nicht Opfer vielfacher Vergewaltigung geworden wäre. Egal, wo sie sich versteckten und

verkrochen, in Kellern und Gruben, auf Heuböden und in Kuhställen, in Bunkern oder Dachböden: die allermeisten teilten dieses traurige Schicksal. Nicht wenige kamen dabei ums Leben.
Im Nachbarort etwa erschoss ein betrunkener Russe ein junges Mädchen, das sich in Panik unter seine Bettdecke verkrochen hatte. Er feuerte mehrmals auf die Tuchent, deren weiße Gänsedaunen sich mit dem Blut der Sechzehnjährigen vollsogen.

An einem lauen Freitagabend Ende April macht sich die junge Magda wieder einmal auf den Weg. Sie muss sich beeilen, hinter der Linde am Friedhof warten wie jeden Abend ihre Gefährtinnen auf sie. Für einen letzten Blick auf ihren schlafenden Sohn Hansi in der Wiege muss jedoch Zeit sein, ihre Mutter wird gut auf ihn aufpassen. Sollte sich wirklich ein Russe in ihr Haus verirren, würde ihr Vater es hoffentlich wieder schaffen, ihn bei der Tür hinaus zu bugsieren. Schon einmal haben ihm dabei die im Ersten Weltkrieg aufgeschnappten Brocken Russisch gute Dienste geleistet, wer hätte gedacht, dass seine jahrelange Gefangenschaft in Wladiwostok auch einmal für etwas gut sein könnte?
Ihr eigener Mann ist noch in russischer Gefangenschaft, er kann sie nicht schützen.
Seufzend wirft Magda sich ihr warmes Wolltuch um die Schultern und hastet bei der Tür hinaus, wann wird dieser Spuk ein Ende haben? Schon seit Tagen lagert sie jede Nacht in einem tiefen Feldgraben, in ihrem eigenen Bett ist sie schon lange nicht mehr sicher.
Hinter dem breiten Stamm der Linde wartet ihre Freundin Illi, die treue Seele, auch sie hat ihre Tochter der Obhut ihrer Mutter übergeben, die anderen Kameradinnen sind schon voraus gegangen.
So huschen zwei dunkle Schatten durch die helle Frühlingsnacht, kaltgelb hängt der Vollmond am Himmel und strahlt auf die Äcker rund um sie – heller, als ihnen lieb ist.
Und tatsächlich, ohne dass sie es merken, erspäht sie von weitem ein herumstreifender Soldat, es gibt zu wenige Bäume und Büsche, hinter denen sie sich hätten ducken können. In Windeseile trommelt der Russe die anderen zusammen, immer mehr schließen sich ihm an,

die Aussicht auf Frauen lässt sie das Feld in breiten Reihen durchkämmen, gleich Spürhunden auf der Jagd.
Magda, Illi und die drei anderen haben nicht den Funken einer Chance.
Stundenlange Vergewaltigungen, einer nach dem anderen, ohne Pause, ohne Gnade.
Irgendwann beschließt Magda zu sterben – und doch hält sie etwas davon ab. Die Frage ist nur: Wie soll sie diese Stunden überleben, wie weiterleben?
Von oben sieht sie sich auf der Erde liegen, über ihr wieder ein Russe, der ihr die Kehle zudrückt.
Das ist nicht sie, die da unten liegt.
Noch bevor der letzte Russe von ihr ablässt, verschließt Magda diese Nacht irgendwo im tiefsten Inneren, es ist einfach nicht geschehen, ihr Leben lang wird sie kein Sterbenswort darüber verlieren.
Und es wird sie auch nie jemand danach fragen.
Im Osten schickt sich die Sonne an, wie jeden Tag aufzugehen, es dauert eine Weile, bis die ersten Strahlen in den Graben fallen. Sie fallen auf Blut, Sperma, Tränen, nackte, gebrochene und geschändete Frauen, für die das Leben nie mehr so sein wird wie vorher.
Magda schlägt die Augen auf, Illi liegt nicht weit von ihr in einem Meer von Blut, totenblass und regungslos. Wie sie die Kraft finden, die bewusstlose Freundin nach Hause zu schleppen, wird Magda sich nie erklären können. Illi hat vielzuviel Blut verloren, überlebt nur mit knapper Not, ihr rechter Arm ist abgestorben und muss im Krankenhaus an der Schulter amputiert werden.
Noch schlimmer ist die Verwüstung ihrer Seele. Seit jener Vollmondnacht hat niemand im Dorf Illi je wieder lachen sehen, sie stirbt keine zehn Jahre später.
Auf den Vollmond im April folgt der Vollmond im Mai, Magda wartet - und wartet vergeblich, es besteht kein Zweifel: Sie ist schwanger, der gefürchtete Gang zur Engelmacherin in Körmend somit unausweichlich.
Magda zweigt einen kleinen Sack Mehl von ihren letzten kümmerlichen Vorräten ab, sagt keinem, wohin sie geht, und macht sich auf

den Weg.
Ob es letztlich an der Engelmacherin oder der Massenvergewaltigung liegt, wird sich wohl nie mehr klären lassen – jedenfalls kann die vierundzwanzigjährige Magda nie mehr Kinder bekommen.

Urschi mit ihren 66 Jahren war den Russen zu alt, diese Sorgen hatte sie immerhin nicht. Allerdings genügend andere, schon am Karfreitag riss ein Tieffliegerangriff ein klaffendes Loch in Julis Ziegeldach, bedrohlich steckte der Blindgänger im Dachstuhl, war aber bis dato, dem Himmel sei Dank, noch nicht explodiert. Andernfalls wäre das Haus bis auf die Grundmauern abgebrannt.
So aber sah Stefans Großmutter täglich nach dem Rechten und ertappte dabei nicht nur einmal dreiste Dorfleute, die das Anwesen ihres Enkels frech in Augenschein nahmen und den Hof derart anmaßend durchschritten, als ob er bereits ihr eigener wäre.
Traurigerweise waren die Russen nicht die Einzigen, die plünderten, ab und zu schlugen auch Einheimische Profit aus der allgemeinen Auflösung.
So sollte Juli nach ihrer Heimkehr etwa Wind davon bekommen, dass ihre beste Sau noch quicklebendig und keineswegs - wie befürchtet - über den Jordan, sondern nur in den Stall ein paar Häuser weiter gegangen war. Immerhin wagten die sauberen Nachbarn es nicht, sich der wild entschlossenen Juli bei deren Heimholungsaktion in den Weg zu stellen.
Vorerst allerdings war Urschi auf sich allein gestellt, fütterte und molk getreulich die Kühe, obwohl sie die Milch umgehend abliefern musste, manchmal wartete ein Soldat schon während des Melkens ungeduldig mit der dunkelroten Blechkanne in der Stalltür.
Eines Morgens begrüßte die alte Frau ein neugeborenes Kalb im warmen Kuhstall, auf wackeligen Beinen neben seiner Mutter stehend säugte es gierig am prallen Euter, auf dem sich die bläulichen Adern wulstig abzeichneten. So düster Urschis Stimmung zeitweise auch war - unversehens erfüllte sie der Anblick des makellosen kleinen Lebewesens mit Hoffnung, irgendwie würde das Leben weitergehen. Sie tat das Ihrige, ging ihrer Arbeit nach und betete jeden Tag in-

brünstig für eine glückliche Rückkehr ihrer Familie.
Ihre Gebete sollten erhört werden.

An einer seichten Stelle der Pinka gelang es den Rückkehrern aus Wörth, mit ihren Wägen den Fluss zu überqueren, auch die Erdgräben der von der Propaganda aufgeblasenen »Reichsschutzstellung« überwanden sie ohne Probleme. Jener Wall konnte nicht einmal ein krankes Pferd, das zwei Wägen zu ziehen hatte, aufhalten, geschweige denn eine ganze Armee.
Das Dorf begrüßte sie mit dem vertrauten Klang der Kirchenglocken, die der Wind aus der Ferne herüberwehte, das Läuten legte sich gemeinsam mit dem sonnenhellen Licht über verwüstetes Land: von Gräben durchschnittene Hügel und Felder, ein ausgebrannter Wagen, ein liegengebliebener sowjetischer Panzer mitten im Acker.
Es sollte Jahre dauern, bis diese Spuren des Krieges beseitigt werden konnten, meist waren es die Dorfbewohner selbst, die die Gräben und Stellungsbauten wieder zuzuschaufeln hatten.

Pauls Pferd war erschöpft und vermochte die fast leeren Wägen nur mehr unter gutem Zureden zu ziehen. Sein Besitzer führte es am Halfter, auch alle anderen gingen das letzte Stück des Weges zu Fuß.
Seit ihrer überstürzten Abfahrt war nicht weniger geschehen, als dass ein Weltkrieg zu Ende gegangen und ihr Dorf zerstört worden war.
Je näher Juli, Stefan und Gisi den Dorfhäusern kamen, desto tiefer sank ihr Mut. Von weitem meinten sie, in der langen Reihe der Stadel ihren eigenen ausmachen zu können, ein gutes Zeichen, aber noch wagten sie nicht zu hoffen.
Entlang gelichteter Häuserzeilen wanderten sie weiter, immer wieder klaffte da eine Lücke, wo vor wenigen Wochen noch ein schmuckes Haus gestanden war.
Still war es, seltsam still, wahrscheinlich waren alle in der Sonntagsmesse. Dass auch die Kirche fast leer war, weil sich keine der Frauen aus dem Haus wagte, konnten sie zu diesem Zeitpunkt noch nicht ahnen. Und die fröhlich schnatternden Gänsescharen am Dorfanger waren schon längst in den Mägen der Sowjetsoldaten gelandet.

Gisi lief ein paar Schritte voraus – und da stand ihr Haus, stand da, als ob es auf sie gewartet hätte, die weiße Fassade mit den drei Fenstern lächelte ihr zu. Bis auf das beschädigte Dach schien alles ganz zu sein, der Schaden würde sich ausbessern lassen, Hauptsache, sie waren daheim.

Schon so oft hatte Juli um dieses kleine Bauernhaus gebangt - und abermals hatte es ihr die Treue gehalten.

Die Erleichterung, wieder ein eigenes Dach über dem Kopf zu haben, beflügelte sie, Paul hängte den Wagen ab und fuhr mit Maria und seinen Töchtern heim, jetzt musste nur noch Franzl heil aus der Gefangenschaft heimkehren, alles andere würde sich weisen.

Mit vereinten Kräften zogen und schoben Juli und ihre Kinder den Leiterwagen in den Hof, nur der Pferdestall blieb leer, noch lange betrauerte Stefan den schrecklichen Tod seiner beiden Tiere. Nach und nach kontrollierten sie Haus, Ställe und Kammern, es hätte alles viel schlimmer kommen können. Etliche Schweine und Hühner fehlten zwar, doch die Kühe waren noch da, sogar das Kälbchen war gesund auf die Welt gekommen. Urschi hatte ganze Arbeit geleistet.

Noch während die Großmutter ihnen die Geschehnisse der letzten Wochen schilderte, wandelte sich ihre Freude nach und nach in ungläubiges Entsetzen. Waren sie vom Regen in die Traufe gekommen? Vor allem eine Information beunruhigte Stefan über die Maßen: Seit zwei Tagen war eine ungarische Militärdivision in der Gegend aktiv, er runzelte die Stirn: Was, wenn die Ungarn wieder Anspruch auf das Pinkatal erheben würden?

Eine weitere willkürliche Grenzziehung erschien ihm nicht besonders abwegig, warum sonst hätten die Sowjets die ungarische Division hier stationieren sollen?

Er behielt diese düsteren Gedanken vorläufig für sich. Und obwohl sie jahrhundertelang Nachbarn gewesen waren, trat ein, was zunächst kaum vorstellbar schien: Die ungarische Truppe beraubte sie noch brachialer als die Russen, alles, was nicht niet- und nagelfest war, fand seinen Weg über die nahe Grenze: Lebensmittel, Tiere, Gerätschaften, Fahrräder, Kleidung, Geld, Wein oder Schmuck landeten in einem Lager in Allerheiligen. Auf Nimmerwiedersehen.

Keine 48 Stunden nach seiner Heimkehr sollte Stefan am eigenen Leib erfahren, dass mit den Ungarn nicht zu spaßen war und sie alle ihren Besatzern machtlos ausgeliefert waren.
Schon am Morgen war er mit einer Haue aufs Feld gegangen, um seine Äcker zu inspizieren und dem ärgsten Unkraut den Kampf anzusagen.
Er hätte Gisis Hilfe gut gebrauchen können, wagte sie aber nicht mitzunehmen, aus Angst, sie könnte am helllichten Tag verschleppt werden. Alle ihre Mädchen waren dazu angehalten, tagsüber Haus und Hof nicht zu verlassen, in den Nächten verkrochen sie sich in ihren Verstecken.
Juli war also mit Gisi allein, als ein ungarischer Soldat mit dem Gewehr am Schulterriemen beim Tor hereinkam und eine Kammertür nach der anderen aufstieß, bis er endlich im Kuhstall gelandet war. Mit Kennerblick musterte er Julis Kühe, steuerte auf die schönste zu und schickte sich an, deren Strick zu lösen.
»Nicht diese, die hat doch noch ein Kalberl, lass die Kuh da!«
Mit dem Mut der Verzweiflung fiel Juli dem Ungarn in den Arm und deutete auf das Kälbchen. Tatsächlich ließ sich der Mann umstimmen – nicht, dass er auf eine Kuh verzichtet hätte, aber immerhin nahm er die andere und führte sie ohne Umschweife über den Hof hinaus.
Just in diesem Augenblick bog Stefan mit der Haue über der Schulter beim Gassentor herein, sah den Ungarn, der ihre Kuh stahl, sah seine Mutter, die ihm jammernd folgte, sah seine Schwester, die betreten auf der Stiege stand.
»Was gibst du dem Bedjarn diese Kuh?«, herrschte er Juli an – und hatte damit beinahe sein Todesurteil gesprochen.
Der Ungar verstand das Schimpfwort nur allzu gut, wurde fuchsteufelswild, hob das Gewehr und zielte auf Stefan.
Wer von ihnen beiden als Erste geschrien hatte, konnten sie nachher nicht mehr sagen, Fakt ist: Juli und Gisi schrien gellend los, synchron, schrill, spitz schrien sie um Stefans Leben, ihre Schreie waren ihre einzige Waffe, geschmiedet aus Angst und Verzweiflung.
Offensichtlich irritierten die beiden panischen Frauen den zornigen

Ungarn für einen Moment derart, dass Stefan sich in einer Futterkammer verschanzen und deren Tür von innen verriegeln konnte. Die Frauen wollte der Ungar dann doch nicht erschießen, sich auf die Suche nach Stefan zu machen, war ihm anscheinend zu mühsam, immerhin hatte er ja die Kuh – und so zog er mit dem aufgeschreckten Tier am Strick von dannen.
Mutter und Tochter fielen sich schluchzend in die Arme, fast wäre Stefan vor ihren Augen erschossen worden, wie hätte es ohne ihn weitergehen sollen?
Noch Tage später schmerzte Julis Kehlkopf, ihre Heiserkeit erinnerte Stefan noch lange an dieses unselige Intermezzo, eine derart unbedachte Bemerkung sollte ihm sein Lebtag nicht mehr über die Lippen kommen.
Wieder einmal war ihnen vor Augen geführt worden, in welch chaotischen Zeiten sie lebten. Nachdem die Kämpfe an der Front, die Granatsplitter in seinem Körper ihn wider Erwarten nicht umgebracht hatten, war er naiverweise der Meinung gewesen, von nun an ein ruhigeres, ein ungefährlicheres Leben vor sich zu haben.
Dass er dem Tod zweimal ausgerechnet vor seiner Haustür nur haarscharf von der Schaufel springen würde, hätte er sich nicht träumen lassen.

Innerhalb kürzester Zeit begriffen die Heimkehrer aus Wörth, dass sie sich ihres Lebens im Dorf nicht sicher sein konnten, sie waren Freiwild für die russischen und ungarischen Besatzer, die sie unter diesen Umständen beim besten Willen nicht als Befreier betrachten konnten.
Das Maß war aber bei weitem noch nicht voll.

Was in den nächsten Monaten auf die Menschen des Dorfes zukam, liest sich im Gemeindebericht des Jahres 1945 folgendermaßen: *»Im Mai wurde ein Sammellager für die Ostarbeiter (Ukrainer) errichtet. Der erste Trupp traf am 15. 5. 1945 ein und bezog in den Häusern Quartier. Um die Bevölkerung einzuschüchtern, wurden in derselben Nacht drei Scheunen in Brand gesteckt.*

*Täglich trafen neue Transporte aus den benachbarten Bundesländern ein. 50 - 100 Personen lagerten in den einzelnen Bauernhöfen. Die Gesamtzahl betrug 7000.*
*Es war eine schreckliche Zeit für das Dorf. Bald waren fast alle Rinder und Schweine sowie sonstige Lebensmittelvorräte der Bevölkerung aufgezehrt. Die Eingeweide der geschlachteten Tiere lagen überall umher und verpesteten die Luft.*
*42 Personen sind an den Folgen dieser unbeschreiblichen Verhältnisse gestorben. Am 7. Juni wurden 13 Scheunen und ein Wohnhaus in Brand gesteckt, um die Bevölkerung kleinzukriegen. Der Landwirt Stefan Laky wurde aus seiner Wohnung geholt und aus unbekannter Ursache von einem Ukrainer erschossen. Die Menschen konnten kaum den Tag der Erlösung erwarten.*
*Am 22. August begann mit rund 500 amerikanischen Lastkraftwagen der erste Abtransport der Ostarbeiter.«*
Wer waren nun die »Ostarbeiter«, wo kamen all diese Menschen her?
Sie waren garantiert nicht freiwillig gekommen. Während des Vormarsches der deutschen Wehrmacht in der Sowjetunion wurde eine Unzahl junger Russen und Ukrainer gefangen genommen, ins »Reich« verschleppt und dort als Arbeitssklaven gehalten. Ganz wenige hatten sich freiwillig gemeldet.
Da es seine Männer in den Krieg geschickt hatte, litt Nazi-Deutschland unter einem eklatanten Mangel an Arbeitskraft, was sich vor allem in der Landwirtschaft fatal auswirkte.
Daher verteilte es jene rechtlosen Männer und Frauen aus dem Osten auf Bauernhöfe und Fabriken, der Bevölkerung war jegliche »Fraternisierung« bei Todesstrafe untersagt.
Ins Pinkatal wurden die Ostarbeiter erst im Herbst 1944 abkommandiert, auf der Höhe des Dorfes schufteten mehr als 2000 Menschen aus der Ukraine, aus Russland und aus Siebenbürgen, den Launen der örtlichen Aufseher hilflos ausgeliefert.
Sobald der Krieg aus war, taten sich nicht wenige dieser Verschleppten zusammen und begaben sich auf Rachefeldzüge: Rache einerseits für die unmenschliche Behandlung, der sie beim Schanzen ausge-

setzt waren, nicht wenige Aufseherhäuser gingen in Flammen auf, die brutalsten Peiniger wurden ohne viel Federlesens an Ort und Stelle erschossen.
Andererseits nahmen die Ukrainer Rache für das, was die Deutschen ihnen und ihrer Heimat angetan hatten. Von den ersten ukrainischen Soldaten, die die Grenze überquerten, erfuhren deren Landsleute sehr rasch und ungeschönt, welche Verbrechen in ihrer Heimat von SS und Wehrmacht begangen worden waren, sie erfuhren, dass ganze Landstriche in Schutt und Asche gelegt und viele ihrer Dörfer dem Erdboden gleichgemacht worden waren.
Nicht anders war ihre Wut zu erklären, der sie in den nächsten drei Monaten ungezügelt ihren Lauf ließen. Mehr als zehnmal soviele Ukrainer wie Einwohner hielten sich im Dorf auf, mussten versorgt werden von einem Ort und einer Gegend, die in den letzten Wochen schon völlig ausgeplündert worden waren.
In den Ställen und Kammern gab es nichts mehr zu »requirieren«, was auf Feldern und Bäumen zögerlich seiner Reifung entgegenwuchs, wurde vor der Zeit in unreifem Zustand geerntet.
Zudem wurde von den burgenländischen Bauern erwartet, vor allem die Wiener Bevölkerung mit Lebensmitteln zu versorgen, alle Erträge mussten ausnahmslos abgeliefert werden.
Die sowjetischen Lebensmittellieferungen linderten die Not nicht wirklich, im Sommer und Herbst 1945 blieben die Futterkammern des Dorfes leer, es folgte ein Hungerwinter, wie es ihn in der Geschichte des Pinkatales noch nie gegeben hatte.

Noch hatte Stefan eine Kuh im Stall stehen, sein mit Abstand wertvollster Besitz, er wusste, ohne deren Milch würden sie kaum überleben können.
Jeden Morgen schlich ein älterer Ostarbeiter zu ihm in den Stall und brachte ihm im Tausch gegen eine Kanne Milch ein kleines Säckchen mit Grieß aus der sowjetischen Militärküche, ohne dieses Grießkoch wären sie in diesen Monaten wohl alle verhungert.
Dementsprechend wachsam schlug er für Monate sein Nachtlager im Kuhstall auf, in seinem eigenen Haus hätte er ohnehin keinen freien

Quadratzentimeter gefunden.
Über 60 Ukrainerinnen und Ukrainer waren bei ihnen einquartiert, dicht gedrängt lagen die Frauen am Küchenboden und in den Kammern, jede Nacht kamen russische Soldaten zu ihnen, ein wildes Treiben, das bestenfalls in den frühen Morgenstunden sein Ende fand.
Juli verteidigte mit Müh und Not eine kleine Ecke in ihrer Küche, wollte ihr Haus auf keinen Fall ganz den Fremden überlassen – und bezahlte dafür mit unzähligen schlaflosen Nächten.
Gisi hingegen verbrachte jede dieser heißen Sommernächte am Heuboden. Gemeinsam mit Hedi und deren Schwestern schlich sie nach Einbruch der Dunkelheit in ihr Versteck, Schemen und Schatten spindeldürrer junger Frauen in alten Kitteln, aus deren geschwärzten Gesichtern die Zähne gespenstisch weiß leuchteten.

Nach über drei Monaten begann der Abtransport der Ukrainer, deren Schicksal fatalerweise nicht selten in stalinistischen Gulags sein Ende finden sollte.
Doch darüber machten sich die Dorfbewohner in diesem Moment keine Gedanken, sie waren in erster Linie froh, ihre eigenen Häuser wieder in Besitz nehmen zu können.
Zum Aufatmen jedoch war es eindeutig zu früh.
Immerhin freute Gisi sich darauf, nach Monaten wieder zu Hause schlafen zu können, Juli und sie legten sich gemeinsam in eine Kammer, Stefan wollte zur Sicherheit noch im Kuhstall nächtigen.
Doch sollte die erste Nacht in ihrem eigenen Bett zum Alptraum werden.
Offensichtlich war einer der russischen Soldaten der Meinung, in ihrem Haus noch seine ukrainischen Freundinnen antreffen zu können, denn mitten in der Nacht hörte Juli auf einmal schwere, wohlbekannte Schritte. In Windeseile packte sie einen Schürhaken und versuchte, ihre Tür innen notdürftig zu verriegeln, der Schlüssel war ihnen schon längst gestohlen worden.
Gisi lag stocksteif in ihrem Bett, Sekunden wurden zu Minuten, Minuten wurden zu einer Ewigkeit. Immer wieder kam der Russe an ihrer Kammertür vorbei, schritt den Arkadengang von vorne bis hin-

ten ab, stieß jede Tür auf, drehte wieder um. Immer wieder riss er ein Zündholz an, das Rascheln bohrte sich in Gisis Gehirn, jeden Moment würde auch ihre Türschnalle heruntergedrückt werden.
Es schien, als ob Juli und Gisi in dieser Nacht von einer schützenden Hand gerettet worden wären, wie durch ein Wunder zog der Soldat von dannen. Die neunzigjährige Gisi wird erzählen, sie habe in dieser Nacht Blut geschwitzt und den Klang des raschelnden Zündholzes ihr Leben lang im Ohr gehabt.

Auch einen sommerlichen Nachmittag des Jahres 1947 wird sie nie vergessen, Hedwig und Stefan sind auf dem Feld, sie ist allein zu Hause, als ein russischer Soldat den Hof betritt. Unwirsch befiehlt er ihr, ihr einen Krug mit Wasser zu bringen.
Noch immer sind die Russen bei ihnen im Dorf, noch immer ist es undenkbar, sich einem ihrer Befehle zu widersetzen, es gibt zwar eine Gendarmerie, die den russischen Übergriffen aber vollkommen machtlos gegenübersteht.
Gisi überkommt ein ungutes Gefühl, so schnell es geht schöpft sie das Wasser aus dem Ziehbrunnen und fasst dabei kurz entschlossen einen Plan.
Der Soldat wartet in der Küche auf sie, Gisi spürt deutlich, dass er nichts Gutes im Schilde führt. So heftig, dass das Wasser in hohem Bogen herausschwappt, platziert das Mädchen den tönernen Krug am Tisch - und läuft wie der Blitz bei der Haustür hinaus, hinaus auf die Gasse und in den Hof der Nachbarn, wo sie Stimmen hört. Schimpfend läuft ihr der Soldat nach, sein Durst scheint nicht allzu groß gewesen zu sein, umso größer ist nun jedoch seine Wut.
Doch mittlerweile ist es nicht mehr ganz so einfach, die Frauen wie Freiwild zu behandeln, der sowjetische Ortskommandant hält die Soldaten dazu an, sich zurückzuhalten.
Eine Weile ist das Sowjetregime bemüht, sein Image unter den Österreichern zu verbessern, eine Bemühung, die nach Jahren sowjetischer Besatzung jedoch nicht im Mindesten von Erfolg gekrönt sein wird. Allenthalben jedoch eine Bemühung, die Gisi an jenem Nachmittag vor dem Übergriff des Russen bewahrt.

Gegen Ende des Jahres 1947 wird in Güssing eine sowjetische Kommandostelle installiert und die Lage im Dorf beginnt sich leicht zu entschärfen.
Und endlich, nach langen Jahren des Krieges und des Terrors, können Hedwig und Stefan daran denken, vor den Altar zu treten und offiziell den lang ersehnten Bund fürs Leben zu schließen. Inoffiziell haben die Ereignisse der letzten Jahre die beiden bereits für die Ewigkeit zusammengeschmiedet.

Hochzeit 1947

# Blüten und Trauerflor

Unselige historische Ereignisse werfen die Lebensplanungen der Menschen oftmals in ebenso unseliger Weise über den Haufen. Hätte es weder Krieg noch Besatzungszeit gegeben, wäre Hedwigs und Stefans Hochzeit etliche Jahre früher gefeiert worden.
Glücklicherweise war Hedwigs Bruder Franz 1946 wohlbehalten aus der amerikanischen Gefangenschaft heimgekehrt und so machten sie sich an die Verwirklichung jenes Traumes, der ihnen in Zeiten des Krieges und der Trennung Hoffnung gegeben, sie vielleicht sogar am Leben gehalten hatte: Hedwig und Stefan sowie Franz und Katharina planten eine Doppelhochzeit.
Dafür scheuten ihrer aller Eltern keine Mühen, bereits ein halbes Jahr vor dem Hochzeitstermin begannen sie, jedes Körnchen des streng rationierten Zuckers zu sammeln, um dem Fest angemessene Torten und Bäckereien auftischen zu können.
Rosi erklärte sich bereit, ihrer Schwester das Hochzeitskleid zu nähen, die Frage war nur: Wo um alles in der Welt sollten sie einen passenden weißen Stoff herbekommen?
Ihrem Vater Paul war klar, dass dieser in Österreich wohl nicht aufzutreiben wäre, er beschloss also, in Körmend auf die Suche zu gehen.
Obwohl schmuggeln streng verboten war, machte Paul sich auf den Weg, graste die ärmlichen Körmender Geschäfte ab - und wurde tatsächlich fündig. Um nur ja keinem ungarischen Grenzer in die Hände zu fallen, trat er den Heimweg erst bei Nacht und Nebel an, noch dazu wickelte er sich die rutschigen Stoffbahnen unter seinem Hemd um den Bauch, was bei dessen eher stattlichem Umfang jedoch nicht weiter auffiel.
So landete der bräutliche Stoff glücklich im Dorf, auf dass er sich

unter Rosis Händen zu einem prächtigen Brautkleid verwandle.
Am 21. Mai 1947 fand bei strahlendem Sonnenschein unter blitzblauem Himmel eine große Dorfhochzeit statt, die nicht nur in den Frischvermählten, sondern auch in den Gästen den Glauben an bessere Zeiten entfachte.

Das Paar auf dem vergilbten Hochzeitsfoto rührt mich, vielen aus seiner Generation sollte es nicht vergönnt sein, ein heiratsfähiges Alter zu erreichen. Diese beiden hier sind hingegen dankbar, am Leben zu sein, zeigen eine stille Freude, fern von Euphorie und Übermut.
Vergeblich suche ich nach den Spuren der vergangenen mühseligen Jahre in den jungen Gesichtern, auf den zweiten Blick jedoch meine ich, sie erkennen zu können: Den Strapazen der letzten Jahre sind Unbeschwertheit und Leichtigkeit zum Opfer gefallen, zu groß waren Angst, Schmerzen und Sorge um das Leben und die Gesundheit des anderen.
Doch nun, an diesem lieblichen Maientag, fließen hellgrüne Kaskaden von jungem Asparagus über Hedwigs weißes Kleid, ihr Brautstrauß symbolisiert Hoffnung und Leben. Die schweren Zeiten liegen hinter ihnen, was kann ihnen nun noch passieren, sie haben einander.

Keine zwei Monate nach der Hochzeit stirbt Hedis Vater Paul, völlig unerklärlich verlassen ihn innerhalb einiger Wochen die Lebenskräfte, bis er schließlich im Juli seinen letzten Atemzug tut.
»Ein Leben geht, ein Leben kommt.«
Die Redensart der Alten im Dorf scheint sich in Hedis Fall tatsächlich zu bewahrheiten, noch vor Ende des Jahres wird sie schwanger. Die Freude ist groß, 1948 kommen Kinder noch in den Schlafzimmern des Dorfes auf die Welt, wie schon seit Hunderten von Jahren. Stefan und Hedwig sind am Ziel ihrer Wünsche und malen sich die Zukunft in bunten Farben aus. Rosi wohnt nur ein paar Häuser weiter, sie hat schon ein Mädchen auf die Welt gebracht, bald werden die Kleinen miteinander spielen können.

Das Mondlicht fällt auf die Ziegel- und Strohdächer des Dorfes. Es ist kurz vor Mitternacht, eine laue Sommerbrise kommt auf, streunende Katzen und Hunde haben die Gassen für sich allein, ab und zu dringt leises Schnauben und Kettenklirren aus den Ställen. Verlässlich schlägt die Kirchturmuhr zu jeder Viertelstunde. Eine mächtige Wolke schiebt sich vor den Mond und verdunkelt die Nacht für lange Zeit.
Der mächtige Bauch erlaubt Hedwig keine bequeme Lage mehr, immer wieder wälzt sie sich auf ihrer Seite des geschnitzten Ehebettes hin und her und findet keinen Schlaf. Auf einmal spürt sie etwas Nasses zwischen ihren Beinen, von Rosi gründlich informiert kann sie das untrügliche Zeichen deuten und weiß: Ihr Kind kommt.
Erleichterung, dass der beschwerliche Zustand endlich vorbei ist, mischt sich mit der Angst vor dem, was in den nächsten Stunden auf sie zukommen wird. Seufzend schickt sie sich an, Stefan zu wecken, zieht dann aber ihre Hand von seiner Schulter, ein bisschen Schlaf will sie ihm noch gönnen.
Tief atmend liegt sie am Rücken und starrt in die Schwärze der Nacht. Ihr Wissen über die Geburt selbst ist bestenfalls schemenhaft. Sie beschließt, noch ein paar Minuten zu warten, tatsächlich, ein weiteres untrügliches Zeichen stellt sich ein. Ihr Bauch wird hart wie Beton, ein spürbarer Schmerz durchfährt sie, noch ist er ganz gut auszuhalten.
»Du, Steffl, es ist soweit!«
Hedwig rüttelt den schlafenden Ehemann, der ist mit einem Mal hellwach. So lange sie auf diesen Moment gewartet haben, so unwirklich erscheint er ihnen jetzt.
Aber alles ist gut. Alles ist so, wie es sein soll.
Die Abstände der Wehen werden langsam kürzer, Hedwigs Schwester und die Hebamme sind bei ihr und unterstützen sie, so gut es geht. Stundenlang jagen die Schmerzen durch Hedwigs Leib, dazwischen wird gerätselt, ob es ein Bub oder ein Mädchen werden wird.
»Ein Mädchen wäre perfekt, dann hätte meine Martha eine kleine Cousine«, sagt Rosi und wischt Hedwig den Schweiß von der Stirn. Die ist nicht zimperlich, sie weiß, das hier muss sie durchstehen -

und beißt die Zähne zusammen.
Lange ist sie guten Mutes, ihre Mutter hat vier gesunde Kinder auf die Welt gebracht, sie ist jung und stark und wird das schaffen. Stunde um Stunde verstreicht - und langsam lässt ihre Kraft nach. Auch ihre Zuversicht lässt irgendwann nach, mit einem Mal ist da die kalte Ahnung, dass es nicht gut gehen könnte. Die Hebamme harrt geduldig auf ihrem Schemel neben Hedwigs Bett aus, doch irgendwann begreift sie, dass sich die Probleme dieser Geburt nicht von alleine lösen werden.
Gegen Mittag schickt sie Stefan los, um den Arzt aus dem Nachbarort zu holen, auch wenn es bei Erstgebärenden oft sehr mühsam ist, dies hier dauert insgesamt viel zu lange. Jedes Mal, wenn sich das Köpfchen des Kindes zeigt, rutscht es wieder zurück, irgendetwas hält es davon ab, zur Welt zu kommen. Hedwig ist in Panik, sie kann nicht mehr, es gibt keine Kräfte, die sie noch mobilisieren könnte, und doch – doch muss dieses Kind von ihr auf die Welt gebracht werden.
Der Arzt kommt recht schnell, kniet auf ihrem Bauch, in einer letzten Anstrengung presst Hedwig das Kind aus sich heraus, der Ohnmacht nahe. Angst und Schmerzen vernebeln ihre Sinne, es fehlt ihr die Energie, ihre Augen offen zu halten, die seltsame Geschäftigkeit im Raum, die hektischen Klatschgeräusche, das alles kann sie in ihrem Zustand nicht mehr einordnen.
Vergeblich wartet sie auf den ersten Schrei ihres Babys. Im Zimmer bleibt es still. Auf seinem Weg ins Leben ist das kleine Mädchen von seiner eigenen Nabelschnur stranguliert worden, diese liegt fest um seinen Hals gewickelt, der kleine Körper ist dunkelviolett und schlaff. Die kleine Helga ist tot zur Welt gekommen, es ist fast ein Wunder, dass Hedwig diese Geburt überlebt hat.

Was ist mit der kleinen Leiche geschehen?
Eine Taufe ist für Totgeborene nicht vorgesehen, folglich findet auch kein Begräbnis statt.
Am Friedhof gibt es eine Ecke mit Kindergräbern, kleine Rechtecke, helle Birkenkreuze. Ein neues kommt dazu, fünf Buchstaben am

Kreuz: »Helga«. Ihr erstes Kind, so sehnsüchtig und hoffnungsfroh erwartet, sollte nicht leben.
Wie viel Zeit hat Hedwig sich für das Trauern genommen? Haben sie und Stefan sich gegenseitig Halt geben können? Wie viel Verständnis haben sie in ihrer Umgebung erfahren?
»Ach, ihr seid ja noch jung, da könnt ihr noch viele Kinder haben.«
Sicher ist, dass es keine Therapien und keine Psychologen gab, die das junge Paar hätten unterstützen können.

Schon im Frühling darauf wird Hedwig wieder schwanger, doch diesmal ist es anders als beim ersten Mal. Ihre Leichtigkeit ist dahin, nicht selten legt sich bleierne Schwere über ihr Gemüt, der Alptraum ist gegenwärtig, die Sehnsucht nach dem kleinen Mädchen oft überwältigend.
Manchmal legt Hedwig ihren Kopf minutenlang an den Stamm des blühenden Apfelbaumes im Hof. Die rosaweißen Blüten leuchten, die Rinde drückt tiefe Rillen in ihre Stirn und hinterlässt dort kleine schwarze Punkte. Trauer und leise Hoffnung wechseln sich ab, zwischendurch überschwemmen sie überwältigende Wogen der Angst vor der neuerlichen Geburt.
»Steffl, wird es diesmal gutgehen?«
»Sicher, Hedi, diesmal wird es gutgehen.«

Eine bitterkalte Winternacht im Jänner 1950, der Schnee im Dorf liegt so hoch wie seit Jahren nicht mehr, die Luft klirrt, der Rauch steigt zaghaft aus den Schornsteinen.
Und diesmal geht es gut, ein Mädchen kommt in die Welt, bang erwartet und froh willkommen geheißen.
Ihr Name ist Eva, sie wird 20 Jahre später meine Mutter werden. Auch sie wird mich als dunkelviolettes Baby auf die Welt bringen, auch sie wird glauben, meine Geburt nicht überleben zu können. Glücklicherweise wird um meinen Hals keine Nabelschnur liegen, ich werde »nur« im Geburtskanal gesteckt sein und so meine arme Mutter an ihre Grenzen gebracht haben.

Juli liebte ihre Enkelin abgöttisch, ebenso Gisi, die in den zwei Jahren bis zu ihrer Hochzeit noch in Julis Kammer schlief und oft auf das Baby aufpasste.
An einem heißen Junitag war Eva wieder einmal in ihrer Obhut, gleichzeitig hatte sie den Auftrag, das Heu auf der großen Auwiese zu wenden. Kurz entschlossen setzte Gisi das kleine Mädchen mit den dunklen Augen in den niedrigen Kinderwagen und rumpelte über den Feldweg, den Rechen über der Schulter, zur Wiese.
Die Sonne stach glühend heiß herab, weit und breit kein Baum, der Schatten spendete. Notgedrungen ließ Gisi die Kleine in ihrem Wagen am Rand der Wiese stehen, vor lauter Anstrengung und Eile strömte ihr beim Rechen der Schweiß in die Augen und den Rücken hinunter. Immer wieder schaute sie zu Eva, die seelenruhig in ihrem Wagen saß und keine Miene verzog. Gisi konnte tatsächlich das Heu auf der ganzen Wiese wenden, Eva weinte keine Sekunde lang und schlief auf dem Heimweg sogar ein.

Eva erhellte das Leben ihrer Eltern und Großeltern und wuchs zu einem lustigen Kind mit langen braunen Locken und strammen Waden heran. Auf einem alten Foto schiebt sie lachend ihren korbgeflochtenen Puppenwagen vor dem Arkadengang, treulich bewacht vom Hofhund mit den Schlappohren.
Wie überall üblich hütete auch hier meist die Großmutter die Kleine, obwohl irgendwann in den fünfziger Jahren sogar ein Kindergarten aufsperrte. Eine Tante Wilma führte dort ein strenges Regiment, kein Wunder, dass Eva es eindeutig vorzog, daheim bei Juli, der viel netteren Nahnl, zu bleiben.
Ihre Mutter Hedwig galt im Dorf als sehr fleißig, generell wurde Fleiß als höchste Tugend angesehen, und so waren auch Hedi und ihre Geschwister erzogen worden. Sie packte zu, mit aller Kraft, die sie hatte. Äcker, Wiesen, Weingärten und Wälder – alles wollte bestellt sein.
Stefans Tempo war aufgrund seiner Kriegsverletzung und wohl auch wegen seines Temperaments doch etwas gemächlicher als ihres, jeden Tag nach dem Mittagessen legte er sich für eine halbe Stunde hin. Hedwig hätte die Rast ebenso gutgetan wie ihm, doch wäre es

ihr nicht im Traum in den Sinn gekommen, am helllichten Tag auf der Bettbank zu ruhen. Wegen der vielen Arbeit hatte sie nur selten Zeit für Eva.
So wurde Juli, die Großmutter, Evas Ein und Alles. Die beiden waren ein Herz und eine Seele und schliefen seit Gisis Auszug höchst einträchtig in einer Kammer, wo Juli die Kleine mit einem reichhaltigen Fundus an schaurig-schönen Geschichten bei Laune hielt.
Hedwig stellte die alte Ordnung nicht in Frage. Sicher war sie ein bisschen traurig und ein bisschen eifersüchtig auf ihre Schwiegermutter, die den ganzen Tag mit der Kleinen verbringen durfte. Niemanden interessiert das, die Ernte musste eingebracht, die Arbeit getan werden. Sentimentalitäten gestand man sich nicht zu.

Die frisch gewachsten Bodendielen glänzen, durch das dreiflügelige Küchenfenster fallen die Strahlen der Nachmittagssonne auf goldbraune Marmeladekipferl, ein pudrig weiß angezuckerter Guglhupf prangt in der Mitte des großen Tisches. Dies kann nur eines bedeuten: Es ist Sonn- oder Feiertag, bald werden sich die süßen Gerüche des Sonntagnachmittags mit der Süße des Weines in den Kehlen mischen. Frauenstimmen lachen und reden munter durcheinander, man unterhält sich blendend und laut, Hedwigs Küche ist der Lieblingstreffpunkt der Schwestern und Schwägerinnen. Der Sonntagnachmittag ist der Höhepunkt der Woche, Frauen unter sich, warmes Licht, warmer Duft, warmer Klang.
Wo bleiben die Männer? Die überqueren bald nach dem Mittagessen auf ihren Rädern die Pinka und versammeln sich um wurmstichige Holztische in den Kellerstöckln. »Bergmann« kommt hier von Weinberg und meint einen, der unbeirrbar und häufig den Weg in die Weingärten und -keller findet. Die Zahl der zerkratzten Waffenräder an den Kalkwänden der Kellerstöckl gibt Auskunft über die Größe der Bergrunde. Auch hier bunte Stimmen, tiefes Lachen und immer lauteres Gejohle. Am Tisch kleine grünstichige Gläser, den Uhudler trinkt man am liebsten pur, der Durst ist groß. Ihre Frauen haben den wackeren Bergmännern zuhause in weiser Voraussicht Salzstangeln, Brot und Speck in den Zecker gepackt. Die deftige Unterlage

ist bitter nötig, Wasser wird in den Weinkellern entlang der Pinka jedenfalls keines getrunken.
Es geht hoch her, Lieblingsthemen: erstens die Kriegserlebnisse.
Einige waren gemeinsam an der Front in Russland, zwei andere sind sich rein zufällig in amerikanischer Kriegsgefangenschaft begegnet und fühlen sich aufgrunddessen ihr Leben lang verbunden. Zum hundertsten Mal erzählen sie: »Die Rationen der Amerikaner waren so groß, die konnten wir unmöglich wegessen. So haben wir das Weißbrot verbrannt, aus Angst, dass wir am nächsten Tag weniger bekommen würden.«
Die Bergrunde ist die einzige Möglichkeit, sich über Erlebtes und nie Verarbeitetes auszutauschen. Weder ihre Frauen noch ihre Eltern oder Kinder interessiert es auch nur annähernd, was sie im Krieg erlebt haben.
Zweites Lieblingsthema ist der aktuelle Dorftratsch.
Dem Schweiger hat seine Alte Hörner aufgesetzt! Stellt's euch das einmal vor: In aller Ruhe macht sich der Schweiger letzten Montag fertig für den Kuhstall, er setzt sich also in aller Früh auf den Schemel neben seinen Gummistiefeln und wickelt sich seine fleckigen Stiefelfetzen um die nicht minder fleckigen Füße. Vorsichtig senkt er seinen durchgestreckten Fuß in den Stiefelschaft – und wird stutzig: Er kommt beim besten Willen nicht hinein! Ebenso ergeht es ihm mit dem anderen Fuß, die Sache kommt ihm spanisch vor. Weil ihm aber sein Schädel vom Saufen gestern noch gewaltig brummt und die Kühe drinnen im Stall schon so ungeduldig plärren, bleibt ihm nichts anderes übrig, als barfuß zu füttern und auszumisten. Er beschließt, der Sache später nachzugehen. Noch am gleichen Vormittag kommt der Koller vorbei und bringt ihm die geborgte Leiter zurück. Auf einmal wird der Schweiger stutzig, dem Koller seine ausgelatschten Treter kommen ihm seltsam bekannt vor. Kurzum: Es ist nicht zu fassen, da hat doch der Koller in der Nacht dem Schweiger seiner Ehefrau einen Besuch abgestattet - und im stockfinsteren Hof die Stiefel vertauscht! Und der Schweiger hat daneben tief und fest seinen Rausch ausgeschlafen und von alldem nichts bemerkt!
Die Frauen im Dorf haben es mindestens genauso lustig wie die

Bergmänner, kein Thema, das nicht ausführlich besprochen wird. Auch sie trinken nicht nur Wasser. Dazwischen rattert unaufhörlich Hedwigs schwarze Singer-Nähmaschine, sie hat sich das Schneidern selber beigebracht und ist dauerbeschäftigt mit dem Nähen von schwarz- und braungemusterten Kleidern für sich und ihre Schwestern.
Ihre kleine Schwester Resi wartet schon in der beigen Kombineige, Hedwig zwickt mit der Schere den Faden ab und zieht ihr das halbfertige Kleid über den Kopf. Mit den Stecknadeln zwischen den Lippen steckt sie die Länge des Saumes ab, Resi hat in Güssing schon glänzende Knöpfe und Borten besorgt, Hedwig wird wieder ein Prachtstück fabrizieren.
Der Sonntag ist der einzige Tag, an dem sie sich Zeit fürs Nähen nehmen kann, meist bringen sie ihr robuste Stoffe, die nicht knittern, praktisch muss es vor allem sein. Dazu kommt die Prämisse: »Nur nicht zu hell!« Falsche Signale will man im kleinen Dorf an der Grenze nicht setzen, sein Alter kennt man nur zu gut, helle Farben stehen nur der Jugend zu, vor allem bei den Kopftüchern kommt es auf jede Nuance an, sehr leicht könnten die Regeln des Anstands verletzt werden.

Ich frage mich: Wann hat Hedwig Zeit für sich gehabt und wirklich einmal NICHTS gemacht?
Was waren ihre Wünsche, ihre Träume?
War sie glücklich?
Abgesehen von den zeitweiligen Reibereien mit Juli, die ähnlich dominant war wie sie, schien Hedwig mit ihrem Leben durchaus zufrieden. Vor kurzem waren sie in ihr neu gebautes Haus eingezogen, verglichen mit dem alten Arkadenhaus war es innen hell und freundlich und bot wesentlich mehr Komfort. Eva war ein Sonnenschein, Stefan und sie liebten sich, sie waren nun seit sieben Jahren verheiratet.
Wahrscheinlich gab es im ganzen Dorf, womöglich im ganzen Pinkatal, keinen anderen Mann, der seiner Frau zum siebenten Hochzeitstag ein eigenes Gedicht schrieb, das mit folgenden Versen endete: *»Dein verliebter Ehemann, der ohne Dich nicht leben kann.«*

Eine Herbstnacht im Jahr 1955, Hedwig ist allein zu Hause, nur die fünfjährige Eva schläft in der hinteren Kammer. Stefan und Juli sind beim Kukuruzabhäuten bei Verwandten, sie werden erst kurz vor Mitternacht zurückkommen. Da Hedwig im achten Monat schwanger ist, ist sie nicht mitgegangen, sie ist müde und legt sich früh hin. Schon seit zwei Tagen kommt ihr in ihrem Bauch irgendetwas seltsam vor, kann es sein, dass sich das Kind darin weniger bewegt als sonst?

Dabei ist sie mehr als vorsichtig gewesen. Als vor zwei Tagen der Kukuruz eingehäckselt wurde, haben Stefan und sie gründlich überlegt, welche leichte Arbeit in ihrem Zustand noch machbar wäre. Im runden Betonsilo die gehäckselten Stängel ein wenig niederzutreten erschien beiden als gute Lösung.

Hedwig stieg also durch die rechteckige Öffnung in den Silo; als sie das Bein hob, spürte sie einen Stich im Bauch. Bedeutung maß sie dem nicht wirklich bei.

Irgendwann, Stunden später, stieg eine vage Ahnung in ihr auf, etwas, das sie zu verdrängen versuchte, das sie weder fassen konnte noch fassen wollte. Gespannt wartete sie auf das übliche Strampeln des Kindes in ihrem Bauch – und wartete vergeblich.

Können Babys im Bauch müde werden und länger schlafen?

Ein greller Schmerz durchfährt sie, raubt ihr den Atem, lähmt sie in ihrem Bett. Ein Blutschwall schießt zwischen ihren Beinen hervor, sie spürt es von einer Sekunde auf die andere: Jetzt hat sie ihr Schicksal nicht mehr in der Hand. Hedwig ergibt sich ihrem Geschick und verliert das Bewusstsein.

Eva schläft tief und fest am anderen Ende des Hauses.

Als Stefan eine Stunde später nach Hause kommt, findet er Hedwig ohnmächtig liegend in ihrem Blut.

Irgendwie schaffen sie es vom Telefon des Lehrers aus, die Rettung zu rufen.

Das Kind ist schon vor Tagen in Hedwigs Bauch gestorben und wird nun mit einem Kaiserschnitt geholt.

Hedwig überlebt knapp. Sie ist 31.

Am nächsten Tag stehen Stefan und Eva an Hedwigs Krankenlager,

zehn Betten, weiße Stahlrohrgestelle und nur zwei Besuchersessel. Menschliche Ausdünstungen, Desinfektionsmittel, Angst und Schmerzen hängen im Raum.
Blassgelb, ungewohnt klein und leise liegt Hedwig da, sie sagt fast nichts. Obwohl gerade Besuchszeit und viel los ist, nehmen die drei das Stimmengewirr rundherum nicht wahr. Selber sind sie für einige Zeit sprachlos geworden.
Meine Mutter hat mir erzählt, sie habe damals als Fünfjährige nicht verstanden, warum ihre Eltern völlig gebrochen waren, sie hat nicht mitbekommen, dass ihr kleiner Bruder gestorben ist und ihre Mutter bei dieser Geburt beinahe abermals ihr Leben verloren hätte. Allerdings ist da etwas, was das Weltbild der kleinen Eva gehörig erschüttert und sie zum Verstummen bringt.
Hedwig hat in diesem Moment nicht allzu viel Kraft für ihre Tochter übrig und liegt mit geschlossenen Augen da. So schaut Eva zu ihrem Vater. Lautlos weinend steht er neben ihr, seine Hand umklammert das glänzende Metallrohr des Krankenbettes. Unaufhörlich rinnen die Tränen über Stefans Gesicht. Es ist das erste Mal, dass Eva ihren Vater weinen sieht – sie wird es nie vergessen.

Fast fünfzig Jahre später wird ein siebenjähriger Bub am Spitalsbett seiner Mama weinen, weil auch sie seinen Bruder tot auf die Welt gebracht hat. Der Siebenjährige wird mein Sohn sein.

Bei Stefan und seiner Frau löst sich der Wunsch nach einem weiteren Kind auf, wird nichtig angesichts von Hedwigs Zustand. Lange, lange fühlt sie sich schwach, ausgelaugt und traurig. Sie ist keine, die mit ihrem Kummer hausieren geht, sie vergräbt alles tief in ihrem Inneren. Selten teilt sie ihre Gefühle mit.
Darüber hinaus hat sie schlicht keine Zeit zum Trauern.
Entgegen jeder Erwartung, entgegen jeder Planung findet ein weiteres Kind einen Weg in die Familie. Fünf Tage vor dem Heiligen Abend 1960 entbindet Hedwig einen Sohn, den sie Peter nennen. Wieder ist ein Kaiserschnitt gemacht worden, wieder erholt Hedwig sich nur langsam von der Operation.

Eva, Hedwig, Stefan und Juli – bei allen im Haus ist die Freude über das rundgesichtige, überaus freundliche Kind überbordend. Mittlerweile ist Hedwig 36 Jahre alt.
Im folgenden Jahr überschattet allerdings eine unbändige Sorge ihrer aller Gemüt. Eva ist elf Jahre alt, als sie im Frühjahr ernsthaft krank wird. Lebenslust und Lebenskraft weichen in kürzester Zeit aus dem lebendigen Kind, schließlich ist es am ganzen Körper gelähmt, die Ärzte im nächsten Krankenhaus wissen keinen Rat, Eva muss für Monate ins AKH nach Wien.
Alle zwei Wochen kommt ihr Vater sie besuchen, manchmal findet auch die Mutter Zeit, die Reise vom Dorf nach Wien dauert mit dem Bus mindestens fünf Stunden und ist sehr teuer. Zwischendurch schauen Verwandte oder Bekannte vorbei, beispielsweise teilt Stefans Cousin Fritz den Eltern auf einer Ansichtskarte am 31. Juli 1961 Folgendes mit: *»Evi geht es sehr gut, obwohl sie heute liegen muss, weil sie punktiert wurde. Sie ist bestimmt in Wien besser aufgehoben als in Graz! Bestimmt bleiben keine Folgen! Herzliche Grüße, Fritz«*
Was in den Eltern, was in der Elfjährigen vorgegangen ist, kann man höchstens erahnen.
Seit dieser Zeit in Wien übernachtet meine Mutter prinzipiell daheim, in ihrem eigenen Bett. Sollte sie doch irgendwo unterwegs sein, leidet sie verlässlich unter Heimweh. Gottseidank schaffen es die Ärzte in Wien, Eva gesund zu machen.
Hedwig ist in der Erinnerung ihrer Tochter einerseits als sehr liebevoll, andererseits als sehr streng verankert, die Mutter vermittelt ihr sehr eindringlich, was schicklich ist und was nicht. Die Regeln im Dorf sind starr, besser man hält sich daran, Abweichungen werden missbilligt.

Hedwig und Stefan werden älter, Ruhe allerdings finden sie auf Dauer nicht, denn Hedwig kämpft immer wieder mit massiven Blutungen und Bauchschmerzen, sodass sie oft tagelang im Bett bleiben muss. Irgendwann legt man ihr im Krankenhaus nahe, sich wegen ihrer Gewächse die ganze Gebärmutter entfernen zu lassen. Eine so-

genannte Radikaloperation, die Hedwig wieder schwächt und langsam verzweifeln lässt.
Die Dinge nehmen ihren Lauf, die Kinder wachsen heran, die Eheleute vertragen sich meist gut, so unterschiedlich sie auch sind. Der Wohlstand im Dorf steigt zaghaft, Hedwigs Kummer verblasst, sie arbeitet so hart wie eh und je, hier Stefan, der Ruhige, Bedächtige, da noch einmal Hedwig, die Aktive, Überschäumende – wer will wissen, wann ihr auch der letzte Funke Lebenskraft abhandengekommen ist? Verheilen die Wunden?
Die Wunden des Krieges, der Besatzung, der Angst um das lebende, der Gram um die toten Kinder. An der Oberfläche verheilen sie vielleicht, die Narben aber bleiben, die dicken roten Narben auf Hedwigs Bauch und in ihrer Seele.

# 13

## Wachs

Wie haben sich das Dorf und seine Umgebung seit Hedwigs und Stefans Hochzeit 1947 entwickelt?
Diesseits und jenseits der österreichisch-ungarischen Grenze etablierten sich völlig konträre Zustände. Österreich war nach wie vor von den Alliierten besetzt, in Ungarn hingegen verfestigte sich ein kommunistisches System, das den Menschen kaum Luft zum Atmen ließ.
1946 prägte Winston Churchill den Begriff des »Eisernen Vorhangs« und zeichnete die Gefahr einer in Ost und West geteilten Welt. Kaum jemand hätte sich vorstellen können, dass dies bereits zwei Jahre später zur bitteren Realität werden würde.
Ungarn zog entlang seiner Westgrenze einen doppelten Stacheldrahtverhau auf, sicherte diesen mit einem Minengürtel ab und legte davor noch einen breiten, stets sauber geeggten Erdstreifen, der für die Grenzwächter jede noch so schwache Spur sichtbar machen sollte.
Für die Menschen im Dorf wurde es immer schwieriger, die Grenze zu übertreten, es dauerte oft Monate, bis Genehmigungen ausgestellt wurden, Schmuggeln und Hamstern standen an der Tagesordnung, in nächtlichen Touren fanden Zigaretten, Fleisch und Schweinefett ihren Weg über die Grenze. Da das Südburgenland durch die Demarkationslinie von der Steiermark im Westen abgetrennt war, blieb häufig gar keine andere Möglichkeit.
Doch dies sollte bald ein Ende haben, 1949 senkte sich der Eiserne Vorhang endgültig über den Kontinent und trennte auch das südlichste Dorf des Pinkatales von der Welt ab. Gut zwei Drittel der

Hottergrenze waren nun von Stacheldrähten und Wachtürmen umsäumt, der Weg nur nach Westen hin offen.
Trotzdem versuchten Menschen aus Ungarn immer wieder, die gefährliche Grenze zu überwinden, die Ortschronik berichtete etwa am 9. März 1952: *»Es flüchtete ein ungarischer Zivilist auf österreichischen Boden. Zwei ungarische Grenzbeamte nahmen die Verfolgung bis zu unserem Friedhof auf, wobei sie von der Schusswaffe Gebrauch machten. Dem Flüchtling gelang es, sich im Dorf zu verstecken und zu entkommen.«*
Nicht selten verfolgten ungarische Grenzer die Flüchtenden weit ins österreichische Staatsgebiet hinein, die Proteste der Regierung in Wien änderten daran nicht das Mindeste. Hatte man es schließlich doch glücklich über die Grenze geschafft, war es aber ebenso wenig ratsam, einem österreichischen Grenzbeamten in die Hände zu fallen – dieser hatte nämlich den strengsten Auftrag, den Unglücklichen umgehend der sowjetischen Kommandantur in Güssing zu übergeben, die diesen ohne viel Federlesens wieder nach Ungarn expedierte.
So entwickelte sich die ungarische Grenze im Pinkatal allmählich zu einer der dichtesten und gefährlichsten Grenzen weltweit.
Alte Verbindungen, sowohl verwandtschaftlicher als auch wirtschaftlicher Natur, wurden gekappt, für Menschen, die in Sichtweite voneinander lebten, gab es keine Möglichkeiten der Begegnung mehr, ihre Weingärten über der Pinka lagen für viele Bauern auf der ungarischen Seite des Tales mit einem Mal außer Reichweite. Obwohl man die Kirchenglocken des Nachbardorfes hören konnte, schien jenes doch auf ewig unerreichbar zu sein. Weinberge verwilderten, Weinkeller verfielen, traurige Zeugen des Kalten Krieges im Tal.
Mit dem Staatsvertrag, der ab 1955 Österreichs Freiheit und Souveränität garantierte, wollte die Sowjetunion immerhin ein Zeichen des guten Willens setzen und nach den stalinistischen Terrorjahren eine Phase der Entspannung einleiten. Nirgendwo war dieser in Moskau und Wien ausgehandelte Pakt wohl sehnsüchtiger erwartet worden als im Pinkatal, erst dessen Abschluss stillte die Angst, doch noch dem kommunistischen Ungarn einverleibt zu werden.

Ohne es an die große Glocke zu hängen, begann die ungarische Regierung 1955 den schrittweisen Rückbau des Eisernen Vorhanges, im Mai 1956 wurde die ungarische Bevölkerung von der Räumung der Minen und Drahtverhaue informiert. Je durchlässiger die Grenze wurde, desto mehr Menschen überquerten sie in Richtung Westen – und riskierten dabei nach wie vor ihr Leben.
Nicht weit von Deutsch Schützen ereignete sich folgender Vorfall, der in der Chronik am 15. September 1956 festgehalten wurde: *»Ungarische Soldaten schossen einem bei Deutsch Schützen von Ungarn nach Österreich flüchtenden Mann mit Salven und Einzelschüssen ungefähr 150m auf österreichischem Gebiet nach, verletzten ihn vermutlich schwer oder tödlich und schleiften ihn wieder über die Grenze nach Ungarn zurück.«*
Mittlerweile spitzte sich die Lage in Budapest zu, Ende Oktober standen Studenten, Arbeiter und Intellektuelle gegen das kommunistische Regime auf, Soldaten und Polizisten sympathisierten mit den Revolutionären und überließen ihnen ihre Waffen. Das ungarische Volk witterte Morgenluft.
Auch im Pinkatal spielten sich am 28. Oktober erschütternde Wiedersehensszenen und Freudenkundgebungen ab. An diesem wolkenverhangenen Sonntag erlebte das Dorf einen Aufmarsch, wie es ihn weder vorher noch nachher jemals gesehen hatte: Die Bewohner aller umliegenden ungarischen Nachbardörfer formierten sich am unteren Dorfende zu einem ansehnlichen Zug, an dessen Spitze sie zum Zeichen der Verbundenheit die rot-weiß-rote und die rot-weiß-grüne Fahne trugen.
Feierlich durchschritten sie den Ort, die Nachricht verbreitete sich wie ein Lauffeuer und trieb die Bewohner aus den Häusern. Die Menge versammelte sich am Kirchenplatz, wo ein ungarischer Lehrer das Wort an sie richtete, anschließend zog man in die Kirche ein. Nachdem man sich an höchster Stelle inbrünstig für die neue Freiheit bedankt hatte, ging man zu den weltlichen Festivitäten über, nach acht Jahren der Trennung wurde das Wiedersehen im Wirtshaus ausgiebig begossen. Die Menschen beschenkten die Besucher mit Brot und Wurst, Reis und Zigaretten, Schokolade und Orangen.

In bester Stimmung und voller Hoffnung zogen die Ungarn wieder in ihre Heimatortschaften ab.
Wenige Tage später rollten sowjetische Panzer die ungarischen Freiheitsbestrebungen in Grund und Boden, zerstörten alle lichten Erwartungen und trieben Hunderttausende in die Flucht.
In den österreichischen Dörfern entlang der Pinka trafen zuerst die Bewohner der ungarischen Nachbarorte ein, immer dichter folgten Ströme von Menschen aus den östlicheren Teilen Ungarns. Allein im Dorf kamen bis Jänner 1957 mehr als 10 000 Menschen über die Grenze, täglich oft mehr als 500, die sämtlich verköstigt und untergebracht werden mussten.
Da es dauerte, bis offizielle Hilfsmaßnahmen anlaufen konnten, waren die Ungarn auf die Hilfe der Dörfler angewiesen. Und diese taten tatsächlich, was sie konnten. Sie wussten, dass nur glückliche Umstände sie davor bewahrt hatten, jetzt nicht in derselben verzweifelten Lage zu sein - wie lange war es an der Kippe gestanden, welchem Staat ihr Dorf zugeordnet werden sollte!
Insbesonders spukte die Angst, dass die russischen Panzer an der Grenze nicht halt machen würden, mehr denn je in ihren Köpfen herum. Es war gerade ein Jahr her, dass die Sowjets Österreich endgültig verlassen hatten, wer weiß, welchem ihrer Generäle es einfallen würde, seine Divisionen unter irgendeinem Vorwand wieder im Burgenland aufmarschieren zu lassen!
Stefan und Hedwig waren mehr als besorgt, vor allem Stefan hielt in seiner pessimistischen Art alles für möglich. Die Menschenmassen, die das Dorf nach Kriegsende hatte beherbergen müssen, hatten tiefe Spuren in ihrem Gedächtnis hinterlassen, mit einem Mal erinnerten sie sich deutlicher, als ihnen lieb war, an die fürchterlichen Zeiten der Gewalt und des Hungers. Ihnen war sehr wohl bewusst, dass diese Menschen hier nur Schutz suchten und in guter Absicht kamen – und so wich ihre aufsteigende Panik allmählich einer leichten Beklommenheit, der sie jedoch ebenfalls keinen Raum zugestehen wollten.
In erster Linie bewog sie jedoch eine Erfahrung, die größtmögliche Hilfsbereitschaft an den Tag zu legen: Nur zu gut erinnerten sie sich

an den Gründonnerstag 1945, an das Gefühl, Haus und Hof verlassen zu müssen und einem ungewissen Schicksal entgegenzusehen.
So halfen beide mit, so gut sie konnten, brachten Decken und Lebensmittel, teilten bereitwillig, obwohl sie selbst nicht viel besaßen.
Für die Flüchtlinge war das Dorf nur eine Zwischenstation, Hunderte von ihnen wurden mit Bussen des Roten Kreuzes abgeholt und über Güssing nach Graz und Eisenstadt gebracht. Doch irgendwann konnten die Busse dem Ansturm nicht mehr genügen und mehr und mehr Menschen blieben im Dorf.
Schule, Feuerwehrhaus und der Saal des Gasthauses »Zur Traube« waren jede Nacht gesteckt voll, die Menschen mussten sich zusammendrängen, immerhin hatten sie es warm und bekamen zu essen.
Eines Abends wollte Franz, Hedis Bruder, nach einem langen Tag der Hilfestellungen nach Hause gehen, als ihm eine junge Ungarin auffiel, die hochschwanger auf einer Decke am Boden des Saales lag. Seine eigene Frau hatte erst vor wenigen Monaten ihr erstes Mädchen auf die Welt gebracht, so bot er der Schwangeren aus Mitleid an, bei ihnen auf der Bettbank zu übernachten.
Nach dem Frühstück schickte sich die junge Frau zum Aufbruch an, holte noch einen Wecken Weißbrot aus der Tasche und warf ihn in die Holzkiste. Franz und Käthi legten ihr nahe, das Brot mitzunehmen, doch ihr Gast forderte sie auf, es wegzuwerfen, da es schon einen Tag alt sei.
Die schwangere Frau war die Tochter eines Notars in Budapest und hatte offensichtlich in anderen Verhältnissen gelebt als Franz und Käthi, beide erzählten noch Jahrzehnte später fassungslos von der Gedankenlosigkeit, mit der jene Frau in jenen Zeiten mit einem Lebensmittel umgegangen war. Noch dazu besaß Weißbrot bei den Bauern einen besonderen Stellenwert, weil es beim Bäcker gekauft werden musste.

Zu Martini war der verzweifelte Freiheitskampf der Ungarn endgültig niedergeschlagen.
Noch riss der Strom der Menschen allerdings nicht ab, je kälter es wurde, desto mehr litten die armen Kinder der Flüchtlingsfamilien,

die häufig in Körben, Rucksäcken, Decken und sogar auf Schlitten transportiert wurden.
Obwohl in diesen Tagen Menschen unterschiedlichster Schichten und Hintergründe aufeinandertrafen, war die Stimmung im Großen und Ganzen von Wohlwollen und Unterstützung geprägt.
Am Heiligen Abend 1956 waren noch etliche Menschen im Dorf einquartiert, der Koch bemühte sich mit Hilfe der Dorffrauen, den Menschen ein angemessenes Weihnachtsessen zuzubereiten.
Aus dem großen Saal des Wirtshauses drangen die Klänge ungarischer Weihnachtslieder, am Fenster stand ein kleiner Christbaum, dessen Kerzenflammen ihr Licht auf die ungewöhnlich hohe Schneedecke vor dem Fenster warfen.
Natürlich war man im Dorf mehr als froh, als der Menschenstrom endlich zu versiegen begann, bei allem Bedauern für die tragischen Einzelschicksale.
Es wurde wieder ruhiger, doch die Ruhe an der Grenze sollte bald einer Grabesruhe gleichen. Schon im Frühling wurden die Befestigungen auf der ungarischen Seite wieder massiv ausgebaut, vom Friedhof des Dorfes aus hatte man die beste Sicht und wurde so Zeuge des raschen Baufortschritts: Auf den doppelten Stacheldrahtzaun folgte wiederum der Kontrollstreifen mit dem Fahrtweg dahinter, darüber thronten die graugrünen Wachtürme, die Tag und Nacht besetzt waren.
Als Kind der Siebzigerjahre wirkten weder Stacheldraht noch Türme bedrohlich auf mich, sie waren Normalität, ich kannte es nicht anders. Mulmig wurde mir nur, wenn wir der Grenze sehr nahekamen, man hatte uns eindringlich vor verirrten Minen im Boden gewarnt. So hielten wir Kinder meist einen Respektabstand ein, der uns jedoch nicht davon abhielt, den meist rauchenden, ungarischen Soldaten auf den Wachtürmen ausgiebig zuzuwinken. Und siehe da, ab und zu winkte einer zurück.
Eine Welt ohne Stacheldrähte und Wachtürme erschien mir damals unvorstellbar.
Für mehr als dreißig Jahre sollte sich der Eiserne Vorhang wieder herabsenken und das Tal und seine Dörfer in einen wirtschaftlichen

Dornröschenschlaf versetzen.
Am schlimmsten erwischte es im Pinkatal die Ortschaften jenseits der Grenze, sie wurden zu Enklaven, die sowohl von Österreich als auch vom ungarischen Hinterland rigide abgeschnitten waren. Um eines dieser Dörfchen zu besuchen, brauchte man auch von ungarischer Seite Sondergenehmigungen und musste mehrere Wachposten passieren. Ebenso erging es deren Bewohnern, wenn sie beispielsweise nach Steinamanger wollten. Sie waren jahrzehntelang der Willkür kommunistischer Behörden ausgesetzt.
Verglichen damit florierten die österreichischen Dörfer geradezu, auch wenn die Abwanderung in die Städte groß und das Tempo der Gegend eher ein gemächliches war.
Dennoch geht es voran, für Stefan und Hedwig werden die Zeiten besser, 1958 wird Stefan als Kriegsinvalidem sogar ein zweiwöchiger Kuraufenthalt im Helenental genehmigt, der Briefwechsel mit Hedi und Eva legt ein beredtes Zeugnis ihrer innigen Verbundenheit ab. Hedwig freut sich für ihn und berichtet von den Arbeiten daheim, der Kukuruz muss angebaut und das Gras gemäht werden, sie überlegen beide, ob sie ihre junge Kalbin um 5800 Schilling verkaufen oder noch warten sollen. Eva schreibt von einem Blitzschlag im Dorf und ist ansonsten guter Dinge.
So meistern Hedwig und Stefan ihren Alltag und nehmen die Geburt ihres Sohnes Peter im Dezember 1960 dankbar als großes Geschenk an.
Die sechziger Jahre ziehen ins Land. 1961 kann sogar ein kleiner roter Steyr-Traktor angeschafft werden, der ihnen die Arbeit immens erleichtert, sie wirtschaften fleißig und gewissenhaft.

Auch ihre gegenseitige Zuneigung ist ungetrübt, sie sind einander nach wie vor innig verbunden, wie den Zeilen, die Stefan anlässlich ihres 20. Hochzeitstages für Hedi verfasst, zu entnehmen ist:

*An meine Frau*

*In Deinen Augen liegt mein Trost,*
*Meine Seel' Dich still umkost;*
*Du bist für mich das allergrößte Glück,*
*Nach Dir sehn' ich mich stets zurück.*

*Ich liebe Dich nun schon seit vielen Jahren,*
*Weißt Du noch, wie wir uns einst begegnet waren?*
*Du bist mein Glück seit Deiner Jugend frohen Tagen,*
*Wie groß es ist, können Worte Dir nicht sagen.*

*Wenn mancher Sturm mich auch umtost –*
*In Deinen Augen liegt mein Trost.*

Dass Hedi ihren 30. Hochzeitstag nicht mehr erleben, sondern zwei Monate vorher diese Welt verlassen wird – das ahnt damals zum Glück noch keiner von ihnen.

Auch ihrer Tochter Eva ist die große Liebe begegnet, nur ein paar Häuser weiter, sie ist noch keine 16 Jahre alt.
Die Begeisterung der Eltern hält sich in Grenzen. Zwar ist der junge Mann groß und stark, darüber hinaus ein einziger Sohn mit einer ansehnlichen Wirtschaft – aber Eva ist jung und intelligent, sie sollte lieber vorher eine Ausbildung machen. Stefan wünscht sich, dass sie seinen unerfüllten Traum verwirklicht und im Idealfall Lehrerin wird.
Mit Händen und Füßen wehrt sie sich, sie ist eine gute Schülerin, die aber mit 14 das Lernen justament einstellt, um nur ja nicht in eine weiterführende Schule geschickt zu werden. Die Eltern sind fassungs- und machtlos, an Evas Sturschädel beißen sie sich die Zähne aus, vernünftigen Argumenten ist die Tochter nicht zugänglich. Lieber arbeitet sie zuhause am Hof mit und packt dort immerhin tüchtig zu.

Das Höchste der schulischen Gefühle ist ein Kompromiss zwischen Vater und Tochter, mit 17 geht Eva für ein Jahr nach Oberpullendorf in die landwirtschaftliche Fachschule für Mädchen. Der Liebe zu Hans allerdings tut diese Trennung keinen Abbruch.

Es kam, wie es kommen musste, Eva heiratete Hans am 24. Mai 1969, sie war gerade 19, er 24 Jahre alt. Im Dorfwirtshaus fand eine fulminante Hochzeit statt, dazu musste Stefan noch am Standesamt als ihr Vormund unterschreiben – er machte gute Miene, war aber skeptisch, was die Familie seines Schwiegersohnes anging, der Vater trank und war oft tagelang in den Wirtshäusern unterwegs.
Evas Geschichte soll ein anderes Mal erzählt werden, nur so viel: 1969 war ein denkwürdiges Jahr, Ende Juli fand ein bahnbrechendes Ereignis statt, die ersten Menschen betraten den Mond. Auch mein Leben dürfte in einer jener heißen Julinächte seinen Anfang genommen haben, knapp ein Jahr nach der Hochzeit brachte Eva ihr erstes Kind zur Welt – wie schon gesagt: viel zu groß für die zierliche Frau und dunkelviolett. Das war ich. Und meine Schwester folgte knapp zwei Jahre später. Eine Woche vor der Geburt meiner kleinen Schwester, am 25. Jänner 1972, schrieb Hedwig einen Brief an Stefan, der für drei Wochen zur Kur in Bad Tatzmannsdorf weilte. Es ist ihr letzter Brief an ihn.

*Lieber Stefan!*
*Ich will Dir schnell ein paar Zeilen schreiben, denn vielleicht wartest auch Du so sehr auf einen Brief, wie ich auf Deinen gewartet habe. Daheim komme ich mit der Arbeit ganz gut zurecht. Um halbsechs stehe ich auf, bis neun bin ich dann mit allem fertig. Mit den zwei Kälbern hatte ich bis jetzt noch keine Schwierigkeiten. Die Kälte ist zu ertragen, hoffentlich bleibt es so.*
*Habe am Sonntag gewartet, dass Du mit Deinen Kollegen kommst, wenn es nicht möglich war, ist auch nichts dabei, werden die zwei Wochen auch vergehn. Ich würde Dich auch gern besuchen, aber es findet sich keine passende Gelegenheit.*
*Ich geh jetzt zur Resl, ihre Kleider probieren und auch den Schwa-*

*ger Behm besuchen, der seit Sonntag mit Fieber im Bett liegt. Jeden Abend nähe ich fleißig, damit ich mit allem fertig bin, bis Ella kommt. Ich freu mich, dass Du Dich gut erholt hast und hoffe, dass es Dir längere Zeit gesundheitlich besser gehen wird. Ich wünsche Dir weiterhin einen schönen Aufenthalt und recht liebe Grüße von Deiner Frau*

Eigentlich war sich Stefan mit gerade einmal 50 Jahren für die Großvaterrolle bei weitem zu jung vorgekommen, Hedwig hatte damit weniger Probleme, vielleicht hat sie sich mit ihren 46 auch schon ausgelaugter und müder gefühlt, als es ihrem Alter entsprochen hätte.
Ich erinnere mich an sie als eine Oma, die mit Argusaugen über mein tadelloses Benehmen in der Kirche wachte und schimpfte, wenn ich den Rotz in der Nase hochschniefte, anstatt mich zu schnäuzen.
Vor allem aber erinnere ich mich an die Oma, die uns rosageblümte Kleider nähte und mit mir am Schoß Hoppa Reiter spielte. Solange ich lebe, werde ich beim Wiegenlied von Brahms »Guten Abend, gut' Nacht« in Gedanken bei meiner Oma sein. Wir beiden kleinen Mädchen unter der dicken Tuchent, die dunkle Stimme der Oma am Bettrand. Uns beiden wäre damals nicht aufgefallen, dass es ihr nicht besonders gut ging.
Immer öfter schlich sie im Haus und im Hof stundenlang auf und ab, den Oberkörper gekrümmt vor Schmerz, die Hände auf den Bauch gepresst, ihr Gesicht ungesund gelblich. Was mochte ihr durch den Kopf gegangen sein, während sie unruhig auf und ab ging? Spürte sie, was kommen würde?

Ich sitze im Renault 4 hinter meinem Vater und höre einen Schlager: »Wenn die Rosen erblühen in Malaga«. Mit sechs Jahren weiß ich nicht, wo Malaga ist, Cindys helle Stimme gefällt mir aber gut. Wie auf einer Festplatte ist dieser Moment in meinem Hirn eingebrannt. Das Gedudel aus dem Radio, wir verabschieden uns von meinem Opa, die Oma ist seit gestern im Spital und soll operiert werden. Eine Magengeschichte. Nichts Lebensbedrohliches, dennoch: besorgte Mienen, Angst.

Die Operation ist vorbei, wir besuchen meine Oma im Spital. Stumm stehe ich am Bett, aus Hedwigs Nase ragen Schläuche, sie nimmt uns nicht wahr, ich bin schockiert.
Weit nach Mitternacht weckt mich etwas aus dem Schlaf, draußen am Gang zerreißt das Läuten des Telefons die nächtliche Stille, das schrille Läuten durchschneidet die Nacht. Endlich hebt mein Opa ab: Es tut uns leid, wir konnten Ihrer Frau nicht mehr helfen.
Ich ahne noch nichts von der Katastrophe, drehe mich im Bett um und versuche weiterzuschlafen, allein es will mir nicht gelingen. Obwohl man mich nicht geholt hat, tapse ich im Pyjama barfuß auf dem eiskalten Steinfußboden in die Küche. Dort finde ich Stefan, seinen sechzehnjährigen Sohn, Juli und meine Eltern, sie sitzen die ganze Nacht weinend beisammen.
Am nächsten Morgen hat sich meine Familie verändert: Nicht nur, dass meine Großmutter nicht mehr kommen soll, auch jene, die noch da sind, sind nicht mehr die, die sie gestern waren.
Die Trauer hat jegliche Lebensfreude aus dem Haus vertrieben. Dazu kommt eine seltsame Geschäftigkeit.
Das Haus ist mit einem Mal voll von Menschen, ernste Mienen, verstörte Blicke, teilnahmsvolles Gehabe. Das Zimmer mit den großen Betten, in denen meine Schwester und ich oft geschlafen haben, wird komplett ausgeräumt. Hedwig soll darin aufgebahrt werden.
Mitten unter den vielen Verwandten stehe ich im Hof, wir warten auf den Leichenwagen. Es ist ein blauer milder Spätwintertag, die Vögel zwitschern so fröhlich, so, als ob meine Oma nicht gerade im Sarg die Stiegen hinaufgetragen werden würde. Immer wieder höre ich lautes Weinen und leiseres Schluchzen. Ich bin dabei, als der helle Holzsarg auf dem schwarzen Tisch im Zimmer abgestellt wird. Ich bin dabei, als der Leichenbestatter den Deckel des Sarges abschraubt und hochhebt. Ich werfe einen langen Blick auf meine Oma. Es soll der letzte Blick auf sie sein. Meine warme lebendige Oma von oben bis unten in durchsichtiges Plastik gepackt. Ihr Mund seltsam verzogen, ich schaue genauer hin und entdecke, dass der Leichenbestatter die Lippen mit weißem Klebstoff zugeklebt hat.
Das ist nicht mehr meine Oma, die da liegt.

Zu beiden Seiten des Sarges werden Kerzen angezündet, Chrysanthemen aufgestellt, zwei Tage lang Totenwache gehalten. Das Beten, Singen und Klagen der Frauen geht mir durch Mark und Bein. In der Küche herrscht Hochbetrieb, die Verwandten kochen, schließlich müssen alle verköstigt werden. Ich gehe nicht mehr in die Nähe des Sarges. Ein seltsamer, fremder Geruch wabert im Raum, ich kann ihn nicht zuordnen, nie zuvor und nie danach habe ich etwas Ähnliches wahrgenommen.
Am Begräbnistag ist es ungewöhnlich heiß für die Jahreszeit, selten dass die Menschen im März ins Schwitzen geraten.
Ich weiß noch, wie der Sarg ins Grab gesenkt wird, der Kirchenchor singt »Näher mein Gott zu dir« und »Wohin soll ich mich wenden«.
Nach dem Begräbnis machen sich alle auf den Weg zum Totenmahl, der Totengräber kommt und verrichtet seine Arbeit, die unzähligen Kränze finden nicht annähernd auf dem frischen Erdhügel Platz, sie werden in einem weiten Kreis um Hedwigs Grab gelegt.
Zwei Monate darauf muss dieses Grab abermals geöffnet werden. Wir brauchen Platz für einen weiteren Sarg.

Mit sieben Jahren schaffe ich es bereits, mit dem Bus nach der Schule die eineinhalb Stunden bis zum Dorf zu fahren. Am oberen Ortsende steige ich aus, an einem goldblauen Tag im Mai. Die rote Schultasche am Rücken mache ich mich gerade auf den Weg zum Haus meines Großvaters, als mir ein paar Kinder aus der Nachbarschaft entgegenradeln.
»Eure Nahnl ist gestorben!«, rufen sie mir zu, drehen in großem Bogen um und fahren davon. Ich bin wie erschlagen und kenne mich nicht aus. Warum soll die Nahnl gestorben sein? Außer Atem komme ich daheim an, es ist wahr.
In der Kammer, die sie jahrelang mit ihrer Enkelin Eva geteilt hat, hat Juli ihre letzten röchelnden Atemzüge getan.
Draußen scheint die Maisonne vom Himmel, drinnen ist es stickig, vom Türstock aus werfe ich einen Blick auf das wächserne Gesicht der Nahnl im Bett. Stefan und Gisi sind da, Eva und Peter, aller Augen sind rot, die Gesichter geschwollen.

In den Wochen nach Hedwigs Tod hat Juli noch einmal all ihre Willensstärke mobilisiert, um ihrem Sohn und Enkelsohn beizustehen - aber nach zwei Monaten ist ihr mit ihren 83 Jahren einfach die Kraft ausgegangen.
Ihren ersten Mann, Josef, hat sie um 53, ihren zweiten Mann, Georg, um 33 Jahre überlebt.
Wieder ein Begräbnis unter der warmen Friedhofssonne, innerhalb weniger Wochen sind Stefan nun Frau und Mutter weggestorben.
Er ist mit 57 Jahren Witwer, sein Sohn hat mit 16 seine Mutter verloren. Die Trauer dringt in jede Ritze des Hauses und will für lange lange Zeit nicht weichen.

# 14

## Papier und Tinte

Die Arbeit mit den Tieren, auf dem Feld und im Weingarten verhinderte, dass Stefan in einen bodenlosen Abgrund sank. Er versuchte, sich seines Sohnes wegen zusammenzureißen, doch in dem einst so lebendigen Haus fanden sich während der Woche nur mehr sie beide am Esstisch ein, verloren, sprachlos in ihrer Trauer.

Rundum versuchten alle zu helfen, so gut sie konnten, meine Mutter litt selber unsäglich und versuchte doch, allen gerecht zu werden. Sie versorgte Vater und Bruder, wo sie konnte, Hans und sie halfen bei den größeren Arbeiten am Hof mit, daneben waren da noch ihre eigenen Kinder und ihr eigenes Leben in der 40 Kilometer entfernten Kleinstadt. Schwierige Jahre.

Mein Großvater war noch keine 60, als sein Sohn nach Wien ging, um zu studieren. Von nun an war er während der Woche ganz allein im Haus, zum ersten Mal in seinem Leben.

Irgendwann wurde auch das letzte Schwein verkauft, die letzte Kuh aus dem Stall getrieben; während er sie durch den Hof zum wartenden Wagen des Viehhändlers führte, wischte er sich verstohlen die Tränen aus den Augenwinkeln. Die Hühnerschar samt dem Hahn blieb, dazu die Arbeit im Weingarten, das Holzhacken, der Gemüsegarten, der Obstgarten.

Eine Zeitlang entwickelte er ein besonderes Faible für das Dörren von Äpfeln, Birnen und Zwetschken, jedes Wochenende beglückte er uns mit prallen, süßen Papiersackerln, es gab nichts, was er nicht restlos verwertet hätte. Leere Nussschalen dienten ihm als Brennmaterial, leere Gläser oder Plastiktaschen wurden prinzipiell unendlich oft wiederverwendet. Mit dem Begriff »Entsorgung« stand mein Großvater eindeutig auf Kriegsfuß. Im Nachhinein betrachtet war er seiner Zeit diesbezüglich klar voraus. Aus dem Mangel kommend maß er jedem Ding den ihm gebührenden Wert bei.

Viele viele Wochenenden verbrachte ich als Teenager bei meinem Opa, bis ich dann mit 16 oder 17 immer häufiger mit meinen Freunden unterwegs war. An unserer engen Bindung änderte das allerdings nichts. Zehn Jahre nach Hedwigs Tod füllte sich das Haus wieder mit mehr Leben, denn nach ihrem Studium beschlossen Peter und seine Frau, Wien den Rücken zu kehren und wieder ins Pinkatal zu ziehen. Bald erfüllte fröhliches Kinderlachen das Haus, denn 1989 bekam Stefan sein drittes Enkelkind, 1991 sein viertes.

1989 sollte darüber hinaus etwas geschehen, was bis dahin niemand für möglich gehalten hätte. Etwas, was das Dorf ebensosehr wie ganz Europa und letztlich die Welt veränderte.
Im Sommer begannen die Ungarn, den Stacheldraht an der österreichischen Grenze abzubauen, das Paneuropa-Picknick in St. Margarethen, bei dem etliche DDR-Bürger via Ungarn und Österreich in die BRD flohen, zählt zu den erfreulichsten historischen Ereignissen des 20. Jahrhunderts.
Ein Dominoeffekt setzte ein, der Reihe nach fanden in sämtlichen Staaten Osteuropas »sanfte«, unblutige Revolutionen statt. Die kommunistischen Regime hinter dem Eisernen Vorhang waren am Ende, wirtschaftlich bankrott, moralisch sowieso.
Gottlob konnten sie nicht mehr dieselbe brutale Schlagkraft entwickeln wie 1956 oder 1968 – und das Wunder geschah: Die Sowjetunion zerfiel und der Kalte Krieg fand sein Ende.
Die Freude darüber überwog allerorten, was nicht darüber hinwegtäuschen soll, dass sich die völlig konträren Lebenswelten des Westens und des Ostens einander erst wieder annähern mussten. Hie und da schwang auch ein leises Unbehagen über die verlorene Ruhe und die ungewissen Aussichten an der Grenze mit, alles Neue will zunächst erfahren und erst dann für gut befunden werden. Die Stra-

ßen im Dorf an der Grenze führten nun nicht mehr in Sackgassen, an deren Ende Totenkopfschilder vor vermintem Gebiet warnten.
Nein, man war auf einmal ein Dorf, das etwa lernte, was der Begriff »Durchzugsverkehr« bedeutete – was auch nicht immer das reine Vergnügen darstellte.
Insgesamt wurde die Ostöffnung begrüßt, ich erinnere mich an einen Seufzer meines Großvaters: »Jetzt können die armen Prostrumer endlich wieder in ihre Weingärten und Keller!«
Mit 70 Jahren war es ihm vergönnt mitzuerleben, wie die fatalen Nachwirkungen der beiden Weltkriege endlich zu heilen begannen.

Ein gutes Jahr vor dieser Grenzöffnung legte ich meine Matura ab. Das Fundament für meine Liebe zur Literatur und mein Interesse an Geschichte war damals bereits tragfähig und fest, gelegt nicht zuletzt von meinem Großvater in langen dämmrigen Stunden des Zusammensitzens, Redens und Erzählens.
Nachdem meine Oma gestorben war und Haus und Stallungen sich geleert hatten, fand er vor allem im Winter mehr Zeit zum Dichten. Sämtliche dörfliche Anlässe, Jubiläen, Geburtstags- und Weihnachtsfeiern wurden von seinen maßgeschneiderten Texten gekrönt, wiewohl er sich noch lieber der völlig zweckfreien Muse widmete.
Kam ich ihn besuchen, konnte es leicht sein, dass er mir mit einem verschmitzten Lächeln ein Blatt Papier unter die Nase hielt, immer mit blauem Kugelschreiber geschrieben, oft auf die freie Rückseite irgendeines Prospekts oder einer amtlichen Mitteilung.
Mit viel Gespür verstand er es, Momente und Stimmungen einzufangen, kleine menschliche Schwächen mit einem Augenzwinkern aufs Korn zu nehmen oder seiner Liebe zum Dorf, zum Tal, zur Natur Ausdruck zu verleihen. Manchmal klangen die Verse in meinen Ohren ein wenig holprig, dann diskutierten wir über reine und unreine Reime, Versmaße, zählten Takte und Silben.
Jahrzehntelang war Großvaters ältester Freund Alex derjenige gewesen, der ihm seine Gedichte getreulich auf der Schreibmaschine abgetippt hatte. Sich selbst eine anzuschaffen – dies wäre meinem Opa nicht in den Sinn gekommen. Zeitlebens schrieb er alle seine Texte

mit der Hand und freute sich umso mehr, wenn Alex aus mehreren Gedichten wieder ein Büchlein band und dieses mit einem von ihm gezeichneten Umschlag versah.
Relativ spät begann er, einige Texte in Mundart zu schreiben, sicher hat Alex mit der Transkription des Hianzischen seine liebe Not gehabt. Mir soll es heute nicht besser gehen, wie die folgenden Anfangsverse aus dem Gedicht »Da Fiawisch« beweisen, deren Verständlichkeit außerhalb des Pinkatales hiermit dahingestellt sei:
»Ban Brotbochan as a Traöscha iwabliem, / die Muita hatn ausananda triem / and hat mit iam an Fiawisch gmocht, / dein hats aft zan Aöfn brocht. ...« Die Reste des Brotteiges wurden also von der Mutter zu einem Fladen ausgewalkt und in den Ofen geschoben , der heiße »Fiawisch« wurde mit Schmalz, Salz und Knoblauch eingerieben und in Windeseile im Stehen verzehrt.
Glücklicherweise fand auf den diversen Veranstaltungen der Umgebung Stefans Dichtkunst ihre zwar späte, doch gebührende Anerkennung.

Höchst interessiert erkundigte er sich regelmäßig nach meinem Studienfortgang: Ob es um mittelalterliche Minnelyrik, das Wiener Bürgertum im 19. Jahrhundert oder die österreichische Literatur der Zwischenkriegszeit ging – mein Großvater war an allem brennend interessiert, ein Vielleser mit einer erstaunlichen Allgemeinbildung. Damals konnte ich nicht wirklich ermessen, was es für ihn – und übrigens auch für meinen Vater – bedeutet hatte, die gewünschte akademische Ausbildung aus Geldmangel nicht machen zu können. Uns Kindern und Kindeskindern boten sich am Ende des 20. Jahrhunderts gottlob viel reichere Möglichkeiten, die wir auch zu nutzen wussten.

So schloss ich mein Studium ab und machte mein Unterrichtspraktikum in Güssing. An einem schönen Herbsttag hatte ich nach der Schule früher aus als gedacht und beschloss spontan, meinem Großvater einen Überraschungsbesuch abzustatten.
Im Haus traf ich ihn nicht an, Ausflug stand meines Wissens nach

auch keiner auf der Tagesordnung, so gab es nur eine Möglichkeit, wo er sich aufhalten konnte – nämlich im Berg. Ich parkte vor dem Kellerstöckl und machte mich auf die Suche. Weil ich ihn nicht fand, rief ich laut in Richtung der Weingärten - und stöberte dort tatsächlich meinen Opa mitten am Hang beim Äpfelernten auf. Er war erfreut mich zu sehen, wie selbstverständlich erschien es mir damals, von den Großeltern immer freudigst empfangen zu werden.
Er drückte mir den halbvollen Sack mit den Äpfeln in die Hand, holte mit dem Apfelpflücker bedächtig einen dunkelroten Apfel nach dem anderen vom Baum und reichte mir einen herüber: »Den kost einmal!« Der knackige Apfel schmeckte frisch und saftig, entfaltete gerade die richtige Mischung aus Süße und Säure. »Das sind Ilzer Rosenäpfel, schau her, wie sich die Farbe der Schale da noch weit ins Fruchtfleisch zieht!« Andächtig bewunderten wir beide den rosa-weißen Farbverlauf und verspeisten einträchtig zwei Rosenäpfel.
Vom Wiesenhang knapp unter der Kuppe des Weinbergs bot sich uns dabei eine spektakuläre Aussicht weit in das Pinkatal hinauf. Wie immer fühlte sich mein Großvater bemüßigt, mir sämtliche Hügelketten und Erhebungen der Gegend zu erklären.
Ich kann nicht behaupten, dass ich mir alle Namen und Riede gemerkt habe, bis zum heutigen Tag habe ich aber nicht vergessen, mit welcher Begeisterung und Freude an der Schönheit der Landschaft er doziert hat. Die Dankbarkeit, in einer Gegend wie dieser leben zu dürfen, schwang in jedem seiner Worte mit – und sollte in mir, Jahre später, eine ähnliche Resonanz auslösen. Wie viele Empfindungen goss er auch diese in seinem Gedicht »Mein Pinkatal« in Worte: *»ein schönes breites Tal, Wälder und Hügel, Felder, Wiesen und Auen, ein Fluss, Weinberge und Reben auf sonnigen Hängen, Maria Weinberg und der Eisenberg«.*
Immer fühlte ich mich geborgen bei ihm, ich hatte schon selber längst Kinder, als er jeden Samstagnachmittag mit einem Laib Brot und einem Kranzl Dürre in seiner hinteren Stube auf uns wartete. In unser aller Kühlschränken zu Hause war weit und breit keine Dürre zu finden, doch bei ihm fielen wir gleich einer ausgehungerten Horde über die deftige Jause her.

Er war noch keine 70, als er jedes Geburtstags- oder Weihnachtsgeschenk mit folgenden Worten zu kommentieren pflegte: »Bitte, das Hemd kann ich ja nie austragen, das zahlt sich in meinem Alter ja überhaupt nicht mehr aus.«
Wir lachten und ignorierten natürlich seine Anwandlungen, die gerne unterspickt wurden mit dem Seufzer: »Ja, wer hätte denn das gedacht, dass ich mit meiner Kriegsverletzung so alt werden würde!«
So schien mein Großvater ein einigermaßen entspanntes Verhältnis zu seiner eigenen Endlichkeit entwickelt zu haben. Das Schicksal war ihm tatsächlich wohlgesonnen, ein halbes Jahr vor seinem 90. Geburtstag starb er, ruhig, ohne vorher allzu gebrechlich gewesen zu sein.
Die letzten Tage verbrachte er wegen eines scheinbar harmlosen Virus' im Krankenhaus, ich schickte mich an, ihn zu besuchen und wollte meinen dreizehnjährigen Sohn mitnehmen. Doch der weigerte sich kategorisch. Ich wunderte mich ein bisschen, beschloss aber, ihn beim nächsten Mal wieder zu fragen, und so fuhr ich allein.
Bis dahin war ich wegen meines Großvaters nicht übermäßig besorgt gewesen, doch auf jener Fahrt überkam mich mit einem Mal eine ebenso deutliche wie unheilvolle Ahnung. Ich bog von der Landstraße ab auf einen schmalen Waldweg, der mitten in den bunten Laubwald hineinführte. Von einem Moment auf den anderen wusste ich, dass es zu Ende gehen würde, Tränen strömten über mein Gesicht.
Im Krankenhaus unterhielten wir uns gut wie immer, als ich ihm beim Gehen von der Tür aus noch einmal zuwinkte, hob er zum Abschied seine Hand. In derselben Nacht starb er.

Jahre vergingen, irgendwann, unter dem Pinkasteg, entstand der Impuls, Georgs Geschichte aufzuschreiben, immer tiefer versenkte ich mich in die Vergangenheit, immer mehr Briefe, Hefte und Tagebücher tauchten auf, immer klarer löste sich die Kontur meiner Großeltern heraus.
Nicht immer hat mir gefallen, was ich gefunden habe, das Ringen um einen angemessenen Zugang kostete mich beinahe ein Jahr, stellte mich vor immense emotionale Herausforderungen und brachte mich

an meine Grenzen.
Ich erinnere mich an einen heißen Augustnachmittag, kühlen Weißwein im Schatten des Apfelbaums, Geplauder zwischen blassrosa Hortensien und feuerroten Geranien.
Wer hatte in den letzten hundert Jahren nicht alles in diesem Hof, in diesem Haus gelebt?
Josef, Julianna, Georg, Gisi, Stefan und Hedwig, Eva und Peter.
Wir, ihre Kinder, Enkel- und Urenkelkinder, saßen an jenem späten Nachmittag beisammen und ließen den Tag ausklingen, warteten, bis die Sonne hinter dem alten Ziegeldach des Heustadels versank.
Weil das Licht meines alten Fahrrads defekt war, brach ich auf, bevor es ganz dunkel wurde. Ich saß schon auf dem Rad, als Peters Tochter mir ein braunes Kuvert in die Hand drückte: »Schau, die haben wir gestern beim Dachbodenzusammenräumen gefunden, alte Schulhefte vom Opa, vielleicht sind sie interessant für dich!«
Dankend legte ich das Kuvert in meinen Fahrradkorb und radelte quer durch die Wiesen über den Pinkasteg ins Kellerstöckl. Ein schöner dunkelblauer Abend, ich tat gut daran, meinen Mund während der Fahrt fest geschlossen zu halten, um nicht unfreiwillig ein paar Gelsen zu verschlucken.
Der Turm von Maria Weinberg verschwamm in der Ferne, es ließ sich nicht leugnen, dass die Tage merklich kürzer wurden.
Zuhause am Küchentisch wartete mein Computer auf mich, ich hatte vor, noch ein paar Stunden an meiner Geschichte zu arbeiten. Zuvor öffnete ich das Kuvert und zog zwei dunkelblaue Quarthefte heraus, eines davon Stefans Rechenheft aus dem Schuljahr 1937/38 in Jormannsdorf. Interessiert durchblätterte ich die leicht vergilbten Seiten, bestaunte die Komplexität der Aufgaben, bewunderte deren akribische Ausführung.
Gerade wollte ich das Heft aus der Hand legen, als mich ein Text auf den letzten beiden Seiten innehalten ließ. Dunkle Bleistiftwörter in Kurrent, harmonische Bögen und rasante Schwünge, immer hatte ich meinen Großvater für seine unverkennbare Schrift bewundert. Es brauchte einige Minuten, um mich in sie einzulesen, langsam nahmen die Sätze aus der letzten Märzwoche des Jahres 1938 in meinem

Kopf Gestalt an, sickerten widerwillig in die Windungen meines Gehirns, verätzten schließlich meinen Geist. *»Deutschland muss leben und wenn wir sterben müssen.«*
Hier waren sie, die Worte, die die Haltung des achtzehnjährigen Stefan klar zum Ausdruck brachten, Worte, die sich nicht schönreden ließen, Worte, die mir durch Mark und Bein fuhren. Stefan hatte eine Rede Hitlers für wert befunden, in seinem Schulheft festgehalten zu werden. Jene Ergüsse des »Führers« hatten die Zeiten unbeschadet überdauert, unbeschadet auf dem Papier, unbeschadet im Wesen meines Großvaters wirkend?
Die Frage quälte mich, lähmte mich. An diesem Abend schrieb ich keine Zeile mehr. Ein halbes Jahr lang schrieb ich keine Zeile mehr. Es war mir unmöglich, Stefans Geschichte weiter zu erzählen. Hier der geliebte Großvater, da der glühende junge Nationalsozialist – eine unüberwindbare Kluft.
Irgendwann im Winter beschloss ich, mich jener Kluft zu stellen, sie schreibend zu überbrücken, mir aus Worten ein Geländer zu bauen, an dem ich mich festhalten konnte.
Eine ganze Woche hatte ich mir freigehalten, keine Termine, keine Verabredungen, nichts sollte mich vom Schreiben ablenken. Am Sonntagabend richtete ich meinen Schreibtisch her, alte Dokumente und Fotos in Griffweite drapierend, um Montagfrüh ohne Verzögerung beginnen zu können.
In der Nacht bemerkte ich im Halbschlaf ein unangenehmes Pochen im Kiefer. Der morgendliche Blick in den Spiegel zeigte eine Wange, die absurd geschwollen war, anstatt auf meinem Schreibtischstuhl saß ich wenige Stunden später auf dem Zahnarztstuhl. Veritable Entzündung, der gesunde Zahn musste gezogen werden.
»Ein Kind, ein Zahn« lautet ein altes Sprichwort, galt für mich »Ein Buch, ein Zahn«? Hatte mich die Auseinandersetzung mit der Geschichte meiner Ahnen mehr entzündet, als mir guttat?
Es dauerte lange, bis ich meine kindliche Sicht auf Stefan ablegte, diesen Mann, der das 20. Jahrhundert mit all seinen Höhen und Tiefen durchlaufen und durchlebt hatte. Er hatte das Pech, in einer Zeit aufzuwachsen, die ihrer Jugend Hirn und Gemüt vergiftete, es

scheint so zu sein, dass einige dieser Prägungen sehr tief in ihm verankert waren und die Jahrzehnte überdauerten.
Bei meinem Großvater offenbarte sich dies, als er erfuhr, dass mein erstes Kind von dunkler Hautfarbe sein würde. Wem bereits als Jugendlichem jahrelang vehement eingetrichtert wird, dass alles Fremde und Dunkle gefährlich ist, der glaubt das für immer.
Nie hätte mein Großvater vor mir ein Wort diesbezüglich verloren, anderen gegenüber tat er es jedoch sehr wohl, eine Tatsache, die Jahre später noch schmerzt. Und im Nachhinein befällt mich der Verdacht, dass er meinen kleinen Sohn nicht ganz in sein Herz geschlossen hat, er schaffte es nicht, über seine alten Schatten zu springen.
Heute werfen weder mein Sohn noch ich ihm das mehr vor. Ich leite daraus aber eine immense Verantwortung ab, wie wir mit jungen Menschen umzugehen haben. Prägungen im Jugendalter sind häufig irreversibel – im Guten wie im Schlechten.
Wie dankbar bin ich, Kind einer Zeit zu sein, in der ich frei und meinen Wünschen gemäß leben kann.
Und wie fatal anders war dies in der Generation meiner Großeltern.
Gerade die Menschen des Pinkabodens waren vor, im und nach dem Krieg häufig Täter und Opfer zugleich. Täter, weil sie sich von der Ideologie des Nationalsozialismus verführen ließen und die Männer in einen Krieg zogen, der die Welt in Flammen setzte. Opfer, weil der Krieg und seine Folgen auch die Pinkataler in unglaubliches Elend stürzten.
Darüber hinaus mussten die »Niederlage« und das Ende des Tausendjährigen Reiches, in das so viele ihre Hoffnungen gesetzt hatten, erst einmal verarbeitet werden. Psycho- und Traumatherapie gab es nicht, die kritische Reflexion des Geschehenen blieb bei den allermeisten aus.
Ich selber habe vor allem eines verstanden: Setzt man sich mit menschlichen Schicksalen auseinander, verschwimmen die Begriffe »Unschuld« und »Schuld«.
Letzten Endes bleibt es immer eine individuelle Entscheidung, wie weit man Verantwortung für sein Handeln übernimmt. Meine Großeltern haben diese Entscheidung für sich getroffen, weder kann noch

mag ich über sie richten.
Ihre Geschichte zu erzählen, hat mein Denken und meinen Blick geweitet. Zu meinem Mitgefühl mit den Opfern des Nationalsozialismus gesellte sich eine andere, unerwartete Facette: das Mitgefühl mit jenen jungen Menschen, die sich ohne Widerspruch für ein verbrecherisches Regime begeisterten – und bitter dafür büßten. Mit ihrer moralischen und körperlichen Integrität, oft mit ihrem Leben.
Es geht weder um ein Aufrechnen noch um ein Gewichten, es sind nur verschiedene Blickwinkel auf das größte Verbrechen des 20. Jahrhunderts.
Über allem liegt die bittere Erkenntnis: Weit mehr als ein halbes Jahrhundert nach dem Ende des Nationalsozialismus hat dessen menschenverachtendes Gedankengut sowohl mein Leben als auch das meines Sohnes überschattet. Immerhin hat der bittere Trunk Klarheit gebracht.
Ohne Zorn und Eifer blicke ich jetzt auf die Lebensgeschichten der Vorfahren zurück. So wie wir haben meine Ahnen ihre Geschicke gemeistert, Gutes und Schlechtes, Schönes und Schwieriges. Die Toten mögen ruhen - ich habe meinen Frieden mit ihnen gemacht.

Wieder stehe ich an der Pinka, tief hängen die Wolken über dem Weinberg, das Wasser fließt nach Süden - mit ihm fließt die Zeit. Das schwache Sonnenlicht lässt das Laub der Rebstöcke nur verhalten glühen, silbrigschwarz schimmern die Wellen des Flusses.
Ich bin einer Spur gefolgt, meine Suche gestaltete sich länger und schmerzhafter als gedacht, lässt mich um einige Erkenntnisse reicher, um einige Illusionen ärmer zurück.
Aus den Lebensgeschichten, die sich in all ihren Höhen und Tiefen vor mir ausbreiten, kristallisiert sich für mich eines heraus: Die Welt ist weder schwarz noch weiß. Dazwischen liegt zunächst die unendliche Palette von grau.
Unverhofft reißt die Wolkendecke auf, Sonnenstrahlen fallen auf glitzerndes Wasser, lodernde Büsche und warmes Schilf am Flussufer. Das Licht entflammt tausend Farben. Ich schließe meine Augen und wende mein Gesicht der Sonne zu.

# Epilog

»Unser Gefängnis lag ganz am Rande der Festung,
dicht am Festungswall. Zuweilen lugte man so durch
die Zaunspalten in Gottes weite Welt:
wirst du dort nicht irgend etwas erblicken ? -
doch was man erblickte, war immer nur ein Stückchen Himmel
und der mit Steppengras bewachsene hohe Erdwall,
auf dem nur die Schildwachen Tag und Nacht patrouillieren;
und gleich darauf denkt man, dass Jahre vergehen werden,
du aber immer noch so an den Zaun treten wirst,
um wieder durch die Spalten zu lugen,
und immer denselben Wall, dieselben Schildwachen
und dasselbe kleine Stückchen Himmel sehen wirst,
nicht diesen Himmel, der über dem Gefängnis ist,
sondern jenen anderen dort, den fernen, den freien Himmel.«

Fjodor Michailowitsch Dostojewski:

»Aufzeichnungen aus einem Totenhaus« (1860)

Ein kühler Oktobermorgen im Jahr 1914. Wie hypnotisiert starrte Juli auf Josefs Rücken, doch Josef drehte sich nicht um. Dafür reichte seine Kraft nicht aus.
Starren Blickes, starren Schrittes marschierte er geradeaus, folgte stumm seinen Brüdern, die Augen auf den taunassen Weg vor sich geheftet. Inzwischen bildeten sie schon ein ansehnliches Grüppchen, hier marschierte die vor Kraft strotzende Zukunft des Dorfes, mehr noch, hier marschierte die hoffnungsvolle Zukunft der Monarchie.
Am winzigen Bahnhof in Allerheiligen bestiegen sie den Zug nach Steinamanger, in der dortigen Kaserne sollten die Bauernsöhne in nicht einmal drei Monaten tauglich für diesen ersten großen Krieg des 20. Jahrhunderts gemacht werden. Unzureichend ausgebildet und unzureichend ausgerüstet schickte der gute alte Kaiser Franz Joseph die Männer sodann an die Front.
Das Einwaggonieren am Steinamangerer Bahnhof gestaltete sich an diesem 22. Jänner 2015 nicht mehr ganz so enthusiastisch, wie es allgemein zu Kriegsbeginn noch üblich gewesen war. Ob dies der klirrenden Kälte oder der nicht vorhandenen Begeisterung der Soldaten geschuldet war, bleibe dahingestellt.
Wo waren die am Bahnsteig winkenden Mädchen, wo die Blumenkränze, die sie den jungen Soldaten um die Hälse legten, wo die Blasmusik zur Hebung von Stimmung und Moral?
Die ursprünglich geschürte Propaganda, dass der Krieg nach wenigen Wochen aus und man zu Weihnachten 1914 wieder zu Hause sein würde, war verstummt. Hingegen nahm die Sorge über ihr Schicksal und dessen Unausweichlichkeit immer mehr Raum in den Köpfen der jungen Rekruten ein. Sie hatten sich keine Vorstellung gemacht. Sie hatten keine Ahnung.
Die eisernen Räder des Zuges rollten und rollten Richtung Norden,

keiner aus ihrer Kompanie war jemals so weit von zu Hause weg gewesen. Nicht einmal die Hälfte unter ihnen sollte jemals den Rückweg in ihre Dörfer im Pinkatal antreten. Angespannt harrten sie vorerst in ihren Waggons der Dinge, die da kommen würden, nicht ahnend, dass sie auf eine sinnlose, eine aussichtslose Mission geschickt worden waren.

Der Zielort ihrer Reise hieß Przemyśl in Galizien. Dort tobte schon seit Monaten ein erbitterter Kampf zwischen den österreichischen und den russischen Verbänden, knapp die Hälfte der 100 000 Österreicher war bereits ums Leben gekommen, die meisten waren nicht im Gefecht, sondern an Krankheiten und Erfrierungen krepiert.

Ein Entsatzheer nach dem anderen verheizten die Generäle in diesem vergeblichen Kampf. Noch im März tobten in Galizien heftige Schneestürme, die Temperaturen sanken auf -20 Grad, vor Erschöpfung einschlafende Soldaten froren am Boden fest - und wachten nie mehr auf. Andere legten sich in weiche Kuhlen aus Schnee oder ließen sich absichtlich einschneien, um so ihrem unsäglichen Leiden ein Ende zu bereiten.

Die monatelange Verteidigung der Garnison, die hohen Verluste unter den zu Hilfe eilenden Truppen, all diese Opfer konnten den Fall der Festung Przemyśl nicht verhindern. In Wirklichkeit hatten Josef und seine Kameraden nie auch nur den Funken einer Chance gehabt. Im Februar gingen in der Festung sowohl Munition als auch Nahrung zur Neige, man schlachtete Pferde, machte Rübenschnitzel zu Dörrgemüse und mengte dem Brot Birkenmehl bei.

In den ersten beiden Märzwochen verlor die kaiserliche Armee über 50 000 Mann, am 22. März erfolgte die Kapitulation. 110 000 österreichisch-ungarische Soldaten gerieten in russische Kriegsgefangenschaft. Einer davon war Josef.

Entkräftet, ausgezehrt, ohne Hoffnung - so trat Julis Mann den Fußmarsch ins Innere Russlands an. Wie Herdenvieh trieb man die Gefangenen über schlammige Straßen, wer nicht weiterkonnte, wurde geprügelt und einfach am Wegesrand liegengelassen. Pro Tag marschierten sie 20-30 Kilometer, in zerlumpten Uniformen und löchrigen Schuhen, manchmal gelang es einem Soldaten, ein Kleidungsstück gegen einen Kanten Brot einzutauschen, manche kamen halbnackt im Lager an.

Essen gab es oft tagelang keines, die wenigen Kopeken, die ihnen für Verpflegung unterwegs zugestanden wären, bekamen sie nie zu Gesicht.

Irgendwann lotste man Josefs Gruppe zu einem Bahnhof und verlud sie in Tepluški, rostige Güter- und Viehwaggons, vollgepfercht mit über 60 Männern, die von Läusen, Wanzen und Flöhen geplagt wurden und ihre Notdurft aus den fahrenden Waggons heraus verrichten mussten. Die Leichen der unterwegs verstorbenen Männer verblieben häufig zwischen den lebenden Kameraden, da die russischen Wachmannschaften am Ziel korrekte Zahlen vorzuweisen hatten.

Unweit des großen Lagers Omsk gab das Rad eines Waggons den Geist auf, der wurde auf ein Nebengleis gebracht – und dort vergessen. Wochen später wurde er zufällig geöffnet, man fand gut 40 tiefgefrorene Kriegsgefangene, deren traurige Schicksale keine Einzelfälle bildeten.

Wochenlang zog die mächtige Lokomotive nahezu 50 Waggons voller verzweifelter Kriegsgefangener Richtung Osten. Nicht selten kamen ihnen lange Züge voller junger, russischer Soldaten entgegen, nicht minder verzweifelt auf ihrer unheilvollen Reise in Richtung Westen, ebenso beweint von ihren Müttern, Schwestern und Töchtern.

Was ging während jener Tage und Wochen in Josefs Kopf vor? Ahnte er, dass er sich auf einer Reise ohne Wiederkehr befand?

Verbürgt ist, dass er das berüchtigte Kriegsgefangenenlager Tomsk in Westsibirien zumindest lebend erreichte, er war 5665 Kilometer von seinem Zuhause entfernt.

Josef und seine Leidensgenossen hatten das Pech, in einem der elendsten Lager Sibiriens zu landen. Halbtot krochen sie aus ihren Tepluški und machten sich auf den kilometerlangen Marsch in das riesige Lager I. Hohe Stacheldrahtzäune und Palisadentürme schirmten sie dort von der Welt, von der Freiheit ab.

Die russische Erde nahm sie sprichwörtlich auf, sie hausten in Erdbaracken, großen, tiefen Erdlöchern, die notdürftig mit Holzbalken ausgekleidet waren. Auf den Balken bildeten lange, dicke Bretter die

Decke der Baracke, in die weder Luft, Licht noch Sonne drangen. An die 60 Männer waren in einem Raum untergebracht, der winzige Ofen in der Mitte reichte bei weitem nicht aus, um den Temperaturen des langen sibirischen Winters zu trotzen, sie sanken oft auf -60 Grad. Wer einen Platz auf einer der kargen Holzpritschen ergattern konnte, gehörte zu den Glücklicheren, Strohsäcke oder Decken gab es keine, viele der Gefangenen besaßen nicht einmal einen Mantel zum Zudecken.
Hatte Josef noch die Kraft, an eine heile Zukunft oder gar an eine Flucht zu denken? Nicht dass nicht unendlich viele Fluchtpläne gewälzt worden wären, sie waren aber aufgrund der Weite und der arktischen Temperaturen Sibiriens sämtlich zum Scheitern verurteilt. Josefs Ellbogentechnik hatte nicht für einen Platz auf einer Holzpritsche gereicht, wie so viele andere lag, saß, kauerte er auf dem vor Schmutz starrenden Lehmboden, die verschwimmenden Tage apathisch im Kampf gegen Ratten, Wanzen, Flöhe und Läuse verbringend. Letztere waren auch die Ursache für den Ausbruch einer Flecktyphus-Epidemie.

Vor nicht einmal einem Jahr hatten diese jungen Männer friedlich ihre Äcker bestellt, ihre Wiesen gemäht, ihre Frauen geküsst. Nun raffte die Seuche Tausende unter ihnen hinweg, täglich stapelten sich Leichen vor den Baracken, von Pritschenwägen abtransportiert und am Rande des Lagers ohne weitere Umstände in riesige Gruben geworfen, so lange, bis diese brechend voll waren und neue ausgehoben werden mussten.

Josef wunderte sich im Stillen. Seltsam, der ewig nagende Hunger in seinen Eingeweiden hatte sich gelegt, dafür durchrasten heiße Fieberschauer seinen Körper und vertrieben zumindest kurz die beißende Kälte aus seinen Knochen. Seine Augenlider waren bleischwer, sie offen zu halten, hätte ihn viel zu viel Mühe gekostet, besser war es, einfach nur zu schlafen. Fast fühlte er sich, als würde er schweben, weit, weit weg schwebte er über die sanften Hügel der Weinberge entlang der Pinka, der blaue Himmel umfing ihn, er schwebte der

Sonne entgegen, sah Julis lachendes Gesicht, spürte ihre weichen Arme um seinen Hals. Dass seine Stirn glühte, dass seine Atemzüge immer flacher wurden, dass er irgendwann das Bewusstsein verlor – dies alles kümmerte Josef nicht mehr.

Sanft flog seine Seele dem Licht entgegen.

# ***Personenverzeichnis***

| ***Stefans Seite*** | ***Hedwigs Seite*** |
|---|---|
| **Julianna (Juli): 1893-1977**<br>Johanna: Julis Mutter<br>**Katharina: Julis Schwester**<br>Karl: Julis Bruder<br><br>**Josef: Julis erster Mann, 1893-1915**<br>**Georg: Julis zweiter Mann, 1896-1944**<br>Ursula (Urschi): Georgs Mutter, 1879-1970<br>Josef: Georgs Vater, 1875-1913<br>Rosi: eine von Georgs Schwestern, wandert nach Amerika aus<br><br>**Stefan: 1920-2009, Sohn von Juli und Georg, verheiratet mit Hedi, Vater von Eva und Peter, Großvater Ellas**<br><br>**Gisela (Gisi): Tochter von Juli und Georg, geb. 1930, Schwester Stefans**<br><br>Alex Böhm: bester Freund Stefans<br>Friedrich Kedl: Cousin Stefans | **Paul: verheiratet mit Maria, 1895-1947**<br>**Maria: 1899-1986**<br>Franz: Marias einziger Bruder, 1896-1919<br><br>Paul und Maria sind Eltern von<br>Rosalia (Rosi): 1920-2008<br>Franz: 1922-2008<br>**Hedwig (Hedi): 1924-1977**<br>Theresia (Resi): 1929-2014<br><br>**Hedwig: verheiratet mit Stefan, Mutter von Eva und Peter, Groß-mutter Ellas**<br><br>**Alexander Laky: 1913-1941 Cousin Pauls, fällt in Russland**<br>Leni & Georg: Alexanders Eltern |

| | |
|---|---|
| **Eva:** | **Tochter von Stefan und Hedwig, verheiratet mit Hans, Mutter Ellas** |
| **Peter:** | **Sohn von Stefan und Hedwig** |
| **Ella:** | **Chronistin, Tochter von Eva und Hans, Enkelin Stefans und Hedwigs** |
| **Lukas:** | **Ellas Mann** |

*Sonstige Personen*:

Hans: Evas Mann, Ellas Vater, Sohn Magdas

# Danksagungen

»It takes a village to raise a child« lautet ein Sprichwort aus Afrika. Für das vorliegende Buch gilt: »It took a village to write this book.« Viele viele waren in höchst unterschiedlicher Weise an seiner Entstehung beteiligt. Mein Schreiben ging über Jahre, war eine vordergründig einsame Tätigkeit, Gesellschaft leisteten mir allein die Toten. Unerwartet häufig meldeten sie sich mittels neu auftauchender Briefe und Tagebücher zu Wort, unerwartet lange gestaltete sich somit auch der Schreibprozess.
An erster Stelle danke ich ausdrücklich meiner Mutter: Sie hielt und hält mir den Rücken frei, ihre Hilfe schuf mir erst die Möglichkeiten, mich längeren Schreibphasen zu widmen. Darüber hinaus war sie eine authentische Informationsquelle, die gerne gemeinsam mit mir die hintersten Winkel unserer Familiengeschichte durchstöberte.

Hier ergeht auch ein großes Dankeschön an die Verwandten in Moschendorf: Gisi-Tante, Ella und Martha - sie alle haben sich stets für mich und meine Fragen Zeit genommen und mir mit ihrem Wissen zu unseren gemeinsamen Vorfahren weitergeholfen. Ich erinnere mich an heiße Sommernachmittage in schattigen Lauben ebenso wie an dunkle Winterabende, an denen wir über alte Fotos gebeugt saßen. Auch Werner Laky hat mich mit seinem umfangreichen Wissen bei der Ahnenrecherche unterstützt. Besonders danke ich Andrea und Werner, Theresa und Sebastian, die das Projekt wohlwollend begleitet und mir die historischen Dokumente - ihr Dachboden barg eine ungeahnte Fülle an Materialien! - zur Verfügung gestellt haben.

Ich danke Karin, Miriam und Maximilian, Rosa und Felix: Immerhin geht es um ihre Ahnen ebenso wie meine, ihre Wurzeln ebenso wie meine. Immer konnte ich mir ihrer Gunst bezüglich des Buchprojektes gewiss sein.

Ich bedanke mich bei Adi Lang, der mir großzügig erlaubt hat, aus seinem Buch »Kriegsende, Besatzungszeit und die Ereignisse von 1956 im Pinkaboden« zu zitieren. Jenes Werk stellte nicht nur mei-

ne wichtigste historische Fundgrube dar, es spielte tatsächlich eine Schlüsselrolle bei der Entstehungsgeschichte des vorliegenden Buches.
Mein Dank geht an Heinz Bundschuh, der mir bei der Recherche nach dem Verbleib des Josef Laki half und so, nach über 100 Jahren der Ungewissheit, dazu beitrug, dass dessen Schicksal annähernd geklärt werden konnte.
Ein mehr als 100 Jahre alter Vertrag betreffend jenen Josef stellte das älteste Dokument des familiären Nachlasses dar. Christian Hegedüs half mir bei der Übersetzung des handgeschriebenen Vertrages aus dem Ungarischen, an dieser Stelle sei sowohl ihm als auch dem Ungarischen Medien- und Informationszentrum in Unterwart gedankt.
Ich danke dem Phonogrammarchiv in Wien für die unkomplizierte Hilfe. Durch die wertvolle Arbeit dieses Archivs ist ein Teil des Alexander Laky für uns lebendig geblieben.
Ebenso danke ich dem Österreichischen Staatsarchiv und dem Volksbund - Deutsche Kriegsgräberfürsorge – sie trugen dazu bei, dass wir heute wissen, wo Alexander gefallen und begraben ist.

Der Umgang mit den Ahnen und deren oft dramatischen Schicksalen stellte besonders in der Anfangsphase des Schreibens eine immense emotionale Herausforderung für mich dar, die ich ohne die Hilfe von Gabriela Kemmer wohl nicht hätte meistern können. Danke, Gaby! Auch Andrea sei an dieser Stelle noch einmal ausdrücklich gedankt!

Ich danke der Autorin Jutta Treiber für die genaue Durchsicht meines Manuskripts. Ihr präzises Denken und ihr Gefühl für Sprache haben das Beste aus meinem Text herausgeholt. Unsere Arbeit in ihrem gemütlichen Haus war ein Vergnügen für mich, was an ihrer Geduld, ihrem Humor und ihrem bereitwillig mit mir geteilten Wissen liegt. Ich kann mir keine bessere Lektorin und Lehrmeisterin vorstellen!

Ein Mann schließlich ist nicht nur mein Partner im Leben, er war auch mein Partner im Schreiben. In all der Zeit war er mein Hafen, bot Ruhe, Rat und Rückmeldung, half nicht nur mit seinem graphischen und technischen Wissen, sondern vielmehr noch mit seinem Vertrauen in mich und mein Tun. Danke, lieber Christian!